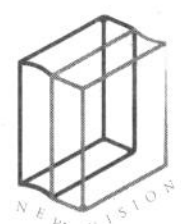

新 视 界

始 于 未 知　　去 往 浩 瀚

诗选注

林东海——注

中国古典诗词文选注新编丛书

上海远东出版社

图书在版编目（CIP）数据

李白诗选注 / 林东海注. -- 上海 : 上海远东出版社，2024

（中国古典诗词文选注新编丛书）

ISBN 978-7-5476-1981-0

Ⅰ.①李… Ⅱ.①林… Ⅲ.①唐诗—诗集 ②唐诗—注释 Ⅳ.①I222.742

中国国家版本馆 CIP 数据核字(2024)第 026774 号

责任编辑 张君钦 吴蔓菁
封面设计 徐羽心

中国古典诗词文选注新编丛书

李白诗选注

林东海 注

出　　版 上海遠東出版社
（201101 上海市闵行区号景路 159 弄 C 座）
发　　行 上海人民出版社发行中心
印　　刷 浙江临安曙光印务有限公司
开　　本 850×1168 1/32
印　　张 14.625
字　　数 286,000
版　　次 2025 年 1 月第 1 版
印　　次 2025 年 1 月第 1 次印刷
ISBN 978-7-5476-1981-0/I・384
定　　价 65.00 元

导　言

我国唐代是诗歌辉煌灿烂的黄金时代，诗人辈出，犹如繁星，其中有一颗最引人注目的明星——太白金星，这就是相传为太白金星下凡的诗人李白。作为诗人，他确实像太白金星那样，至今仍放射出万丈光芒。

李白，字太白，是我国诗史上最富于传奇色彩的诗人之一。自惊姜之夕母梦长庚，至采石捉月骑鲸仙去，他的一生，就像一部神话，恍惚他真是一位天上"谪仙人"。以其神而且奇，所以留下不少迷离的疑点，诸如种族、籍贯以及生平事迹，虽经历代学人的不断考证和探索，纠正了若干谬传与讹误，使之逐渐接近历史的本来面目，但由于史料不足征，有些疑点很难求得一致的解释，有些甚至永远也弄不清楚。也许正因为李白披着这样一层如同五彩云霞的面纱，所以显得更加神奇，更加迷人，更加富于感人的魅力。

李白是天上之星，也是地上之英。其种族、籍贯以及出生地点，能弄清楚，固然好；弄不清楚，也无碍。正如明朝李卓吾《李白诗题辞》所说："呜呼！一个李白，生时无所容入，死而千百馀年，慕而争者无时而已！余谓李白无时不是其生之年，无处不是其生之地。亦是天上星，亦是地上英。亦是巴西人，亦是陇西人，亦是山东人，亦是会稽人，亦是浔阳人，亦是夜郎人。死之处亦荣，生之处亦荣，流之处亦荣，囚之处亦荣。不游不囚不流不到之处，读其书见其人，亦荣亦荣，莫争莫争！"（《焚书》卷五）今知其父子神龙初移居昌隆（今四川江油），为客户，因名李客，无甚伐阅可言；其青少年时代生长于钟灵毓秀的巴山蜀水之间，深受山水灵秀之熏陶。这种家境与环境，对李白思想和性格的形成，才真正具有决定性的影响。

盛唐时期，进身之路有两条：一条是科举登第，一条是终南捷径。李白选择的是后一条路，他从未进过科场。这也是李白研究中的一个疑点。我想这同他毫无伐阅的家境不无关系。从地方的贡举，到朝廷的制举，并不是真正"唯才是举"，倘无过硬的社会关系，恐怕连乡贡这一关也难以通过，哪里有机会参加殿试呢？李白对奇山秀水又有一种特殊的兴趣，所以选择“捷径”是聪明的，也是合适的。他从小观百家奇书，隐居山林，积蓄道义，相继在紫云山、岷山、峨眉山求仙学道，和道士交游，从方外建立自己的社会关系网，创造进身的条件。

其实，他选择的所谓仕宦捷径，并不直捷，而是弯曲而又漫长的路。他不能待时而动，待价而沽，而需随时出动，到处自售。他在成都干谒过益州长史苏颋，出川后在襄阳干谒过荆州长史韩朝宗，在安陆干谒过安州长史李京之，都未见成效；又西入长安，投书献赋，历抵卿相，仍未成功，最后还是靠道教中的关系，经元丹丘、玉真公主、司马承祯、贺知章等的举荐和揄扬，才在年过不惑，奉诏入京，供奉翰林。待诏翰林，是李白一生最得意、最荣耀的时期，也是他最失意、最沮丧的时期。

时代就像一座大熔炉，能在不同的历史时期，铸造出不同的历史人物。李白毕竟不是从天上掉下来的，而是他所处的时代铸造出来的。他所处的时代，正是唐王朝被推上极盛的巅峰，又从巅峰上跌落下来的历史转折时期。由盛转衰的社会矛盾，决定了李白充满矛盾的人生观和出处观。他常以横海鲲、负天鹏自拟，既有盛世士人所具有的自尊、自信、自强的积极进取精神，有兴社稷安黎元，“使寰区大定，海县清一”(《代寿山答孟少府移文书》)的宏伟志愿;又有危世士人明哲保身的思想,主张由隐而显,由显而隐,出仕干一番事业,“事君之道成,荣亲之义毕,然后与陶朱、留侯,浮五湖,戏沧洲”(《代寿山答孟少府移文书》)。功成身退,是贯穿他一生的最基本的人生观和出处观。

李白似乎不明白,所谓举逸民,征隐士,不过是为了点缀升平,并无意给予实职实权。他在翰林院,只能写写颂圣诗以娱乐君王后妃而已,是无职无权的御用文人。李白却以为可以持钧执政,干一番事业,当他知道事与愿违时,少不了发牢骚说怪话,流露出不满情绪。诸如“一命不沾,四海称屈”(《为宋中丞自荐表》)的呼喊,自然颇不中听,宜其不为宰衡所容,而备受谗毁。其时,玉真公主在天坛山修道,贺知章也已回四明去了,朝内没人为他辩解。玄宗相信谗言,放他还山。他的理想破灭了。

人生之幸与不幸,往往是相对的。李白之被放还山,是不幸,又是大幸。作为政客,失去从政的机会,自然不幸。但李白并非政客,他所说的纵横之术,王霸之道,自以为可以经世济民,事实上却很难行得通,再说,他似乎也缺乏执政的才干,从璘之失败,也可以看出他的政治眼光和能力,都不像是“辅弼”之才。作为诗人,他离开长安,不当御用文人,未尝不是幸事。倘若他终老翰林，历史上恐怕就没有这样一位伟大诗人了。诗人需要各种生活体验。李白奉诏入京前到处漫游，到处干谒，出京后，又到处流浪，到处谋生，既有机会接触到社会的最上层，又有机会广泛地接触社会的最底层。入京前在东鲁安家，躬耕陇亩，与农夫无别；出京后，在皖南漂泊，采矿铜坑，同矿工一般。这位谪仙人，谪落人间，可以说一谪到底。唯其如此，他才能对种种生活都有所体验，才能写出那种惊天动地的诗，而成为伟大的诗人。这何尝不是不幸中之大幸？

李白总想功成而后身退，功未成则不甘退，所以一生不断追求，不断失败。离开长安后，北上失败，从璘失败，乃至锒铛入狱，长流夜郎，最后病死当涂，埋骨青山。其《临终歌》云："大鹏飞兮振八裔，中天摧兮力不济。馀风激兮万世"。其政治才能未足比拟大鹏，其诗歌才能却确实如同鲲鹏，变化无穷，流风万世！

李白诗歌所表现出来的思想内容，是丰富多彩的，很难归结到某一种思想体系。盛唐时代，各方面都表现出泱泱大国的魄力和气度，没有衰世所反映出来的那种"神经过敏症"，尤其是思想领域，更是兼容并蓄，互不排斥，儒道释三教可以合流，嵩山少林寺唐刻孔子、老子、释迦"三教圣像图"

碑，正是这一时代思潮的最好象征。李白思想之复杂，也反映出这种时代特征。龚自珍《最录李白集》云："庄屈实二，不可以并，并之以为心，自白始；儒仙侠实三，不可以合，合之以为气，又自白始也。"其实，何止儒仙侠，道释纵横也都被熔于一炉，化为多棱的晶体，放出斑斓的色彩，所以他的诗歌能表现出极为丰富的思想内容。

他的诗，表现出主张统一安定，反对分裂战乱的思想。他的理想社会，近似黄老的无为而治，所以他反对唐玄宗的拓边战争，也反对安史的分裂作乱。"过江誓流水，志在清中原"(《南奔书怀》)，他之从璘，正是为了一扫胡尘，誓清幽燕，以维持统一与安定。

他的诗，表现出主张任贤举能，反对荒淫腐败的思想。"骅骝拳跼不能食，蹇驴得志鸣春风"(《答王十二寒夜独酌有怀》)。对于斗鸡之徒的邀宠骄横，权奸的嫉贤妒能，他深恶痛绝；对于李林甫排斥贤才，杀害忠良，更是力加痛斥，表现出屈原《离骚》的积极精神。

他的诗，表现出关心人民生活、同情民生疾苦的思想。他曾在社会底层同劳动者一起劳动和生活过，对他们产生了深厚的感情，所以十分关心他们的命运。"桃花潭水深千尺，不及汪伦送我情"(《赠汪伦》)，他很重视同下层人民建立起来的友谊。

他的诗，表现出热爱大好河山、欣赏自然美景的思想。祖国的名山大川，常常是他的栖身之所，也是他最好的精神寄托。“五岳寻仙不辞远，一生好入名山游”(《**庐山谣寄卢侍御虚舟**》)，他喜欢游览山水，其在山水中所灌注的精神，和前人的山水诗有所不同，不是消极的，而是积极的，所以其境界显得雄伟壮阔。

李白的诗所反映的社会思想和时代精神，是以抒情的方式表现出来的。他的诗，大都属于政治抒情诗，其所指出的种种社会问题，都不是从题材中反映出来的，即不以事胜，而以情胜。表面看起来，似乎只是写他自己的牢愁，实际上，透过他的牢愁情绪，我们可以认识他所处的时代，而且是那样深刻，那样富于感性。倘若李白只是写酒与女人，或者飘然于世外，从他的诗歌中感受不到时代的脉搏，他也就不成其为时代的歌手了。他的诗，就像屈原的《离骚》，既抒写了自己的情感，也反映了时代的精神。

读李白的诗，“知人论世”固然有助于理解其诗的真谛，但“以意逆志”似乎更能把握其诗的精神。其跳跃式的抒情，为读者留下极其广阔的联想余地和创造空间。以其诗证其事而知其人，很难确凿无误，因此从正史到野史，出现了许多离谱的记载,也因此历来学者对其生平的考证,出现了许多难以统一的分歧;读其诗知其意而感其情,又以读者身份经历的不同而各有不同的联想与创造,所以李白在读者心目中的形象,言人人殊,以至把他说成五光十色的传奇人物。这不等于说,李白的诗可以随意曲解。把他的诗放在他所处的历史转折时期,放在他所经历的坎坷生活的背景上,以意逆志,联想创造,便能认识大体接近于历史真实的李白。不过,历来读者所塑造的各种不同的李白形象,亦自有其不同的历史意义。

李白诗歌上承春秋战国的风骚,下接汉魏六朝之乐府,创造出种种比兴意象,构成诗歌瑰奇的意境。在他笔下,飞禽走兽、香草美人、神灵仙幻、古圣先贤,都可以化为比兴的喻象,甚至连即目所见的山川形胜,也成了象征性的喻体。读他的《梦游天姥吟留别》,实中有虚,虚中有实,巧妙地运用比兴手段,创造了各种奇异意象,构成了富于情志的绝妙诗篇。李白诗歌以其善于比兴,故妙在虚实之间。若实处虚读,则失之深;若虚处实读,则失之浅。必虚处虚读,实处实读,庶几得其妙旨。

李白诗歌融庄屈于一体,汪洋恣肆,以气势取胜,如高山坠石,如大海回澜,有不可阻挡之势。李白能作律诗,却极少作律诗，而以乐府、歌行、古风为擅场。究其原因，以后者最适合表现其奔流直泻的激情，而律诗之声律对仗，终嫌影响其气势。其所作律诗，或失粘，或失对，如《登金陵凤凰台》《夜泊牛渚怀古》，虽失其律而得其势。即便完全合律之诗作，亦自有他人所难以企及之气势。

李白诗歌节奏感强，读其诗，如三峡流泉，波澜起伏，抑扬顿挫。律诗之节奏，体现于语言之声律，即语音长短轻重转换之规律，可称之为外节奏；而诗之内节奏，则是感情节奏，是语意的表现规律。李白诗歌的强烈节奏感，正表现了感情的内节奏。虽然不讲究平仄声律，读起来却十分流畅响亮。读其《蜀道难》，不仅很有气势，而且很有节奏。依浮声切响的平仄声律，是读不出这种节奏的，必以其连贯的语意及流动的情感，读来才能如风卷浪，滔滔向前。这种内在节奏的把握，李白在鲍照的基础上，又向前迈进一步，构成了自己诗歌的一个重要特色。

李白诗歌的语言，极富于创造性。出色的诗人，往往又是出色的语言大师。李白便堪称创造语言的大师。他创造了不少富于想象、极尽夸张的形象化语言，作为构造意象和意境的材料。汉语的最大特点是形象化，但有些形象化的语汇，久而久之，便抽象化了。抽象化的语汇，不很适合于表现诗意，所以李白往往重新加以形象化，使之富于感染力。如“挂心”一词，在他诗中便化为“狂风吹我心，西挂咸阳树”（《金乡送韦八之西京》），“我寄愁心与明月，随风直到夜郎西”（《闻王昌龄左迁龙标遥有此寄》），经过形象化处理，便成了绝妙诗句。

李白的诗，现存于集中者，近千首，其中有部分是赝品，但是真伪的考辨，并不是一件轻而易举的事，要取得一致的看法更不容易。选诗自应力求选出真品，但眼力不到处而将赝品阑入，也并非不可能。本书选入李白诗作近三百首，约今存诗数三分之一，这其中很难确保一首伪作也没有，读者自有明鉴。

李白诗中思想艺术均优者，尽量选入，以其为独家诗选，所以艺术一般而有助于了解其生平思想的重要诗作，也酌情选录，力图较为全面地反映出李白的风貌。

李白诗歌的创作年代，有的很难确定，迭经专家研究与考证，仍有一些无法编年的作品。本书选诗的编排，参考各家的编年，并据一己之见，约略理出一个顺序，有的以先后为序，有的则以类相从，不是严格的编年，也未曾加以考定，只希望能有助于读者对李诗的理解。

李白诗歌注本很多，本书参考各家注释，删其繁，正其误，力图简明切要。诗之注，虽有助于读诗，却往往有损于原诗，因为各个时代的注诗者，都是根据自己的理解来注释的，读诗是一种再创造的活动，必然会以己之意逆诗人之志，故曲解之处在所难免。我不敢说本书的注释对李诗无任何曲解，只希望有损于原诗者少一些，而有助于读诗者多一些，庶几“无愧我心”矣。学术乃天下之公器，其谬误之处，敬祈方家赐正。

林东海作于清风馆

目　录

访戴天山道士不遇[①]

犬吠水声中，桃花带露浓[②]。树深时见鹿，溪午不闻钟。野竹分青霭，飞泉挂碧峰。无人知所去，愁倚两三松。

① 本篇为早年于匡山读书时所作，清新自然，意境幽深，尤工于设色，于动态中体现其静。其时已深于诗，且工于律。戴天山：旧说即大匡山，又称康山。或说即匡山主峰。在今四川江油。道士：姓名未详。

② 带露浓：一作“带雨浓”。

登锦城散花楼[①]

日照锦城头，朝光散花楼。金窗夹绣户，珠箔悬银钩。飞梯绿云中，极目散我忧。暮雨向三峡[②]，春江绕双流[③]。今来一登望，如上九天游。

① 本篇为弱冠游成都登散花楼所作，其诗才在此已露出头角，不拘泥于绳墨，全取意象，潇洒有致。锦城：锦官城，蜀汉时为司织锦之署，在成都之南。后借称成都。散花楼：隋末蜀王杨秀所建，在摩诃池上。

② 三峡：指长江三峡。一般指瞿塘峡、巫峡与西陵峡。

③ "春江"句：语本左思《蜀都赋》："带二江之双流。"谓双流绕城。春江，指郫江与流江。双流，原指二江，后以为地名。双流在二江之间。

白　头　吟[①]

锦水东北流[②]，波荡双鸳鸯。雄巢汉宫树，雌弄秦草芳。宁同万死碎绮翼，不忍云间两分张。此时阿娇正娇妒，独坐长门愁日暮。但愿君恩顾妾深，岂惜黄金买词赋[③]。相如作赋得黄金，丈夫好新多异心。一朝将聘茂陵女[④]，文君因赠《白头吟》。东流不作西归水[⑤]，落花辞条羞故林。兔丝故无情，随风任倾倒。谁使女萝枝，而来强萦抱？两草犹一心，人心不如草[⑥]。莫卷龙须席[⑦]，从他生网丝。且留琥珀枕[⑧]，或有梦来时。覆水再收岂满杯，弃妾已去难重回[⑨]。古来得意不相负，只今惟见青陵台[⑩]。

① 本题二首，语意多同，前人以为一诗两传，不为无据。此其一，写相如之负心，卓文君因作《白头吟》，其旨盖本古词"愿得一心人，白头不相离"，或牵合明皇废后事，似失其本旨。白头吟：乐府相和歌旧题。《西京杂记》载：司马相如将聘茂陵女为妾，卓文君作《白头吟》以自绝，相如乃止。

② 锦水：即锦江，又称濯锦江。岷江支流之一，流经成都之南。

③ “此时”四句：用陈皇后长门事。汉武帝陈皇后小字阿娇，得宠时颇骄，失宠后别居长门宫，因以黄金百斤请司马相如作《长门赋》，以悟主上，遂复得宠。事见司马相如《长门赋序》。

④ 茂陵：汉武帝死后葬此，在今陕西兴平东北。

⑤ “东流”句：乐府《子夜歌》：“不见东流水，何时复西归。”

⑥ “兔丝”六句：兔丝或依附于女萝，女萝或寄生于兔丝，故古人多以两草喻男女爱情，古乐府云：“南山幂幂兔丝花，北陵青青女萝树。由来花叶同一根，今日枝条分两处。”所谓“人心不如草”，正用此意。

⑦ 龙须席：龙须草编织的席子。龙须，又名龙刍，草名，其茎可编席。南朝吴声歌《长乐佳》：“玉枕龙须席，郎眠何处床。”

⑧ 琥珀枕：用琥珀制的枕头。徐陵《杂曲》：“只应私将琥珀枕，瞑瞑来上珊瑚床。”古人多借枕席以写情爱。

⑨ “覆水”二句：意谓破镜难圆，不可轻弃。覆水，《后汉书·何进传》：“国家之事亦何容易！覆水不可收，宜深思之。”

⑩ “古来”二句：用韩朋夫妇事。战国时，宋康王以韩朋（或作“凭”）妻美而夺之，使筑青陵台，后杀之。其妻请临丧，遂投台身死。王命分埋台左右。后左右各生一梓，及大，枝条相交，有二鸟哀鸣其上。见《搜神记》十一。青陵台，故址在今河南商丘。

登峨眉山[1]

蜀国多仙山，峨眉邈难匹。周流试登览，绝怪安可悉！青冥倚天开[2]，彩错疑画出。泠然紫霞赏，果得锦囊术[3]。云间吟琼箫，石上弄宝瑟。平生有微尚，欢笑自此毕。烟容如在颜，尘累忽相失。倘逢骑羊子[4]，携手凌白日。

① 本篇写上峨眉求仙术之举。然实非超然世外，乃以隐遁为进身之道，高其身价，待时而动。峨眉山：山有大峨、二峨，或谓两山相对，望之如眉，故名。位于今四川乐山。古代此山道风甚盛，故诗谓之仙山。

② 青冥：深青之天色，用以指天。屈原《九章・悲回风》："据青冥而摅虹兮，遂倏忽而扪天。"王琦谓："太白借用其字，别指山峰而言，与《楚辞》殊异。"失之凿，"青冥"不宜指山峰。诗语灵活多变，不可泥。句意谓峨眉倚青冥之天而开，下句则谓峨眉疑彩错之画以出。

③ 锦囊术：指仙术。《太平御览》七〇四引《汉武内传》："帝见王母有一卷书，盛以紫锦之囊，母曰：'此吾真形图也。'"

④ 骑羊子：指葛由。《列仙传》上："葛由者，羌人也。周成王时，好刻木羊卖之。一旦骑羊而入西蜀，蜀中王侯贵人追之上绥山。山在峨眉山西南，高无极也。随之者不复还，皆得仙道。"

峨眉山月歌[1]

峨眉山月半轮秋，影入平羌江水流[2]。夜发清溪向三峡[3]，思君不见下渝州[4]。

① 本篇为出蜀途中所作，有惜别故乡之意。

② 平羌：平羌江，即今青衣江。源出蜀西营，至乐山会大渡河入岷江。

③ 清溪：指清溪驿。宋称平羌驿，为嘉州附近之板桥驿。见《乐山县志》。三峡：指长江三峡。

④ 君：唐汝询《唐诗解》、沈德潜《唐诗别裁》均以为指月。或说指元丹丘。渝州：今重庆。

早发白帝城[①]

朝辞白帝彩云间，千里江陵一日还[②]。两岸猿声啼不尽[③]，轻舟已过万重山。

① 题一作《白帝下江陵》。诗当是初出川时所作，热情奔放，节奏轻快，自是年轻人胸次。白帝城：东汉初公孙述据蜀时所筑，以述自称白帝，故名。故址在今重庆奉节白帝山上。

② 江陵：荆州治所，今湖北荆州。还：意即旋，快捷。二句语本盛弘之《荆州记》："朝发白帝，暮到江陵，其间千二百里，虽乘奔御风，不以疾也。"明王圻《稗史汇编》卷八："李太白诗：'朝辞白帝彩云间，千里江陵一日还。'杜子美诗：'朝发白帝暮江陵。'皆用盛弘语。"

③ "两岸"句：写三峡猿啼，无悲凄之感。《水经注·江水》引渔歌曰："巴东三峡巫峡长，猿鸣三声泪沾裳。"反其意而咏之。"啼不尽"，一作"啼不住"。

渡荆门送别[①]

渡远荆门外，来从楚国游[②]。山随平野尽，江入大荒流[③]。月下飞天镜，云生结海楼。仍怜故乡水，万里送行舟[④]。

① 本篇为初出川至荆门时所作，视野开阔，气象恢宏，盖得江山之助，蜀中无此境，必待入楚始得之。荆门：荆门山，在今湖北宜都长江南岸，与北岸虎牙相对，为楚之西塞。见盛弘之《荆州记》。

② 楚国：古国名，此指楚地，即今湖北省境。

③ “山随”二句：语壮而景阔。与杜甫“星垂平野阔，月涌大江流”，堪称匹敌。

④ “仍怜”二句：江水自蜀入楚，故云。

上　李　邕[①]

大鹏一日同风起，扶摇直上九万里[②]。假令风歇时下来，犹能簸却沧溟水。时人见我恒殊调，闻余大言皆冷笑。宣父犹能畏后生[③]，丈夫未可轻年少。

① 本篇或疑非太白所作，或考定非赝品，诗语虽浅率，而气格自是太白，其历抵卿相平交王侯，类皆如此。李邕：字泰和，李善之子。善书法诗文，才高德隆，有美名。开元初为渝州诸军事节度兼渝州刺史。开元中为陈州刺史。天宝中为北海太守，为李林甫所害。

② "大鹏"二句：典出《庄子·逍遥游》："鹏之徙于南冥也，水击三千里，抟扶摇而上者九万里。"

③ 宣父：指孔子。《新唐书·礼乐志》："贞观十一年，诏尊孔子为宣父。"畏后生：《论语·子罕》："子曰：后生可畏，焉知来者之不如今也！"

北溟有巨鱼[①]

（古风其三十三）

北溟有巨鱼，身长数千里。仰喷三山雪，横吞百川水。凭陵随海运[②]，燀赫因风起[③]。吾观摩天飞，九万方未已。

① 本篇以鲲鹏自况，示其志不在小。巨鱼：指鲲。典出《庄子·逍遥游》："北冥有鱼，其名为鲲。鲲之大，不知其几千里也。化而为鸟，其名为鹏。鹏之背，不知其几千里也，怒而飞，其翼若垂天之云。是鸟也，海运则将徙于南冥。南冥者，天池也。《齐谐》者，志怪者也。《谐》之言曰：'鹏之徙于南冥也，水击三千里，抟扶摇而上者九万里，去以六月息者也。'"

② 凭陵：进逼。作者《大鹏赋》："燀赫乎宇宙，凭陵乎昆仑。"

③ 燀赫：声势盛大貌。

荆　州　歌[1]

白帝城边足风波，瞿塘五月谁敢过[2]。荆州麦熟茧成蛾，缫丝忆君头绪多[3]，拨谷飞鸣奈妾何[4]。

① 本篇写荆州思妇，情景皆妙，深得汉魏乐府风神。荆州歌：又名《荆州乐》，乐府杂曲旧题。梁简文帝《荆州歌》："纪城南里望朝云，雉飞麦熟妾思君。"为本篇所拟。荆州：今湖北荆州。

② "白帝"二句：言出峡水路之险。瞿塘：瞿塘峡，在重庆奉节白帝山下夔门之上，有滟滪堆，是峡中最险者。五月水涨，尤险，为舟行所忌。

③ 缫丝：煮茧抽丝。丝，与"思"谐音双关。

④ 拨谷：俗称"布谷鸟"。牝牡飞鸣，羽翼相摩。托物起兴，以发思君之情。

秋下荆门①

霜落荆门江树空，布帆无恙挂秋风②。此行不为鲈鱼脍③，自爱名山入剡中④。

① 题一作《初下荆门》。诗写于自荆门东下之时，据诗意，其时有入剡之想。然此行东游维扬，而未尝至剡中。荆门：此指荆州。“门”犹白门、吴门之门。

② 布帆无恙：用顾恺之语。《晋书·顾恺之传》载：殷仲堪镇荆州，参军顾恺之因假东还，借仲堪布帆。至破冢遭风。恺之与仲堪笺曰：“行人安稳，布帆无恙。”

③ 鲈鱼脍：典出张翰故事。《晋书·张翰传》载：翰官于洛阳，见秋风起，思吴中莼菜羹、鲈鱼脍，曰：“人生贵得适志，何能羁宦数千里以要名爵乎！”遂命驾东归。

④ 剡中：今浙江嵊州与新昌一带。

望天门山[①]

天门中断楚江开[②],碧水东流至此回[③]。两岸青山相对出,孤帆一片日边来。

① 本篇写舟行望天门山,极轻快自然,与《早发白帝城》同一韵调,或以为二诗"俱极自然,洵属神品,足以擅场一代"(《唐宋诗醇》),可谓深于诗者也。天门山:博望、梁山东西隔江对峙如门,合称天门山。在今安徽当涂西南。太白有《天门山铭》。

② 楚江:指入楚之长江。在前称蜀江,在后称吴江。

③ 至此回:一作"直北回",又作"至北回"。按:江水至此折而向北。故以"至此回"为胜,或以为"北"乃"此"之误刻。

金陵城西楼月下吟[①]

金陵夜寂凉风发，独上高楼望吴越[②]。白云映水摇空城，白露垂珠滴秋月。月下沉吟久不归，古来相接眼中稀。解道澄江净如练，令人长忆谢玄晖[③]。

① 本篇为月夜登金陵城西楼怀古之作，意颇自负。金陵：今江苏南京。西楼：作者另有《玩月金陵城西孙楚酒楼访崔四侍御》诗，或疑即孙楚酒楼。

② 吴越：指今江浙，古为吴越之地。

③ “解道”二句：谢朓《晚登三山还望京邑》：“余霞散成绮，澄江静如练。”谢玄晖，谢朓字玄晖，南齐著名诗人。太白为之折腰，故有诗谓其“一生低首谢宣城”（王士禛《戏仿元遗山论诗绝句》）。

长干行[1]

妾发初覆额，折花门前剧[2]。郎骑竹马来，绕床弄青梅。同居长干里，两小无嫌猜。十四为君妇，羞颜未尝开。低头向暗壁，千唤不一回。十五始展眉，愿同尘与灰。常存抱柱信[3]，岂上望夫台[4]。十六君远行，瞿塘滟滪堆[5]。五月不可触，猿声天上哀。门前迟行迹，一一生绿苔。苔深不能扫，落叶秋风早。八月蝴蝶黄，双飞西园草。感此伤妾心，坐愁红颜老。早晚下三巴[6]，预将书报家。相迎不道远，直至长风沙[7]。

① 本题集中录二首，另一首前人已考定为赝作。此写长干里夫妻远别，少妇思夫，情意缠绵，其率真似民歌。长干行：乐府杂曲旧题。长干，即长干里，六朝建康城南秦淮河两岸吏民杂居处，大体位于今南京秦淮河以南、雨花台以北。

② 门前剧：在门前嬉戏。

③ 抱柱信：语本《古诗》："安得抱柱信，皎日以为期。"典出《庄子·盗跖》："尾生与女子期于梁下，女子不来，水至，不去，抱柱而死。"

④ 望夫台：古时夫妻离别，思妇望夫心切，因编出许多望夫故事与遗迹，有望夫台、望夫石、望夫山，所在多有，毋须确指。

⑤ 滟滪堆：又作“淫预堆”，是瞿塘峡口白帝山下突起于长江中的巨大礁石，为舟行险阻。故谚云：“滟滪大如幞，瞿塘不可触。”夏雨水涨，尤险，故下文谓“五月不可触”。

⑥ 三巴：指巴郡、巴东、巴西。在今四川东部长江一带。

⑦ 长风沙：在今安徽安庆长江边。陆游《入蜀记》：“盖自金陵至长风沙七百里，而室家来迎其夫，甚言其远也。”

白纻辞三首[①]

一

扬清歌，发皓齿，北方佳人东邻子[②]。且吟《白纻》停《绿水》，长袖拂面为君起[③]。寒云夜卷霜海空，胡风吹天飘塞鸿，玉颜满堂乐未终。

二

馆娃日落歌吹深[④]，月寒江清夜沉沉。美人一笑千黄金，垂罗舞縠扬哀音。郢中白雪且莫吟[⑤]，子夜吴歌动君心[⑥]。动君心，冀君赏，愿作天池双鸳鸯，一朝飞去青云上。

三

吴刀剪彩缝舞衣，明妆丽服夺春晖。扬眉转袖若雪飞，倾城独立世所稀[⑦]。激楚结风醉忘归[⑧]，高堂月落烛已微，玉钗挂缨君莫违[⑨]。

① 三首当是作者游江南时仿鲍照同题乐府之作，句式形神略同。白纻辞：乐府舞曲旧题。吴舞有《白纻舞》，此为舞曲，故题亦作《白纻舞辞》。

② 北方佳人：汉李延年《歌》曰："北方有佳人，绝世而独立。"东邻子：指东邻女子。宋玉《登徒子好色赋》谓："臣里之美者，莫若臣东家之子。"又，司马相如《美人赋》亦曰："臣之东邻有一女子，云发丰艳，蛾眉皓齿，颜盛色茂，景耀光起。"后因以"东邻子"喻美人。

③ 白纻：即《白纻辞》。绿水：亦作《渌水》，古时高雅的舞曲。两句本鲍照《白纻辞》"古称绿水今白纻，催弦急管为君舞"，及沈约《白纻辞》"长袖拂面为君施"。

④ 馆娃：指馆娃宫。据说吴王夫差为西施而造。故址在今苏州西南灵岩山上。

⑤ 郢中白雪：指高雅的歌曲。典出宋玉《对楚王问》。

⑥ 子夜吴歌：即吴地《子夜歌》。晋曲名。相传为晋女子子夜所作。

⑦ 倾城独立：语本汉李延年《歌》："一顾倾人城，再顾倾人国。宁不知倾城与倾国，佳人难再得。"

⑧ 激楚结风：本司马相如《上林赋》："鄢郢缤纷，激楚结风。"楚国鄢郢所流行的《激楚》与《结风》两种乐曲，节拍均如急风，急促哀切。

⑨ 玉钗挂缨：语本司马相如《美人赋》："玉钗挂臣冠，罗袖拂臣衣。"缨，冠带。

杨　叛　儿[①]

君歌《杨叛儿》，妾劝新丰酒[②]。何许最关人？乌啼白门柳[③]。乌啼隐杨花，君醉留妾家。博山炉中沉香火，双烟一气凌紫霞[④]。

① 本篇当是见白门而仿古题以咏金陵酒肆。杨叛儿：又作“杨伴儿”，乐府清商曲旧题。

② 新丰：在今陕西临潼，产美酒。王维《少年行》：“新丰美酒斗十千。”又，江苏太仓之南与丹徒东南均有新丰镇。陆游以为此新丰乃丹徒属镇，其《入蜀记》云：“(六月)十六日早，发丹阳，……过夹冈，……过新丰，小憩。李太白诗云：‘南国新丰酒，东山小妓歌。’……皆谓此，非长安之新丰也。”

③ “乌啼”句：意本《杨叛儿》古辞：“暂出白门前，杨柳可藏乌。欢作沉水香，侬作博山炉。”白门，六朝建康(即金陵)城西门。西属金，金气白，故称白门。后作为金陵别称。作者《金陵酒肆留别》诗“白门柳花满店香”，即代指金陵。

④ “博山”二句：意亦本于古辞，喻男女情爱。博山炉，古香炉，形制似山重叠。沉香，沉水香，古代著名香料，产于南方。

金陵酒肆留别[1]

风吹柳花满店香[2],吴姬压酒劝客尝[3]。金陵子弟来相送,欲行不行各尽觞。请君试问东流水,别意与之谁短长?

① 本篇为初游江南时作于金陵,游兴豪情溢于言表。金陵：今江苏南京。

② 风吹：一作“白门”。

③ 吴姬：泛指吴地美女。压酒：新酒酿成,尚未出槽入瓮,则压槽取之,称压酒。

估　客　行[①]

海客乘天风[②]，将船远行役。譬如云中鸟，一去无踪迹。

① 本篇写估客外出经商，浪迹他乡。是不言乐而言愁。估客行：又作“估客乐”，乐府清商曲旧题。

② 海客：航海者。此指出海经商的估客。

示金陵子[①]

金陵城东谁家子，窃听琴声碧窗里。落花一片天上来，随人直渡西江水[②]。楚歌吴语娇不成，似能未能最有情。谢公正要东山妓，携手林泉处处行[③]。

① 本篇示金陵子，意欲携以同行。后果收金陵子，与家僮丹砂随其身，即所谓“小妓金陵歌楚声，家僮丹砂学凤鸣”（《出妓金陵子呈卢六四首》其四），又魏颢《李翰林集序》云：“间携昭阳、金陵之妓，迹类谢康乐，世号李东山。”金陵子：乐伎名。

② 西江：指长江。以其从西蜀东来，故称。

③ “谢公”二句：示意欲收金陵子。谢公，指谢安石。安石游上虞东山，常携妓随行。此以谢安石自喻。

苏台览古[①]

旧苑荒台杨柳新[②],菱歌清唱不胜春[③]。只今惟有西江月[④],曾照吴王宫里人[⑤]。

① 本篇为游姑苏时吊古之作,语极凄清,不胜感慨。然似未切入诗人身世之感,亦泛泛吊古之诗。当是初游江东之作。苏台:姑苏台,旧说在姑苏山上,然唐人所说姑苏台,多指砚石山,即今灵岩山。李绅《姑苏台杂句序》云:"台今遗迹平芜,连接灵岩寺。采香径、响屧廊皆在寺内。"刘禹锡《忆春草》诗云:"馆娃宫外姑苏台,郁郁芊芊拨不开。"

② 旧苑:指长洲苑。在今苏州西南,近馆娃宫。荒台:指姑苏台。

③ 菱歌:采菱之歌。梁简文帝《棹歌行》:"妾家住湘川,菱歌本自便。"

④ 西江:指长江。即西来的大江。《庄子·外物》:"我且南游吴越之王,激西江之水而迎子,可乎?"

⑤ 吴王宫里人:指西施。西施居吴王之馆娃宫,故称宫里人。以馆娃宫近苏台,故及之。

乌　栖　曲[①]

姑苏台上乌栖时，吴王宫里醉西施[②]。吴歌楚舞欢未毕，青山欲衔半边日。银箭金壶漏水多[③]，起看秋月坠江波。东方渐高奈乐何[④]！

① 本篇婉而多讽，深得《国风》刺诗之旨，亦有所指而发者。贺知章以为“此诗可以泣鬼神”（见《本事诗》），良有以也。乌栖曲：乐府清商曲旧题。

② “姑苏”二句：任昉《述异记》：“吴王夫差筑姑苏之台，三年乃成，周旋诘曲，横亘五里，崇饰土木，殚耗人力。宫妓数千人，上别立春宵宫，为长夜之饮。造千石酒钟，夫差作天池，池中造青龙舟，舟中盛陈妓乐，日与西施为水嬉。吴王于宫中作海灵馆、馆娃阁，铜沟玉槛，宫之楹槛，珠玉饰之。”姑苏台，在今苏州灵岩山，邻近馆娃宫。

③ 银箭金壶：指滴漏，古计时器。以铜为壶，以银为箭（刻漏指标），故称“银箭金壶”。

④ 东方渐高：谓东边红日高升。

越中览古[1]

越王勾践破吴归[2],义士还家尽锦衣。宫女如花满春殿,只今惟有鹧鸪飞[3]。

① 本篇当是初游越中之作,吊古伤今,叹盛世荣华之无常。然似无身世感慨。越中:指会稽,今浙江绍兴市。

② 勾践:春秋越国之君,为吴王夫差所败。卧薪尝胆,发愤图强,终灭吴国,以雪国耻。见《史记·越王勾践世家》。

③ 鹧鸪飞:状荒凉景象,以与前之盛况对照。盛衰对比强烈,感慨自在其中。

淮南卧病书怀寄蜀中赵征君蕤[①]

吴会一浮云，飘如远行客[②]。功业莫从就，岁光屡奔迫。良图俄弃捐，衰疾乃绵剧。古琴藏虚匣，长剑挂空壁。楚怀奏钟仪，越吟比庄舄[③]。国门遥天外，乡路远山隔。朝忆相如台[④]，夜梦子云宅[⑤]。旅情初结缉，秋气方寂历。风入松下清，露出草间白。故人不可见，幽梦谁与适。寄书西飞鸿，赠尔慰离析[⑥]。

① 本篇为出川漫游时作于扬州，寄其师友赵蕤，叙思乡之情。淮南：淮南道，治所在扬州。赵征君蕤：赵蕤，梓州盐亭人，善纵横术，朝廷征召不就，故称征君。李白曾从学岁余。撰《长短经》十卷。

② “吴会”二句：一作“万里无主人，一身独为客”。吴会，秦汉会稽郡治所为吴县（今苏州），郡县连称为吴会。秦之会稽郡，东汉分为吴郡与会稽，称为吴会。后泛指吴越之地。浮云，喻游子。曹丕《杂诗》：“西北有浮云，亭亭如车盖。惜哉时不遇，适与飘风会。吹我东南行，行行至吴会。”

③ “楚怀”二句：一作“卧来恨已久，兴发思逾积”。钟仪，春秋楚人，

为晋所俘，戴楚冠，晋侯释之，使弹琴，操南音，示不忘旧。见《左传·成公九年》。庄舄，春秋越人，仕楚，病中作越吟，知其虽富贵而未忘越。见《史记·张仪列传》。

④ 相如台：指司马相如琴台。故址在今成都。《初学记》二十四“蜀琴台”：“今梅安寺南有琴台故墟。”相传在今西安路抚琴台街。实乃蜀王永陵。

⑤ 子云宅：即扬雄故宅。遗址在今成都十三中。《太平寰宇记》七十二：“子云宅，在（益州）少城西南角，一名草玄堂。”

⑥ “寄书”二句：谓寄诗以慰离别之意。飞鸿，用鸿雁传书故事。典出《汉书·苏建传》附苏武。慰离析，谢灵运《南楼中望所迟客》：“云何慰离析？”离析，离散。

静 夜 思[1]

床前明月光，疑是地上霜[2]。举头望明月，低头思故乡。

① 本篇写思归之情，即景即情，自然神妙。静夜思：乐府新辞，太白自制。

② “疑是”句：梁简文帝《玄圃纳凉》诗：“夜月似秋霜。”

夜泊牛渚怀古[1]

牛渚西江夜，青天无片云。登舟望秋月，空忆谢将军[2]。余亦能高咏，斯人不可闻。明朝挂帆席[3]，枫叶落纷纷。

① 题下原注："此地即谢尚闻袁宏咏史处。"诗咏怀古迹而自伤未遇知音。牛渚：牛渚矶，即采石矶，为长江之要津。

② 谢将军：指谢尚。尚时官镇西将军，守牛渚，月夜泛江，闻运船中讽咏之声，甚有情致，询之，知为袁宏咏其所作《咏史诗》，大为赏叹，因加援引。见《世说新语·文学》。

③ 挂帆席：一作"洞庭去"。

黄鹤楼送孟浩然之广陵[1]

故人西辞黄鹤楼,烟花三月下扬州[2]。孤帆远影碧空尽,唯见长江天际流。

① 本篇为太白青年时期于江夏送别孟浩然所作,情深意远,脍炙人口。黄鹤楼:故址在今武昌蛇山。相传蜀费祎登仙,曾驾黄鹤憩此。或说仙人王子安曾乘黄鹤过此。故取名黄鹤楼。孟浩然:襄州襄阳人,早年隐于鹿门山,未登仕途,因漫游江南各地。为唐代著名诗人。广陵:今江苏扬州。

② 烟花:泛指春景。扬州:唐为淮南道治所。今属江苏。

江 夏 行[1]

忆昔娇小姿，春心亦自持。为言嫁夫婿，得免长相思。谁知嫁商贾[2]，令人却愁苦。自从为夫妻，何曾在乡土。去年下扬州，相送黄鹤楼。眼看帆去远，心逐江水流[3]。只言期一载，谁谓历三秋。使妾肠欲断，恨君情悠悠。东家西舍同时发，北去南来不逾月。未知行李游何方[4]，作个音书能断绝。适来往南浦[5]，欲问西江船，正见当垆女[6]，红妆二八年。一种为人妻[7]，独自多悲凄。对镜便垂泪，逢人只欲啼。不如轻薄儿[8]，旦暮长追随。悔作商人妇，青春长别离。如今正好同欢乐，君去容华谁得知。

① 本篇为初游江夏有感于商人妇的怨旷而作，哀音宛转，得古《西洲曲》之余韵。江夏：今湖北武昌。

② 商贾：亦作“商估”，商人。

③ “去年”四句：古乐府《莫愁乐》：“闻欢下扬州，相送楚山头。探手抱腰看，江水不断流。”扬州，今属江苏。古代为商业集散地。

④ 行李：行人。指丈夫。

⑤ 南浦：在今武昌之南。《太平寰宇记》一一二《江夏县》："南浦在县南三里。《离骚》云'送美人兮南浦'。其源出景首山，西入大江，秋冬涸竭，春夏泛涨，商旅往来，皆于浦停泊，以其在郭之南，故曰南浦。"

⑥ 当垆女：指酒店女招待。古代酒店累土为垆，中居酒瓮。故称卖酒女郎为当垆女。卓文君奔相如时亦曾当垆卖酒。见《汉书·司马相如传》。

⑦ 一种：一样。

⑧ 轻薄儿：轻佻浮薄的青年男子。

安陆白兆山桃花岩寄刘侍御绾[1]

云卧三十年，好闲复爱仙。蓬壶虽冥绝，鸾凤心悠然。归来桃花岩，得憩云窗眠[2]。对岭人共语，饮潭猿相连[3]。时升翠微上，邈若罗浮巅[4]。两岑抱东壑，一嶂横西天。树杂日易隐，崖倾月难圆。芳草换野色，飞萝摇春烟。入远构石室，选幽开山田。独此林下意，杳无区中缘[5]。永辞霜台客[6]，千载方来旋。

① 题一作《春归桃花岩贻许侍御》。本篇当是首入长安归隐白兆山所作，以林下生活自慰。白兆山：在今湖北安陆之西三十里。山上有桃花岩，山下旧有太白读书堂。刘侍御绾：名载《御史台精舍碑》，事迹未详。

② "云卧"六句：一本作："幼采紫房谈，早爱沧溟仙。心迹颇相误，世事空徂迁。归来丹岩曲，得憩青霞眠。"蓬壶，即蓬莱。传为海上仙山。

③ 猿相连：《尔雅翼》：猿好攀援，其饮水辄自高崖或大木上累累相接下饮，饮毕复相收而上。

④ 罗浮：罗浮山，在今广东，为粤中名山，风景秀丽。道教列为第七洞天。

⑤ 区中缘：即尘缘。谢灵运《登江中孤屿》："想象昆山姿，缅邈区中缘。"

⑥ 霜台客：指御史台官员，即指刘侍御。霜台，指御史台。

山中问答[①]

问余何意栖碧山，笑而不答心自闲。桃花流水窅然去[②]，别有天地非人间。

① 题一作《山中答俗人》，又作《答俗人问》。诗写山栖自适之意，信手拈来，词近而意远，遂成绝调。山中：当指安陆白兆山中。清韦佩金《安陆县西白兆山李白所栖碧山也》诗："白也醒残醉，重来栖碧山。桃花开雨过，流水到人间。月上辞郧国，春深出楚关。仙才署诗伯，端在此心闲。"

② 窅然：深远貌。

山中与幽人对酌[①]

两人对酌山花开，一杯一杯复一杯。我醉欲眠卿且去[②]，明朝有意抱琴来。

① 本篇写山中与幽人对饮以发幽兴，意颇潇洒。山中：宿松南台山有所谓“对酌亭”遗址，传即太白避地宿松时与闾立处士对饮处。未足征信。意者此“山中”与《山中问答》之山中或为一处，似即安陆白兆山。

② “我醉”句：其语本萧统《陶渊明传》：“贵贱造之者，有酒辄设。渊明若先醉，便语客：‘我醉欲眠，卿可去！’其真率如此。”

郧中赠王大劝入高凤石门山幽居[1]

一身竟无托,远与孤蓬征。千里失所依,复将落叶并。中途偶良朋,问我将何行。欲献济时策,此心谁见明。君王制六合[2],海塞无交兵。壮士伏草间,沉忧乱纵横。飘飘不得意,昨发南都城[3]。紫燕枥上嘶[4],青萍匣中鸣[5]。投躯寄天下,长啸寻豪英。耻学琅邪人,龙蟠事躬耕[6]。富贵吾自取,建功及春荣。我愿执尔手,尔方达我情。相知同一己,岂唯弟与兄。抱子弄白云[7],琴歌发清声。临别意难尽,各希存令名[8]。

① 本篇谢郧中王大之劝隐高凤石门山,有仕进之意。郧中王大:王姓排行老大,郧中人,作者离南都途中所遇良朋。"郧中"之下或多"赠"字,有失文义,且易误诗作于郧中,郧中应是王大之籍贯,而诗乃作于离南都后距高凤石门山未远,故用诸葛躬耕南阳事。高凤石门山:后汉南阳叶人高凤曾执教于西唐山(在今河南叶县西南六十里)。庾信《高凤好书不知流麦赞》云:"石门云渡,铜梁雨来。麦流虽远,书卷犹开。"或疑石门即指西唐山。太白有《闻

丹丘子于城北营石门幽居》诗、《寻高凤石门山中元丹丘》诗，可知太白曾寻访石门山。

② 六合：指天地四方。

③ 南都：指南阳，今属河南。作者有《南都行》诗。

④ 紫燕：骏马名。汉文帝九逸之一。

⑤ 青萍：宝剑名。《抱朴子·博喻》："青萍、豪曹，剡锋之精绝也，操者非羽、越，则有自伤之患焉。"

⑥ "耻学"二句：谓不学孔明之躬耕陇亩。谢邺中王大之劝。琅邪人，指诸葛亮。诸葛亮字孔明，琅邪阳都人，躬耕陇亩，好为《梁父吟》。见《三国志·蜀书·诸葛亮传》。

⑦ 抱子：或以为"抱朴子"之省称，指葛洪，以喻邺中王大。可备一说。

⑧ 令名：美名。《左传·襄公二十四年》："非无贿之患，而无令名之难。"

送 友 人[1]

青山横北郭，白水绕东城[2]。此地一为别，孤蓬万里征。浮云游子意，落日故人情。挥手自兹去，萧萧班马鸣[3]。

① 本篇写送别友人，即景即情，意味俱深，播在人口。友人：未详所指。

② “青山”二句：写送别之地。疑是南阳。青山，当指南阳城北之独山。即太白诗“昔在南阳城，唯餐独山蕨”之独山。白水，当即南阳城东之白水，即今之白河。太白南阳之诗多称“白水”，如《游南阳白水登石激作》“朝涉白水源”，《忆崔郎中宗之游南阳》“白水弄素月”皆是。

③ 萧萧：马鸣声。《诗·小雅·车攻》：“萧萧马鸣。”班马：载人离去之马。《左传·襄公十八年》：“有班马之声。”注：“班，别也。”

玉真仙人词[①]

玉真之仙人，时往太华峰[②]。清晨鸣天鼓[③]，飙欻腾双龙。弄电不辍手，行云本无踪。几时入少室，王母应相逢[④]。

① 本篇为初入长安干谒玉真公主之作。以玉真行云无踪，未遇，留此为约。玉真仙人：指玉真公主，睿宗之女，玄宗之妹。本为昌隆公主，入道后于景云二年五月更名玉真公主，法号无上，字元元，天宝中赐号持盈。京城内辅兴坊为造玉真观。开元中奉命随司马承祯至王屋山修道，并于王屋附近之玉阳山构馆。

② 太华峰：即西岳华山。在今陕西华阴南。

③ 鸣天鼓：道家修炼之术。一说掩耳弹枕。《河间六书》："双手闭耳如鼓音，是鸣天鼓。"一说叩齿。《太清调气经》："鸣天鼓者，即叩齿也。"此语意双关，有叩天关欲飞升之意，故下文接"腾双龙"。

④ "几时"二句：意与玉真约于嵩山相会。少室，嵩山有二室，太室在东，少室在西，总为嵩山，是为中岳。王母，指传说中的仙人西王母。此喻指玉真公主。

玉真公主别馆苦雨赠卫尉张卿[1]

秋坐金张馆[2]，繁阴昼不开。空烟迷雨色，萧飒望中来。翳翳昏垫苦，沉沉忧恨催。清秋何以慰，白酒盈吾杯。吟咏思管乐[3]，此人已成灰。独酌聊自勉，谁贵经纶才。弹剑谢公子，无鱼良可哀[4]。

① 本题二首，此选其一，写秋雨独寓玉真公主别馆，以未遇知音，难展其才而忧恨。玉真公主别馆：在楼观南山之麓，后更名玉真观，又改名延生观。苏轼《壬寅二月十八日游楼观复过玉真公主祠堂》诗自注："西至延生观，观后上小山，有唐玉真公主修道之遗迹。"故址在今陕西周至楼观台附近。卫尉张卿：指张垍，宰相张说次子。开元十八年之前为驸马都尉，卫尉卿。见张九龄《尚书左丞相燕国公赠太师张公(说)墓志铭并序》。

② 金张馆：权贵馆舍，借指玉真公主别馆。金张，指金日磾与张安世。《汉书·张汤传》："功臣之世，唯有金氏、张氏，亲近宠贵，比于外戚。"

③ 管乐：指管仲与乐毅。二人分别为春秋时名相与战国时名将。

④“弹剑”二句：用冯谖故事。《史记·孟尝君列传》载：冯谖在孟尝君门下，弹剑而歌：“长铗归来乎，食无鱼！”意者欲求重用。有托张垍援引之意。

杜陵绝句[①]

南登杜陵上，北望五陵间[②]。秋水明落日[③]，流光灭远山。

① 本篇为初入长安登杜陵旷望所作，以抒怅惘之情。杜陵：汉宣帝陵墓，在长安东南杜陵原上。

② “南登”二句：化用班固《西都赋》：“南望杜霸，北眺五陵。”五陵，汉代五帝陵墓，即高帝长陵、惠帝安陵、景帝阳陵、武帝茂陵、昭帝平陵，均在长安之北。

③ 秋水：指秋日曲江池水。

君子有所思行[①]

紫阁连终南[②]，青冥天倪色[③]。凭崖望咸阳[④]，宫阙罗北极[⑤]。万井惊画出[⑥]，九衢如絃直[⑦]。渭水银河清，横天流不息[⑧]。朝野盛文物，衣冠何翕艳[⑨]。厩马散连山，军容威绝域。伊皋运元化[⑩]，卫霍输筋力[⑪]。歌钟乐未休，荣去老还逼。圆光过满缺[⑫]，太阳移中昃[⑬]。不散东海金[⑭]，何争西辉匿？无作牛山悲，恻怆泪沾臆[⑮]。

① 本篇写京都文物之盛宫室之丽，有感于盈亏盛衰之运。君子有所思：乐府杂曲旧题。

② 紫阁：指终南山紫阁峰。在今陕西鄠邑东南。

③ 天倪：亦作"天霓"，天际。

④ 咸阳：秦都，此指代唐都长安。

⑤ 北极：北辰星，在紫微中，喻天子所居。

⑥ 万井：指长安街衢里巷。井，古制八家一井，后引申为市民聚居之地。

⑦ 九衢：指长安城中的街道。

⑧ “渭水”二句:《三辅黄图》一:“引渭水贯都,以象天汉。”渭水,在今西安之北。

⑨ 翕赩: 光色盛貌。

⑩ 伊皋: 指伊尹、皋陶,为尧帝时名臣。以喻唐之贤臣。

⑪ 卫霍: 指卫青、霍去病,均汉武帝时名将。以喻唐之将帅。

⑫ 圆光: 指十五的月亮。

⑬ “太阳”句:《易·丰》:“日中则昃,月盈则食。”昃,斜,日西偏。

⑭ 东海金: 用汉疏广事。广字仲翁,东海兰陵人,为太傅,在位五年,乞归乡里,赐黄金二十斤,太子又赐五十斤,日宴族人乡亲,谓“与乡党宗族共飨”,尽散其金。事见《汉书·疏广传》。

⑮ “无作”二句: 用齐景公游牛山事。景公游牛山,北临其国而流涕。见《晏子春秋·谏上》。

乌 夜 啼[①]

黄云城边乌欲栖，归飞哑哑枝上啼。机中织锦秦川女[②]，碧纱如烟隔窗语。停梭怅然忆远人[③]，独宿孤房泪如雨。

① 本篇写秦中思妇，“语浅意深，乐府本色”(《唐宋诗醇》)。乌夜啼：乐府清商曲旧题，多为女子怀人之辞。

② 机中织锦：典出《晋书·列女传》：“窦滔妻苏氏，始平人，名蕙，字若兰，善属文。苻坚时，滔为秦州刺史，被徙流沙。苏氏思之，织锦为《回文旋图诗》以赠滔，宛转循环以读之，词甚凄惋，凡八百四十字。”秦川女：指苏蕙，以其夫为秦州刺史，故云。庾信《乌夜啼》：“织锦秦川窦氏妻。”

③ 远人：指征夫。

子夜吴歌四首[①]

一

秦地罗敷女，采桑绿水边[②]。素手青条上，红妆白日鲜。蚕饥妾欲去，五马莫留连[③]。

二

镜湖三百里[④]，菡萏发荷花。五月西施采，人看隘若耶[⑤]。回舟不待月，归去越王家。

三

长安一片月，万户捣衣声[⑥]。秋风吹不尽，总是玉关情[⑦]。何日平胡虏，良人罢远征。

四

明朝驿使发，一夜絮征袍。素手抽针冷，那堪把剪刀。

裁缝寄远道,几日到临洮[8]。

① 本题四首所写非一时一地一事,其一写春,事出秦罗敷;其二写夏,事关越女采莲;其三四写秋冬,事涉秦中思妇征夫。子夜吴歌:即《子夜歌》,世传晋女子名子夜者所制。后人为四时行乐词,谓之《子夜四时歌》。太白四首非行乐词,是乐府之变调。

② "秦地"二句:罗敷采桑,出汉乐府《陌上桑》。唯乐府所云罗敷为秦氏,而太白诗中之罗敷则指为秦地。

③ "五马"句:《陌上桑》:"使君从南来,五马立踟蹰。"

④ 镜湖:又名鉴湖,在今浙江绍兴。东汉永和五年,会稽太守马臻所筑,周回三百一十里,溉田九千顷。见《元和郡县图志》。

⑤ "五月"二句:据《方舆胜览》载:西施曾采莲于若耶溪。若耶,若耶溪,又作"若邪溪",或名五云溪,在今浙江绍兴东南。

⑥ 捣衣:寒衣制作前对布料加工的一种工序。将布置于砧上捶捣。或说于衣料上捣入面粉之类,使之密不透风,且便于换季洗濯,今内蒙犹有此俗。作者另有《捣衣篇》。

⑦ 玉关:指玉门关。在今甘肃。此泛指边塞。

⑧ 临洮:郡名,唐属陇右道,治所在今甘肃岷县。

大车扬飞尘[1]

（古风其二十四）

大车扬飞尘，亭午暗阡陌[2]。中贵多黄金，连云开甲宅。路逢斗鸡者[3]，冠盖何辉赫！鼻息干虹霓，行人皆怵惕[4]。世无洗耳翁[5]，谁知尧与跖[6]！

① 本篇讽小人得志，骄奢淫逸。

② 亭午：正午。

③ 斗鸡者：专事斗鸡的人，如贾昌之流。陈鸿《东城老父传》载：唐玄宗在藩邸时，乐民间斗鸡戏。及即位，治鸡坊于两宫间，选六军小儿五百人，使驯扰教饲雄鸡。上行下效，诸王、外戚、公主、侯家，皆倾帑市鸡，都中男女，以弄鸡为事。贾昌为五百小儿长，帝甚爱幸之，号为鸡神童。金帛之赐，日至其家。时人语曰："生儿不用识文字，斗鸡走马胜读书。贾家小儿年十三，富贵荣华代不如。"

④ 怵惕：恐惧。

⑤ 洗耳翁：指许由。晋皇甫谧《高士传》载：尧让天下于许由，由遁

耕于颍水之阳，箕山之下；尧又召许由为九州长，由不欲闻之，洗耳于颍水之滨。

⑥ 跖：春秋战国之际人，名跖，一作"蹠"，为柳下季之弟。旧时被诬称为盗跖。见《庄子·盗跖》。

少年行二首[①]

一

击筑饮美酒，剑歌易水湄。经过燕太子，结托并州儿[②]。少年负壮气，奋烈自有时。因声鲁句践，争博勿相欺[③]。

二

五陵年少金市东[④]，银鞍白马度春风。落花踏尽游何处，笑入胡姬酒肆中[⑤]。

① 本题二首均写少年豪侠。后一首又题《小放歌行》，颇能尽其豪放之态。少年行：乐府杂曲旧题。或作《少年子》，本出《结客少年场》。

② “击筑”四句：化用荆轲故事。荆轲入秦行刺，太子丹送至易水，高渐离击筑，荆轲悲歌。事见《史记·燕召公世家》。并州儿，指侠客。曹植《白马篇》：“借问谁家子，幽并游侠儿。”

③ “因声”二句:《史记·刺客列传》载:荆轲游邯郸,与鲁句践博,争道。鲁句践怒叱之,后闻荆轲刺秦王,叹曰:“甚矣,吾不知人也。曩者吾叱之,彼乃以我为非人也。”因声,寄声,犹寄言。

④ 五陵年少:指豪贵公子。五陵为豪门贵族聚居之地。金市,古洛阳陵云台西有金市。见《水经注·谷水》。此指繁华的街市。

⑤ 胡姬:原指西域出生的少女。后多泛指酒家卖酒女郎。

白　马　篇[①]

龙马花雪毛[②]，金鞍五陵豪[③]。秋霜切玉剑[④]，落日明珠袍[⑤]。斗鸡事万乘[⑥]，轩盖一何高。弓摧南山虎[⑦]，手接太行猱[⑧]。酒后竞风采，三杯弄宝刀。杀人如剪草，剧孟同游遨[⑨]。发愤去函谷[⑩]，从军向临洮[⑪]。叱咤经百战，匈奴尽奔逃。归来使酒气[⑫]，未肯拜萧曹[⑬]。羞入原宪室，荒径隐蓬蒿[⑭]。

① 本篇写长安五陵豪门子弟之逞强使气，似颂而实讽，如萧士赟所评："此诗寓贬于褒，寄扬于抑，深得国风之旨。"白马篇：乐府杂曲旧题。曹植、鲍照本题均写边塞事，此则写五陵豪少。

② 龙马：《周礼·夏官》："马八尺以上为龙。"后用以形容骏马。

③ 五陵豪：聚居长安五陵之豪门贵族。

④ 切玉剑：利可切玉的剑。《列子·汤问》谓周穆王得西戎锟铻之剑，"炼钢赤刃，用之切玉，如切泥焉"。

⑤ "落日"句：语本梁王僧孺《古意》诗："朔风吹锦带，落日映珠袍。"

⑥ "斗鸡"句：言以斗鸡侍奉主上。

⑦ 南山虎：用晋周处事。南山白额猛虎为患，周处入山中，射杀猛虎，为民除害。见《晋书·周处传》。

⑧ “手接”句：《后汉书·张衡传》注引《尸子》曰：“中黄伯曰：我左执太行之猱，右执彫虎，唯象之未试，吾或焉。”猱，类猿，长臂。

⑨ 剧孟：汉代大侠。《汉书·游侠传》：“布衣游侠，剧孟、郭解之徒，如骛于闾阎，权行州域，力折公卿。”

⑩ 函谷：函谷关。秦关在今河南灵宝，汉关在今河南新安。

⑪ 临洮：隋为临洮郡，唐为岷州治。在今甘肃岷县。

⑫ 使酒：酒后任性。《史记·魏其武安侯列传》：“灌夫为人刚直，使酒，不好面谀。贵戚诸有势在己之右，不欲加礼，必陵之。”

⑬ 萧曹：指汉初宰相萧何与曹参。

⑭ “羞入”二句：《韩诗外传》一：“原宪居鲁，环堵之室，茨以蒿莱，蓬户瓮牖，桷桑而无枢，上漏下湿，匡坐而弦歌。”原宪，字子思，孔子弟子，安贫乐道。

蜀道难[1]

噫吁嚱[2]，危乎高哉！蜀道之难，难于上青天！蚕丛及鱼凫，开国何茫然[3]！尔来四万八千岁，不与秦塞通人烟。西当太白有鸟道[4]，可以横绝峨眉巅[5]。地崩山摧壮士死[6]，然后天梯石栈相钩连[7]。上有六龙回日之高标[8]，下有冲波逆折之回川。黄鹤之飞尚不得过，猿猱欲度愁攀援。青泥何盘盘[9]，百步九折萦岩峦。扪参历井仰胁息[10]，以手抚膺坐长叹。问君西游何时还？畏途巉岩不可攀。但见悲鸟号古木，雄飞雌从绕林间。又闻子规啼夜月[11]，愁空山。蜀道之难，难于上青天，使人听此凋朱颜！连峰去天不盈尺，枯松倒挂倚绝壁。飞湍瀑流争喧豗[12]，砯崖转石万壑雷[13]。其险也如此，嗟尔远道之人胡为乎来哉！剑阁峥嵘而崔嵬[14]，一夫当关，万夫莫开。所守或匪亲，化为狼与豺[15]。朝避猛虎，夕避长蛇。磨牙吮血，杀人如麻。锦城虽云乐[16]，不如早还家。蜀道之难，难于上青天，侧身西望长咨嗟！

① 本篇题旨众说纷纭,迄无定论。詹锳《李白诗文系年》以为与《剑阁赋》《送友人入蜀》为先后之作,有功名难求之意,良是,可从。蜀道难:或作"古蜀道难",乐府旧题。阴铿《蜀道难》云:"蜀道难如此,功名讵可要!"寄意本此。

② 噫吁嚱:感叹词。宋庠《宋景文公笔记》云:"蜀人见物惊异,辄曰噫嘻嚱。李白作《蜀道难》,因用之。"

③ "蚕丛"二句:《太平御览》一六六引扬雄《蜀王本纪》:"蜀之先称王者,有蚕丛、折权、鱼凫、开明。是时椎髻左衽,不晓文字,未有礼乐。从开明已上至蚕丛,凡四千岁。"蚕丛,蜀国先祖,相传教人蚕桑。鱼凫,古蜀王名。

④ 太白:山名,在今陕西太白。鸟道:高险逼仄之道,指难行之山路。庾信《秦州天水郡麦积崖佛龛铭》:"鸟道乍穷,羊肠或断。"

⑤ 峨眉颠:峨眉山绝顶。

⑥ "地崩"句:《华阳国志·蜀志》:"秦惠王知蜀王好色,许嫁五女于蜀。蜀遣五丁迎之。还到梓潼,见一大蛇入穴中。一人揽其尾,掣之,不禁;至五人相助,大呼拽蛇,山崩,时压杀五人及秦五女并将从,而山分为五岭。"或说秦造五金牛,蜀王派五丁运回,蜀道始通。见《水经注·沔水》。

⑦ 石栈:凿石架栈道。

⑧ 六龙回日:《初学记》一引《淮南子》:"爰止羲和,爰息六螭。"注曰:"日乘车,驾以六龙,羲和御之。日至此而薄于虞泉,羲和至此

而回六螭。”高标：指高耸的物体。此指山峰。左思《蜀都赋》：“羲和假道于峻岐，阳乌回翼乎高标。”

⑨ 青泥：指青泥岭。在今甘肃徽县南。《元和郡县图志》二二《兴州》：青泥岭“悬崖万仞，上多云雨，行者屡逢泥淖，故号为青泥岭”。盘盘：盘转曲折。

⑩ 扪参历井：极言山之高，上可手扪星辰。参、井，两星名。胁息：敛气屏息。

⑪ 子规：又名杜鹃，或谓蜀国望帝杜宇之魄所化。

⑫ 喧豗：指飞瀑喧腾声。

⑬ 砯崖：指瀑布冲击山崖。砯：水击岩石之声。此作动词。

⑭ 剑阁：指大剑山与小剑山之间的飞阁栈道。在今四川剑阁县东北。

⑮ “一夫”四句：语本晋张载《剑阁铭》：“一人荷戟，万夫趑趄。形胜之地，匪亲勿居。”

⑯ 锦城：锦官城。今四川成都。

送友人入蜀[①]

见说蚕丛路[②],崎岖不易行。山从人面起,云傍马头生。芳树笼秦栈[③],春流绕蜀城[④]。升沉应已定,不必问君平[⑤]。

① 本篇为初入长安送友人入蜀,以蜀道难行喻世路之险,亦《蜀道难》之意,于友人有所讽劝。友人:太白《剑阁赋》题下注云:“送友人王炎入蜀。”此友人或即王炎。

② 蚕丛路:指蜀道。蚕丛,古蜀国之君。《华阳国志》三:“有蜀侯蚕丛,其目纵,始称王。”

③ 秦栈:自秦入蜀之栈道。栈,凿石架木为路,称栈道。

④ 蜀城:指成都。

⑤ 君平:严遵字君平,汉蜀郡人,隐不仕,卜筮于成都。见《汉书·王贡两龚鲍传序》。

下终南山过斛斯山人宿置酒[1]

暮从碧山下，山月随人归。却顾所来径，苍苍横翠微[2]。相携及田家，童稚开荆扉。绿竹入幽径，青萝拂行衣。欢言得所憩，美酒聊共挥[3]。长歌吟松风，曲尽河星稀。我醉君复乐，陶然共忘机[4]。

① 本篇为初入长安时隐居终南所作，写终南山下农村景色与情趣，深得陶潜遗韵。终南山：又称太乙山，为秦岭主峰之一，在长安之南，故又称南山。斛斯山人：复姓斛斯的隐者。或疑其为杜甫《过斛斯校书庄二首》所写酒伴斛斯融。

② 翠微：轻淡青葱的山色，亦借指青山。

③ 挥：此指干杯。《礼记·曲礼》："饮玉爵者弗挥。"注："振去馀酒曰挥。"

④ 忘机：忘却机巧之心，指自甘恬淡与世无争。

行路难三首[①]

一

金樽清酒斗十千[②],玉盘珍羞直万钱[③]。停杯投箸不能食,拔剑四顾心茫然[④]。欲渡黄河冰塞川,将登太行雪满山[⑤]。闲来垂钓碧溪上[⑥],忽复乘舟梦日边[⑦]。行路难,行路难,多歧路[⑧],今安在?长风破浪会有时,直挂云帆济沧海[⑨]。

二

大道如青天,我独不得出。羞逐长安社中儿,赤鸡白雉赌梨栗[⑩]。弹剑作歌奏苦声[⑪],曳裾王门不称情[⑫]。淮阴市井笑韩信[⑬],汉朝公卿忌贾生[⑭]。君不见昔时燕家重郭隗[⑮],拥篲折节无嫌猜[⑯]。剧辛乐毅感恩分,输肝剖胆效英才[⑰]。昭王白骨萦蔓草,谁人更扫黄金台[⑱]?行路难,归去来!

三

有耳莫洗颍川水[19],有口莫食首阳蕨[20]。含光混世贵无名,何用孤高比云月。吾观自古贤达人,功成不退皆殒身。子胥既弃吴江上[21],屈原终投湘水滨[22]。陆机雄才岂自保[23],李斯税驾苦不早[24]。华亭鹤唳讵可闻,上蔡苍鹰何足道。君不见吴中张翰称达生,秋风忽忆江东行,且乐生前一杯酒,何须身后千载名[25]。

① 本题三首,言世路之艰难,然仍未失其壮志。行路难:乐府杂曲歌旧题。古词多言世路艰难及离别悲伤之意。

② 清酒斗十千:曹植《名都篇》:"归来宴平乐,美酒斗十千。"

③ "玉盘"句:北齐韩轨之子晋明,封东莱王,"好酒诞纵,招引宾客,一席之费,动至万钱,犹恨俭率。朝庭处之贵要之地,必以疾辞。告人云:'废人饮美酒,对名胜,安能作刀笔吏返披故纸乎?'"(《北齐书·韩轨传》)

④ "停杯"二句:鲍照《拟行路难》:"对案不能食,拔剑击柱长叹息。"

⑤ "欲渡"二句:鲍照《舞鹤赋》:"冰塞长河,雪满群山。"太行,太行山。

⑥ 垂钓碧溪:用吕尚(太公)故事。吕尚未遇文王时曾垂钓于渭水

支流磻溪。见《水经注·渭水》。

⑦ 乘舟梦日边：沈约《宋书·符瑞上》："伊挚将应汤命，梦乘船过日月之旁，汤乃东至于洛，观帝尧之坛。"

⑧ 多歧路：《列子·说符》："杨子曰：'嘻！亡一羊，何追者之众？'邻人曰：'多歧路。'"歧路，岔道。

⑨ "长风"二句：《宋书·宗悫传》："悫年少时，(叔父)炳问其志；悫曰：'原乘长风破万里浪。'"

⑩ "羞逐"二句：谓羞与小人为伍。社：祭土神之所，如社宫、社庙。社中儿：在社庙博戏的小儿。赤鸡白雉：当是小儿博戏的一种博具，如黑卢白雉。呼卢喝雉一赌至百万，而小儿之赌赤鸡白雉但以梨栗。

⑪ 弹剑作歌：战国孟尝君门客冯驩(一作"谖")曾弹铗(剑)而歌"长铗归来乎"，以引起主人重视。事见《史记·孟尝君列传》。

⑫ 曳裾王门：《汉书·邹阳传》载邹阳《上吴王书》："饰固陋之心，则何王之门不可曳长裾乎？"后以"曳裾王门"喻于显贵之家充食客。

⑬ "淮阴"句：用淮阴侯韩信受胯下之辱事。见《史记·淮阴侯列传》。

⑭ "汉朝"句：《史记·屈原贾生列传》载：汉天子议以贾谊任公卿之位，绛侯周勃、颍阴侯灌婴等公卿忌而非之，于是疏之，出为长沙王太傅。

⑮ 燕家重郭隗：指燕昭王为郭隗改筑宫而拜为师之事。见《史记·

燕召公世家》。

⑯ 拥篲折节:《史记·孟子荀卿列传》:“(驺衍)如燕,昭王拥篲先驱,请列弟子之座而受业。”拥篲,持扫帚清道。

⑰ “剧辛”二句:谓燕昭王礼贤下士,乐毅自魏往,剧辛自赵往,皆为之竭诚尽力。

⑱ “昭王”二句:谓燕昭王死后,再无人扫黄金台招纳贤才了。不胜今古之慨。黄金台:相传为燕昭王为招贤而筑,故址在今河北易县。

⑲ “有耳”句:事出许由洗耳,反其意而咏之。《高士传》载:古高士许由隐于沛泽,尧让天下,不受而遁耕于颍水之阳;尧又召为九州长,乃洗耳于颍水之滨。

⑳ “有口”句:事出伯夷、叔齐,亦反用其意。伯夷、叔齐义不食周粟,隐于首阳山,采薇而食。见《史记·伯夷列传》。首阳,首阳山,在今山西永济。蕨,即薇。

㉑ “子胥”句:典出《史记·伍子胥列传》:伍子胥为吴国功臣,不知引退,被谗赐死。吴王取其尸,盛于鸱夷之中,沉于吴江。

㉒ “屈原”句:屈原遭谗被放逐,终自沉于汨罗江。见《史记·屈原贾生列传》。湘水滨,指汨罗江。

㉓ “陆机”句:用陆机故事。晋陆机,吴县华亭人,入洛,文章冠世,后事成都王颖,任后将军、河北大都督,讨长沙王乂,战败,被谗,为颍所杀。临刑叹曰:“华亭鹤唳,岂可复闻乎?”见《晋书·陆

机传》。

㉔“李斯”句:《史记·李斯列传》载:李斯为上蔡布衣,秦始皇时官至丞相,自言“物极则衰,吾未知所税驾”。秦二世时,被腰斩于咸阳,临刑谓其中子曰:“吾欲与若复牵黄犬,俱出上蔡东门逐狡兔,岂可得乎?”税驾,解驾,即休息。按,下文“上蔡苍鹰何足道”,改“黄犬”为“苍鹰”。

㉕“君不见”四句:用张翰事。晋张翰,字季鹰,吴郡人,为齐王冏大司马东曹掾。因见秋风起,思吴中菰菜、莼羹、鲈鱼脍,曰:“人生贵得适志,何能羁宦数千里以要名爵乎?”遂命驾东归。或谓之曰:“卿乃可纵适一时,独不为身后名邪?”答曰:“使我有身后名,不如即时一杯酒。”时人贵其旷达。见《晋书·张翰传》。

秦女休行[①]

西门秦氏女[②],秀色如琼花。手挥白杨刀,清昼杀雠家[③]。罗袖洒赤血,英声凌紫霞。直上西山去,关吏相邀遮[④]。婿为燕国王,身被诏狱加[⑤]。犯刑若履虎,不畏落爪牙[⑥]。素颈未及断,摧眉伏泥沙。金鸡忽放赦[⑦],大辟得宽赊[⑧]。何惭聂政姊[⑨],万古共惊嗟。

① 题下原注:“古词魏朝协律都尉左延年所作,今拟之。”《乐府解题》曰:“左延年辞,大略言女休为燕王妇,为宗报仇,杀人都市,虽被囚系,终以赦宥,得宽刑戮也。”本篇题材意旨略同。秦女休行:乐府杂曲旧题。

② 秦氏女:即秦女休。左延年《秦女休行》:“始出上西门,遥望秦氏庐。秦氏有好女,自名为女休。”

③ “手挥”二句:意本左延年《秦女休行》:“休年十四五,为宗行报仇。左执白杨刃,右据鲁宛矛。仇家便东南,仆僵秦女休。”白杨刀,宝刀名。

④ “直上”二句:意本左延年《秦女休行》:“女休西上山,上山四五

里，关吏呵问女休。”邀遮，阻拦。

⑤ “婿为”二句：意本左延年《秦女休行》：“平生为燕王妇，于今为诏狱囚。”诏狱，奉诏拘囚罪犯的监狱。

⑥ “犯刑”二句：谓不畏触犯刑律，犹不畏履虎尾而入虎口。

⑦ 金鸡：古时颁赦诏之日，设金鸡于竿，以示吉辰。鸡以黄金饰首，称金鸡。唐封演《封氏闻见记》四“金鸡”条：“（北齐）武成帝即位，大赦天下，其日设金鸡。宋孝王不识其义，问于光禄大夫司马膺之曰：赦建金鸡，其义何也？答曰：按《海中星占》，天鸡星动，必当有赦，由是王以鸡为侯。”

⑧ 大辟：死刑。《礼记·文王世子》：“其死罪，则曰某之罪在大辟。”

⑨ 聂政姊：即聂荌。战国轵人聂政，为人报仇，刺杀韩相侠累（一作“韩傀”），恐殃及其姊，因毁形自杀。韩暴尸于市，以千金求其名。其姊荌为扬弟之名，赴韩抱尸而哭，曰：“是轵深井里聂政也。”自杀于其旁。见《史记·刺客列传》，又见《战国策·韩策》。

长相思[1]

长相思，在长安。络纬秋啼金井阑[2]，微霜凄凄簟色寒[3]。孤灯不明思欲绝，卷帷望月空长叹。美人如花隔云端[4]。上有青冥之高天，下有渌水之波澜。天长路远魂飞苦，梦魂不到关山难。长相思，摧心肝。

① 本篇借乐府旧题托君臣遇合之意。长相思：乐府杂曲歌旧题。

② "络纬"句：梁吴均《杂绝句诗》："蜘蛛檐下挂，络纬井边啼。"络纬，蟋蟀，俗称纺织娘，秋夜啼声凄切。金井阑，井上装饰金属的栏杆。

③ 簟：竹席。

④ "美人"句：《古诗·兰若生阳春》："美人在云端，天路隔无期。"

登太白峰[①]

西上太白峰，夕阳穷登攀。太白与我语[②]，为我开天关。愿乘泠风去[③]，直出浮云间。举手可近月，前行若无山。一别武功去[④]，何时复更还？

① 本篇为初入长安西游邠岐途经太白山时所作。其时太白峰巅终年积雪，人迹未到，故应未登峰顶，所谓“穷登攀”乃夸张之辞。太白峰：即太白山，为秦岭主峰之一，在今陕西太白县。

② 太白：金星。又称太白金星。

③ 泠风：小风，和风。《庄子·齐物论》：“泠风则小和，飘风则大和。”《释文》：“泠风，泠泠小风也。”

④ 武功：武功山。唐属武功县。山北连太白山。

登新平楼[①]

去国登兹楼，怀归伤暮秋[②]。天长落日远，水净寒波流[③]。秦云起岭树，胡雁飞沙洲。苍苍几万里，目极令人愁。

① 本篇为初入长安北上邠州所作，干谒无成，故因失意而悲秋。诗体在律古之间，太白虽能律，然非律之所能律者，其诗乃从古乐府古风一路行来，自成体势，不必斤斤于律古。新平：即邠州，治新平县。今陕西彬州。

② “去国”二句：谓思归终南隐居之处，即所谓“松龙旧隐”。去国，言离开长安。

③ 寒波流：指泾水。

赠新平少年[①]

韩信在淮阴，少年相欺凌。屈体若无骨，壮心有所凭[②]。一遭龙颜君[③]，啸咤从此兴。千金答漂母[④]，万古共嗟称。而我竟何为，寒苦坐相仍。长风入短袂，内手如怀冰[⑤]。故友不相恤，新交宁见矜。摧残槛中虎[⑥]，羁绁鞴上鹰[⑦]。何时腾风云，搏击申所能？

① 本篇当是游新平见欺于少年因以诗答之，并一抒壮怀。新平：即邠州，今陕西彬州。

② “韩信”四句：谓汉韩信曾见侮于淮阴少年，屈体受胯下之辱。见《史记·淮阴侯列传》。

③ 龙颜君：指汉高祖刘邦。《汉书·高帝纪》：“高祖为人，隆准而龙颜。”

④ “千金”句：《史记·淮阴侯列传》载：韩信落魄时，钓于城下，一漂母怜而饭之。韩信许以重报。后归汉，为大将，封楚王，都下邳，因召漂母赐千金。

⑤ “长风”二句：化用古瑟调曲《善哉行》：“自惜袖短，内手知寒。”

⑥ 槛中虎：司马迁《报任少卿书》："猛虎处深山，百兽震恐，及其在井槛之中，摇尾而求食，积威约之渐也。"

⑦ 鞲上鹰：臂捍上所羁之鹰。鲍照《东武吟》："昔如鞲上鹰，今似槛中猿。"

春归终南山松龙旧隐[①]

我来南山阳[②],事事不异昔。却寻溪中水,还望岩下石。蔷薇缘东窗,女萝绕北壁。别来能几日[③],草木长数尺。且复命酒樽,独酌陶永夕[④]。

① 本篇当是北上邠坊复归终南隐居处所作。以其北上干谒亦无所成,故尔“且复命酒樽,独酌陶永夕”。终南山:又称太乙山,为秦岭主峰之一。在长安南。松龙:当是终南山之南某山村,为太白初入长安隐居之处。

② 南山阳:指终南山之南。

③ 能几日:其邠州、坊州之行不足一年。

④ 永夕:长夜,彻夜。陶永夕:刘孝标《广绝交论》:“范张款款于下泉,尹班陶陶于永夕。”此借其字面。

把酒问月[①]

青天有月来几时？我今停杯一问之。人攀明月不可得，月行却与人相随。皎如飞镜临丹阙[②]，绿烟灭尽清辉发。但见宵从海上来，宁知晓向云间没。白兔捣药秋复春[③]，嫦娥孤栖与谁邻[④]？今人不见古时月，今月曾经照古人。古人今人若流水，共看明月皆如此。唯愿当歌对酒时[⑤]，月光长照金樽里。

① 题下原注："故人贾淳令予问之。"诗借问月以发人生之感慨。

② 丹阙：赤色的宫门。指宫庭。

③ 白兔捣药：晋傅玄《拟天问》："月中何有？白兔捣药。"

④ 嫦娥孤栖：《搜神记》十四："羿请无死之药于西王母，嫦娥窃之以奔月。"

⑤ 当歌对酒：曹操《短歌行》："对酒当歌，人生几何！"

月下独酌[①]（四首选一）

花间一壶酒，独酌无相亲。举杯邀明月，对影成三人。月既不解饮，影徒随我身。暂伴月将影[②]，行乐须及春。我歌月徘徊，我舞影零乱。醒时同交欢，醉后各分散。永结无情游，相期邈云汉[③]。

① 题一作《月下对影独酌》。共四首，此选其一。写饮酒以解孤寂愁怀。邀月对影，饮酒歌舞，以热闹场面写寂寞心境，真乃千古奇趣。

② 月将影：月与影。

③ 云汉：天河。

西岳云台歌送丹丘子[①]

西岳峥嵘何壮哉！黄河如丝天际来。黄河万里触山动，盘涡毂转秦地雷[②]。荣光休气纷五彩[③]，千年一清圣人在[④]。巨灵咆哮擘两山，洪波喷流射东海[⑤]。三峰却立如欲摧[⑥]，翠崖丹谷高掌开[⑦]。白帝金精运元气[⑧]，石作莲花云作台[⑨]。云台阁道连窈冥，中有不死丹丘生。明星玉女备洒扫[⑩]，麻姑搔背指爪轻[⑪]。我皇手把天地户[⑫]，丹丘谈天与天语[⑬]。九重出入生光辉，东求蓬莱复西归。玉浆傥惠故人饮，骑二茅龙上天飞[⑭]。

① 本篇歌颂西岳华山之胜境兼送元丹丘入长安，有求援引之意。云台：华山北峰名云台。丹丘子：即元丹丘，太白好友。

② 盘涡毂转：《文选》郭璞《江赋》："盘涡毂转，凌涛山颓"。张铣注："盘涡，言水深风壮，流急相冲，盘旋作深涡，如毂之转。"

③ 荣光休气：《太平御览》八十引《尚书中候》："荣光起河，休气四塞。"谓河出五彩祥气，充溢四围。

④ "千年"句：《拾遗记》一"高辛"条："又有丹丘千年一烧，黄河千年

一清,至圣之君,以为大瑞。"

⑤ "巨灵"二句:《文选》张衡《西京赋》:"缀以二华,巨灵赑屃,高掌远蹠,以流河曲,厥迹犹存。"薛综注:"古语云,此本一山,当河,水过之而曲行。河之神以手擘开其上,足踏离其下,中分为二,以通河流。手足之迹,于今尚在。"巨灵,河神。

⑥ 三峰:指华山三峰:西之莲花峰,东之朝阳峰,南之落雁峰。以南峰为最高。

⑦ 高掌:指巨灵掌。王琦注引《华山记》:"山之东北则为仙人掌,即所谓巨灵掌也。岩壁黑色,石膏自罍中流出,凝结成痕,黄白相间,远望之见其大者五岐如指,好奇者遂传为巨灵劈山之掌迹。"

⑧ 白帝金精:华山为西岳,西属金,故曰金精;金气白,故称白帝所治。王琦注引《枕中书》:"金天氏为白帝,治华阴山。"

⑨ 石作莲花:华山西峰山表巨石,其纹如莲瓣。其称为莲花峰,或即缘此。云作台:语由北峰云台峰化出。

⑩ 明星玉女:《太平广记》五九引《集仙录》:"明星玉女者,居华山,服玉浆,白日升天。"

⑪ "麻姑"句:《太平广记》引《神仙传》:"麻姑鸟爪,蔡经见之,心中念言:背大痒时,得此爪以爬背,当佳。"麻姑:传说中仙女。

⑫ "我皇"句:谓唐皇治天下。语出《元灵之曲》:"大象虽寥廓,我把天地户。"见《汉武帝内传》。

⑬ 谈天:《史记·孟子荀卿列传》裴骃集解引《别录》曰:"驺衍之所

言,五德终始,天地广大,尽言天事,故曰谈天。”

⑭ 骑二茅龙:《列仙传》下:“呼子先者,汉中关下卜师也,老寿百馀岁。临去,呼酒家老妪曰:‘急装,当与妪共应中陵王。’夜有仙人持二茅狗来,至,呼子先,子先持一与酒家妪,得而骑之,乃龙也。上华阴山,常于山上大呼,言子先、酒家母在此云。”末二句有乞援之意。故知丹丘当西归长安复入九重。

梁　园　吟[①]

我浮黄河去京阙[②]，挂席欲进波连山[③]。天长水阔厌远涉，访古始及平台间[④]。平台为客忧思多，对酒遂作梁园歌。却忆蓬池阮公咏，因吟渌水扬洪波[⑤]。洪波浩荡迷旧国[⑥]，路远西归安可得！人生达命岂暇愁，且饮美酒登高楼。平头奴子摇大扇[⑦]，五月不热疑清秋。玉盘杨梅为君设，吴盐如花皎白雪[⑧]。持盐把酒但饮之，莫学夷齐事高洁[⑨]。昔人豪贵信陵君，今人耕种信陵坟[⑩]。荒城虚照碧山月，古木尽入苍梧云[⑪]。梁王宫阙今安在[⑫]？枚马先归不相待[⑬]。舞影歌声散渌池，空馀汴水东流海[⑭]。沉吟此事泪满衣，黄金买醉未能归。连呼五白行六博，分曹赌酒酣驰晖[⑮]。歌且谣，意方远，东山高卧时起来，欲济苍生未应晚[⑯]。

① 本篇为初入长安失意东归涉河游梁园时所作，语颇慷慨，而有济世之意。题一作《梁苑醉酒歌》。梁园：即梁苑，汉梁孝王刘武所建。故址在今河南开封至商丘一带。

② 京阙：指京都长安。

③ 挂席：扬帆。

④ 平台：《元和郡县图志·河南道·宋州·虞城县》："平台，县西四十里。"按，今尚有平台集。

⑤ "却忆"二句：阮籍《咏怀》诗："徘徊蓬池上，还顾望大梁。渌水扬洪波，旷野莽茫茫。"阮公，即阮籍，字嗣宗，魏晋间诗人。蓬池，在古大梁，故址在今河南开封。

⑥ 旧国：故国，故乡。

⑦ 平头奴子：奴仆。古时奴仆不得戴冠或巾。

⑧ 吴盐：吴地所产的盐。吴临海，产盐。《史记·吴王濞列传》："吴王即山铸钱，煮海水为盐。"

⑨ 夷齐：指伯夷、叔齐。殷末孤竹君之子，耻食周粟，饿死于首阳山。见《史记·伯夷列传》。

⑩ "昔人"二句：意谓古之好士四公子如信陵君俱往矣，即其坟亦不存。慨今无好士者。信陵坟，《太平寰宇记》一："信陵君墓，在县（开封府浚仪县，即今河南开封）南十二里。"信陵君，战国魏公子无忌，封于信陵，养士三千，曾窃虎符击秦救赵。

⑪ 苍梧云：《初学记》一引《归藏》曰："有白云出苍梧，入于大梁。"

⑫ 梁王：指梁孝王刘武。汉文帝次子，立为代王，徙淮阳，复徙梁。筑东苑方三百余里，广睢阳城七十里。

⑬ 枚马：指枚乘与司马相如，二人均为梁园座上客。

⑭ 汴水：即汴河。经汴州、宋州，东入于淮。

⑮ “连呼”二句：谓博戏赌酒，放浪形骸。《楚辞·招魂》：“箟蔽象棋，有六簙些，分曹并进，道相迫些。成枭而牟，呼五白些。”蒋骥注：“投六箸，行六棋，故曰六簙。言设六簙以行酒，用箟簬为箸，象牙为棋也。……五白，簙箸之齿也。言棋已得采，欲成倍胜，故呼五白以助投也。”分曹，指博弈分对。

⑯ “东山”二句：用晋谢安事。《世说新语·排调》：“谢公在东山，朝命屡降而不动。后出为桓宣武司马，将发新亭，朝士咸出瞻送。高灵时为中丞，亦往相祖。先时多少饮酒，因倚如醉，戏曰：‘卿屡违朝旨，高卧东山，诸人每相与言，安石不肯出，将如苍生何！今亦苍生将如卿何！’谢笑而不答。”

赠嵩山焦炼师[①]

二室凌青天[②],三花含紫烟[③]。中有蓬海客,宛疑麻姑仙[④]。道在喧莫染,迹高想已绵。时餐金鹅蕊[⑤],屡读青苔篇[⑥]。八极恣游憩,九垓长周旋。下瓢酌颍水[⑦],舞鹤来伊川[⑧]。还归东山上,独拂秋霞眠。萝月挂朝镜,松风鸣夜弦。潜光隐嵩岳,炼魄栖云幄。霓裳何飘飖,凤吹转绵邈。愿同西王母,下顾东方朔[⑨]。紫书傥可传[⑩],铭骨誓相学。

① 题下有《序》云:"嵩山有神人焦炼师者,不知何许妇人也。又云生于齐梁时,其年貌可称五六十。常胎息绝谷,居少室庐,游行若飞,倏忽万里。世或传其入东海,登蓬莱,竟莫能测其往也。余访道少室,尽登三十六峰,闻风有寄,洒翰遥赠。"其游嵩岳未见焦炼师,徒闻其名,故留诗以赠。嵩山:中岳,在今河南登封。又名外方山,道教称第六小洞天。焦炼师:女冠,于其时颇负声名。李颀《寄焦炼师》诗、钱起《题嵩阳焦道士石壁》诗,皆咏及之。

② 二室:指嵩山。嵩山分太室与少室,故称。

③ 三花:指三花树。又名槃多、贝多、思惟树。一年开三次花,故

名。《述异记》下:“一说少室有贝多树,与众木有异,一年三放花。其花白色香美。俗云汉世野人将子种于此。”

④ 麻姑:相传为仙女。曾三见沧海化为桑田。或说得道于今江西南城麻姑山。唐颜真卿撰有《麻姑仙坛记》。

⑤ 金鹅蕊:指桂花。《艺文类聚》八九引《临海记》:“石山望之如雪,山有湖,传云金鹅之所集,八桂之所植。”故以金鹅指桂。又引《神仙传》:“离娄公服竹汁,饵桂得仙。许由父,箕山得丹石桂英。今在中岳。”

⑥ 青苔篇:指道书。陈子昂《续唐故中岳体元先生潘尊师碑颂》:“初学茅山济江水,乃入华阳洞天里。道逢真人升元子,授以宝书青苔纸(一作“青台旨”)。”

⑦ “下瓢”句:用许由事。《太平御览》七六二引《琴操》:“许由无杯器,常以手捧水。人以一瓢遗之。由操饮毕,以瓢挂树。风吹树,瓢动,历历有声。由以为烦扰,遂取捐之。”颍水,源出河南登封颍谷。

⑧ “舞鹤”句:《列仙传》上:“王子乔者,周灵王太子晋也,好吹笙,作凤凰鸣。游伊洛间,遇道士浮丘公,接以上嵩高山。三十馀年后,于山上见桓良曰:‘告我家,七月七日待我于缑氏山巅。’至时,果乘白鹤驻山头,望之不得到,举手谢时人,数日西去。”伊川,伊水。

⑨ “愿同”二句:《博物志》八:“汉武帝祭祀名山大泽,以求神仙之道。时西王母遣使乘白鹿告帝当来,乃供帐九华殿以待之。七月

七日夜漏七刻,王母乘紫云车而至于西殿,南面东向。头上戴七种青气,郁郁如云。时东方朔窃从殿南厢朱鸟牖中窥母。母顾之谓帝曰:'此窥牖小儿,尝三来盗吾此桃。'帝乃大怪之,由此世人谓方朔神仙也。"

⑩ 紫书:道经。卢照邻《羁卧山中》诗:"紫书常日阅,丹药几年成。"

题元丹丘颍阳山居[①]

仙游渡颍水[②],访隐同元君[③]。忽遗苍生望[④],独与洪崖群[⑤]。卜地初晦迹,兴言且成文。却顾北山断,前瞻南岭分。遥通汝海月,不隔嵩丘云[⑥]。之子合逸趣,而我钦清芬[⑦]。举迹倚松石,谈笑迷朝曛。益愿狎青鸟,拂衣栖江濆[⑧]。

① 题下有“序”云:“丹丘家于颍阳,新卜别业。其地北倚马岭,连峰嵩丘,南瞻鹿台,极目汝海,云岩映郁,有佳致焉。白从之游,故有此作。”诗写元丹丘颍阳别业逸趣,并寄仰慕之意。元丹丘:太白至交,为道士,天宝初为西京大昭成观威仪。见《玉真公主祥应记》碑。太白之识玉真公主,或即元丹丘引荐。颍阳山居:指元丹丘在颍阳新筑别业。颍阳,唐县名,治所在今嵩山之南河南登封颍阳镇。

② 颍水:源出河南登封西南,至安徽寿县正阳关入淮。

③ 元君:指元丹丘。

④ 苍生望:谓百姓所望。《晋书·谢安传》载:谢安高卧东山,征西

大将军桓温请为司马,过江诸人相与言曰:“安石不肯出,将如苍生何!”

⑤ 洪崖:传说中的仙人。或说即黄帝臣子伶伦,帝尧时已三千岁,仙号洪崖。

⑥ “却顾”四句:即诗序所说颍阳山居南北地理位置。北山,指马岭。即今河南新密南之马岭山。南岭,指鹿台。即今河南临汝之北鹿台山。汝海,指汝水。嵩丘,指嵩山。

⑦ 清芬:喻美德。陆机《文赋》:“诵先人之清芬。”

⑧ “益愿”二句:谓有隐遁之意。《文选》江淹《杂体诗·阮步兵》“青鸟海上游”,李善注引《吕氏春秋》曰:“海上有人好青者,朝至海上而从青游。青至者前后数百。其父曰:‘闻汝从青游,盍取来?吾欲观之。’其子明旦至海上,群青翔而不下。”青鸟,海鸟。另说为鸥鸟。典与鸥鹭忘机近似。拂衣,振衣。表示隐居。江渍,江滨。

结客少年场行[①]

紫燕黄金瞳，啾啾摇绿鬉[②]。平明相驰逐，结客洛门东[③]。少年学剑术，凌轹白猿公[④]。珠袍曳锦带，匕首插吴鸿[⑤]。由来万夫勇，挟此生雄风。托交从剧孟[⑥]，买醉入新丰[⑦]。笑尽一杯酒，杀人都市中[⑧]。羞道易水寒，从令日贯虹。燕丹事不立，虚没秦帝宫。武阳死灰人，安可与成功[⑨]。

① 本篇与乐府古辞同义，写轻生重义以立功名。结客少年场行：乐府杂曲旧题，取自曹植《结客篇》"结客少年场，报怨洛北芒"，题始于鲍照。

② "紫燕"二句：写侠客骑骏马。紫燕，骏马名。汉文帝"九逸"中有紫燕。啾啾，马鸣声。绿鬉，黑色的鬃毛。

③ 洛门东：指洛阳东门外。

④ 凌轹：压倒，超过。白猿公：典出《吴越春秋》五：越有处女善剑，聘于越王，道逢一翁，称猿公，与比试，翁化白猿而去。

⑤ 吴鸿：指吴钩。《吴越春秋》二：吴作钩者甚众，人有贪重赏，杀其

二子，以血衅金，成二钩。吴王疑之，因呼二子名：“吴鸿、扈稽，我在于此，王不知汝之神也。”二钩飞起寻父，遂赏百金，王服之不离身。

⑥ 剧孟：汉洛阳人，为大侠，喜拯人急难，为周亚夫所赏识。母丧，远近来者车有千辆；及死，余财不足十金。见《史记》本传。

⑦ 新丰：在今陕西临潼东北。古产美酒。

⑧ “杀人”句：用左延年《秦女休行》成句。

⑨ “羞道”六句：燕太子丹使荆轲谋刺秦王，以秦武阳为副。易水送行，荆轲歌“风萧萧兮易水寒，壮士一去兮不复还”。及见秦王，武阳惊骇失态，面如死灰。荆轲献图，图穷匕首见，因刺秦王，不中，被杀。见《战国策·燕策》。日贯虹，《战国策·魏策》，聂政刺韩傀，白虹贯日。

春夜洛城闻笛[1]

谁家玉笛暗飞声，散入春风满洛城。此夜曲中闻折柳[2]，何人不起故园情。

① 本篇写因闻笛而思乡。笛中闻折柳之曲，因忆伤别之地，从而发思乡之情。然非黯然神伤，而是清朗可诵，正合太白之情性。洛城：即洛阳，今属河南。

② 折柳：古曲有《折杨柳》，为乐府横吹曲，内容多伤别。

梁甫吟[1]

长啸梁甫吟，何时见阳春[2]？君不见，朝歌屠叟辞棘津，八十西来钓渭滨[3]！宁羞白发照清水，逢时壮气思经纶。广张三千六百钩，风期暗与文王亲。大贤虎变愚不测[4]，当年颇似寻常人。君不见，高阳酒徒起草中，长揖山东隆准公[5]！入门不拜骋雄辩，两女辍洗来趋风。东下齐城七十二，指挥楚汉如旋蓬[6]。狂客落魄尚如此[7]，何况壮士当群雄！我欲攀龙见明主，雷公砰訇震天鼓。帝旁投壶多玉女，三时大笑开电光，倏烁晦冥起风雨[8]。阊阖九门不可通，以额扣关阍者怒[9]。白日不照吾精诚，杞国无事忧天倾[10]。猰貐磨牙竞人肉[11]，驺虞不折生草茎[12]。手接飞猱搏彫虎，侧足焦原未言苦[13]。智者可卷愚者豪[14]，世人见我轻鸿毛。力排南山三壮士，齐相杀之费二桃[15]。吴楚弄兵无剧孟，亚夫咍尔为徒劳[16]。梁甫吟，声正悲。张公两龙剑，神物合有时[17]。风云感会起屠钓[18]，大人岘屼当安之[19]。

① 本篇伤志士不遇，然犹望遭逢明主，奋其智能，一展宏图。梁甫吟：亦作“梁父吟”，乐府相和歌旧题。梁父，泰山附近小山名。

② 阳春：春天。喻时遇。《楚辞·九辩》：“无衣裘以御冬兮，恐溘死而不得见乎阳春。”

③ “朝歌”二句：典出太公望。《韩诗外传》八：“太公望少为人婿，老而见去，屠牛朝歌，赁于棘津，钓于磻溪。文王举而用之，封于齐。”朝歌屠叟，指太公望，姜姓，吕氏，名尚，周初遇文王，为天子师。棘津，在今河南延津东北，吕尚曾卖食于此，有卖浆台古迹。渭滨，渭水之滨。吕尚垂钓于渭水支流磻溪。遗迹在今陕西宝鸡东南。

④ 大贤虎变：典出《易·革》：“大人虎变。象曰：其文炳也。”

⑤ “高阳”二句：用郦食其遇沛公事。高阳酒徒，指郦食其，秦末陈留高阳人。自称：“吾高阳酒徒，非儒人也。”沛公刘邦兵过陈留，邀入军幕，以为谋士。见《史记·郦生陆贾列传》。隆准公，指刘邦，史称刘邦“隆准而龙颜”。见《史记·高祖本纪》。隆准，高鼻。

⑥ “入门”四句：《史记》郦食其本传载：沛公使人召郦生，入谒，沛公方倨床使两女子洗足，郦生长揖不拜。后使郦生说齐王，伏轼下齐七十余城。

⑦ 狂客：指郦食其。《史记》本传载：“好读书，家贫落魄，无以为衣食业，为里监门吏。然县中贤豪不敢役，县中皆谓之狂生。”

⑧ “帝旁”三句：汉东方朔《神异经》：东王公“恒与一玉女投壶，每投

千二百矫，设有入不出者，天为之嚱嘘，矫出而脱误不接者，天为之笑”。晋张华注：“言笑者天口流火炤灼，今天上不雨而有电光，是天笑也。”投壶：古代宴会时的一种游戏。宾主依次投矢壶中，中多者胜，负者饮。见《礼记·投壶》。

⑨ “阊阖”二句：屈原《离骚》：“吾令帝阍开关兮，倚阊阖而望予。”王逸注：“阍，主门者也。阊阖，天门也。”

⑩ “杞国”句：典出《列子·天瑞》：“杞国有人忧天地崩坠，身亡所寄，废寝食者。”

⑪ 猰貐：相传为食人的恶兽。梁任昉《述异记》上：“猰貐，兽中最大者，龙头马尾虎爪，长四百尺，善走，以人为食。遇有道君即隐藏，无道君即出食人。”

⑫ 驺虞：传说中的仁兽。《诗·召南·驺虞》：“于嗟乎驺虞。”《毛传》：“驺虞，义兽也。白虎黑文，不食生物，有至信之德则应之。”

⑬ “手接”二句：本汉张衡《思玄赋》：“执彫虎而试象兮，阽焦原而跟趾。”旧注引《尸子》曰：“余左执太行之猱而右搏彫虎。”又曰：“莒国有石焦原者，广五十步，临百仞之谿，莒国莫敢近也。有以勇见莒子者，独却行齐踵焉，所以称于世。夫义之为焦原也，亦高矣。”飞猱，猿类动物。彫虎，有斑纹的虎。焦原，山名，在今山东莒县南。

⑭ 智者可卷：语本《论语·卫灵公》：“君子哉蘧伯玉，邦有道则仕，邦无道则可卷而怀之。”愚者豪：《抱朴子》：“愚夫行之，自矜

为豪。”

⑮“力排”二句：语本诸葛亮《梁父吟》：“力能排南山，文能绝地纪。一朝被谗言，二桃杀三士。”事见《晏子春秋·谏下二》：春秋齐国三士公孙接、田开疆、古冶子，皆以勇武著称，晏子请景公赐三人二桃，论功食桃，因争功而死。齐相，即晏子，名婴，字平仲，齐夷维人，相齐景公，名显诸侯。《史记》有传。

⑯“吴楚”二句：事出《史记·游侠列传》：“吴楚反时，条侯（周亚夫）为太尉，乘传车将至河南，得剧孟，喜曰：‘吴楚举大事而不求孟，吾知其无能为已矣。’天下骚动，宰相得之，若得一敌国云。”吴楚弄兵，指汉景帝三年吴楚七国之叛。亚夫，即周亚夫，周勃之子，封条侯。咍，讥笑。

⑰“张公”二句：典出《晋书·张华传》：张华与雷焕望气，见斗牛之间有剑气，分野在豫章丰城。因补焕为丰城令。在丰城狱基掘得二剑，张、雷各得一。张华复雷焕信云“天生神物，终当合耳”。后果飞入延平津，化为双龙。张公，指晋张华。

⑱起屠钓：由屠牛、钓鱼的行伍中发迹，如吕尚。

⑲峴屼：不安貌。

襄阳曲四首[1]

一

襄阳行乐处，歌舞《白铜鞮》[2]。江城回渌水，花月使人迷。

二

山公醉酒时，酩酊高阳下。头上白接䍦，倒著还骑马[3]。

三

岘山临汉江[4]，水绿沙如雪。上有堕泪碑[5]，青苔久磨灭。

四

且醉习家池[6]，莫看堕泪碑。山公欲上马，笑杀襄阳儿。

① 本题四首均写襄阳风情人物,意颇潇洒。襄阳曲:即《襄阳乐》,乐府清商曲旧题。襄阳,今属湖北襄阳。

② 白铜鞮:又作"白铜蹄"。梁时歌谣。萧衍镇襄阳,有童谣曰:"襄阳白铜蹄,反缚扬州儿。"或附会为铁骑,谓萧衍军之兴,扬州之士将皆面缚降服。不久,萧衍自襄阳起兵,入建康,自称帝,为梁武帝。因以"白铜蹄"造新声,帝自为词三曲。见《隋书·音乐志》。

③ "山公"四句:用山简故事。《世说新语·任诞》:"山季伦为荆州,时出酣畅。人为之歌曰:'山公一时醉,径造高阳池。日莫倒载归,茗艼无所知。复能乘骏马,倒著白接䍦。举手问葛强,何如并州儿?'高阳池在襄阳。强是其爱将,并州人也。"山公,指山简,字季伦,晋征南将军。白接䍦,即白帽。

④ 岘山:在襄阳东南,东临汉水。今属湖北襄阳。

⑤ 堕泪碑:晋羊祜都督荆州诸军事,达十年之久,有政绩。常登岘山,置酒吟咏。死后襄阳父老于岘山建庙立碑,见其碑者莫不堕泪,杜预因名之曰"堕泪碑"。见《晋书·羊祜传》。

⑥ 习家池:《世说新语》刘孝标注引《襄阳记》:"汉侍中习郁于岘山南,依范蠡养鱼法作鱼池,池边有高隄,种竹及长楸,芙蓉菱芡覆水,是游燕名处也。山简每临此池,未尝不大醉而还,曰:'此是我高阳池也!'襄阳小儿歌之。"

襄　阳　歌[①]

落日欲没岘山西，倒著接䍦花下迷[②]。襄阳小儿齐拍手，拦街争唱《白铜鞮》[③]。旁人借问笑何事，笑杀山公醉似泥[④]。鸬鹚杓，鹦鹉杯[⑤]。百年三万六千日，一日须倾三百杯[⑥]。遥看汉水鸭头绿[⑦]，恰似葡萄初酦醅[⑧]。此江若变作春酒，垒曲便筑糟丘台[⑨]。千金骏马换小妾[⑩]，醉坐雕鞍歌《落梅》[⑪]。车旁侧挂一壶酒，凤笙龙管行相催。咸阳市中叹黄犬[⑫]，何如月下倾金罍[⑬]？君不见晋朝羊公一片石，龟头剥落生莓苔。泪亦不能为之堕，心亦不能为之哀[⑭]。清风朗月不用一钱买，玉山自倒非人推[⑮]。舒州杓，力士铛[⑯]，李白与尔同死生。襄王云雨今安在[⑰]？江水东流猿夜声。

① 本篇系游襄阳咏怀之作，有功名心而出之以达人语，故虽有颓唐之趣，而读之使人为之气旺。

② 倒著接䍦：暗写山简醉酒高阳池事。山公醉归，儿童歌曰："山公出何许？往至高阳池。日夕倒载归，酩酊无所知。时时能骑马，

倒著白接䍦。”见《晋书·山简传》。接䍦,古代的一种帽。

③ 白铜鞮:本作“白铜蹄”,梁时歌曲名。

④ 山公:指晋征南将军山简。

⑤ “鸬鹚”二句:王琦注引《琅嬛记》:“金母召群仙宴于赤水,坐有碧玉鹦鹉杯、白玉鸬鹚杓。杯干则杓自挹,欲饮则杯自举。”此指鸟形酒具。

⑥ 三百杯:汉郑玄(字康成)能饮至三百余杯。见《世说新语·文学》刘孝标注引《郑玄别传》。陈朝陈暄《与兄子秀书》:“昔周伯仁渡江,唯三日醒,吾不以为少;郑康成一饮三百杯,吾不以为多。”

⑦ 鸭头绿:绿色。《急就篇》二“春草鸡翘凫翁濯”,唐颜师古注:“皆谓染彩而色似之,若今染家言鸭头绿、翠毛碧云。”

⑧ “恰似”句:谓汉水似葡萄酒之绿。酦醅,发酵成酒而未漉者。

⑨ 糟丘台:言酒糟堆积如山如台。王充《论衡·语增》:“纣为长夜之饮,糟丘、酒池,沉湎于酒,不舍昼夜,是必以病。”

⑩ “千金”句:《独异志》卷中:“后魏曹彰性倜傥,偶逢骏马,爱之,其主所惜也。彰曰:‘予有美妾,可换,惟君所选。’马主因指一妓,彰遂换之。”

⑪ 落梅:指乐府横吹曲《梅花落》。

⑫ “咸阳”句:用李斯故事。李斯临刑,顾谓其子曰:“吾欲与若复牵黄犬,俱出上蔡东门逐狡兔,岂可得乎?”见《史记·李斯列传》。

⑬ 金罍:酒器。《诗·周南·卷耳》:“我姑酌彼金罍。”

⑭“君不见”四句：写岘山堕泪碑。羊祜镇襄阳，有政绩，百姓于其岘山游憩处建庙立碑，岁时祭飨。望其碑者莫不流涕，杜预称为堕泪碑。见《晋书·羊祜传》。一片石，指碑。龟头，指负碑的赑屃。

⑮玉山自倒：形容醉态。《世说新语·容止》：“嵇叔夜之为人也，岩岩如孤松之独立；其醉也，傀俄如玉山之将崩。”

⑯“舒州”二句：写酒器。舒州：今安徽潜山。唐代产酒器，为贡品。力士铛：瓷制温酒器。《新唐书·韦坚传》载贡品，有“豫章力士瓷饮器、茗铛、釜”。

⑰襄王云雨：楚襄王梦巫山神女事。见宋玉《高唐赋》。

赠孟浩然[①]

吾爱孟夫子,风流天下闻。红颜弃轩冕[②],白首卧松云。醉月频中圣[③],迷花不事君。高山安可仰[④],徒此揖清芬。

① 本篇赞孟浩然之风流高节,当是经襄阳时所作。孟浩然:襄阳人,曾游京师,应进士举不第,隐于鹿门山。开元末病疽背卒。

② 弃轩冕:指放弃仕宦。采访使韩朝宗曾约浩然偕至京师,欲荐诸朝,会欢饮,爽期,或告之,曰:“业已饮,遑恤他!”失去仕进机会而不悔。事见《新唐书》本传。轩冕,古代卿大夫之车乘与冠冕。

③ 中圣:指醉酒。典出《三国志·魏书·徐邈传》:曹操禁酒,时人讳言酒,谓清酒为圣人,浊酒为贤人。尚书郎徐邈私饮至醉,校事问以事,邈曰:“中圣人。”

④ “高山”句:语本《诗·小雅·车辖》:“高山仰止,景行行止。”意谓浩然德望如高山,可仰不可及。

江夏别宋之悌[①]

楚水清若空[②]，遥将碧海通。人分千里外，兴在一杯中[③]。谷鸟吟晴日，江猿啸晚风。平生不下泪，于此泣无穷。

① 本篇为江夏送宋之悌贬朱鸢(今越南河内东南)之作，不胜悲凄，却未见消沉。江夏：今湖北武昌。宋之悌：宋之问之弟，宋若思之父。以河东节度坐事流朱鸢。途经江夏，与太白相遇。

② 楚水：长江经楚，称楚水。

③ "人分"二句：语近初唐庾抱《别蔡参军》"悲生万里外，恨起一杯中"，与同时人高适《送李侍御赴安西》"功名万里外，心事一杯中"。

太原早秋[1]

岁落众芳歇，时当大火流[2]。霜威出塞早，云色渡河秋。梦绕边城月，心飞故国楼。思归若汾水[3]，无日不悠悠。

① 本篇写太原思归，知太原之游无所成事。太原：亦称并州，今属山西。

② 大火流：《诗·豳风·七月》："七月流火。"朱熹传曰："流，下也。火，大火心星也。"时在七月，故谓早秋。

③ 汾水：又称汾河。黄河支流。源出山西宁武管涔山，至河津入黄河。

将 进 酒[1]

君不见黄河之水天上来，奔流到海不复回。君不见高堂明镜悲白发，朝如青丝暮成雪。人生得意须尽欢，莫使金樽空对月。天生我材必有用，千金散尽还复来。烹羊宰牛且为乐[2]，会须一饮三百杯。岑夫子[3]，丹丘生[4]，将进酒，杯莫停。与君歌一曲，请君为我倾耳听。钟鼓馔玉不足贵[5]，但愿长醉不愿醒。古来圣贤皆寂寞，惟有饮者留其名。陈王昔时宴平乐，斗酒十千恣欢谑[6]。主人何为言少钱，径须沽取对君酌[7]。五花马[8]、千金裘[9]，呼儿将出换美酒，与尔同销万古愁。

① 本篇如出胸口，借酒浇愁，盖怀才不遇，故托酒以自放。将进酒：乐府铙歌旧题，古词云："将进酒，乘大白"，因以为题。一本作《惜空樽酒》。

② 烹羊宰牛：曹植《箜篌引》："置酒高殿上，亲交从我游。中厨办丰膳，烹羊宰肥牛。"

③ 岑夫子：当指岑勋。作者另有《酬岑勋见寻就元丹丘对酒相待以

诗见招》诗。此岑勋未知是否即撰《西京千福寺多宝佛塔感应碑》碑文之岑勋。

④ 丹丘生：即元丹丘。作者好友，过从甚密。皆受玉真公主之荐，魏颢《李翰林集序》："与丹丘因持盈法师(玉真公主法号)达，白亦因之入翰林。"

⑤ 馔玉：珍美如玉的食品。梁戴暠《煌煌京洛行》："挥金留客坐，馔玉待钟鸣。"

⑥ "陈王"二句：语本曹植《名都篇》："归来宴平乐，美酒斗十千。"陈王，太和六年曹植受封陈王。平乐，平乐观，在洛阳西门外，汉明帝时所造。

⑦ 沽取：买。"取"，为语助词。一作"沽酒"。

⑧ 五花马：毛色斑驳的马。或说马鬣剪成五瓣者。此代指名马。

⑨ 千金裘：珍贵的皮裘。《史记·孟尝君列传》："此时孟尝君有一狐白裘，直千金，天下无双。"

赠　　内[①]

三百六十日，日日醉如泥。虽为李白妇，何异太常妻[②]。

① 本篇写醉酒，用后汉周泽事，戏赠其妻，以诙谐语写愁情，弥见其愁。内：指内人，即妻子。

② 太常：指周泽。《后汉书·周泽传》载：周泽为太常，清洁循行，尽敬宗庙，尝卧疾斋宫，其妻哀泽老病，窥问所苦。泽大怒，以妻干犯斋禁，遂收送治狱谢罪。当世疑其诡激。时人为之语曰："生世不谐，作太常妻，一岁三百六十日，三百五十九日斋。"注谓《汉官仪》此下云："一日不斋醉如泥。"

陈情赠友人[①]

延陵有宝剑,价重千黄金。观风历上国,暗许故人深。归来挂坟松,万古知其心[②]。懦夫感达节,壮士激青衿。鲍生荐夷吾,一举致齐相[③]。斯人无良朋,岂有青云望?临财不苟取,推分固辞让[④]。后世称其贤,英风邈难尚。论交但若此,友道孰云丧。多君骋逸藻,掩映当时人。舒文振颓波,秉德冠彝伦[⑤]。卜居乃此地,共井为比邻。清琴弄云月,美酒娱冬春。薄德中见捐,忽之如遗尘[⑥]。英豪未豹变[⑦],自古多艰辛。他人纵以疏,君意宜独亲。奈何成离居,相去复几许?飘风吹云霓[⑧],蔽目不得语。投珠冀有报,按剑恐相拒[⑨]。所思采芳兰,欲赠隔荆渚[⑩]。沉忧心若醉,积恨泪如雨。愿假东壁辉,馀光照贫女[⑪]。

① 本篇当是入翰林之前与友人叙情并求其援引。或以为寓居安陆时所作。

② “延陵”六句:写延陵挂剑之重交情。春秋吴公子季札封于延陵,使鲁,北过徐君。徐君爱其剑而不敢言,季札心知之,及还,徐君

已死，因解剑系其冢树而去。见《史记·吴太伯世家》。

③ “鲍生”二句：以管鲍之交为喻。鲍叔牙知管仲之贤，善遇之，后荐之于齐桓公，桓公用为相，遂霸天下。见《史记·管晏列传》。夷吾，管仲之名，以字行。

④ “临财”二句：用管鲍分金事。《史记·管晏列传》载管仲语：“吾始困时，尝与鲍叔贾，分财利，多自与，鲍叔不以我为贪，知我贫也。”

⑤ 彝伦：天地人之常道，犹常伦。《尚书·洪范》：“我不知其彝伦攸叙。”

⑥ “薄德”二句：谓二人交情中断。

⑦ 豹变：语本《周易·革》：“君子豹变，其文蔚也。”

⑧ “飘风”句：语本《离骚》：“飘风屯其相离兮，帅云霓而来御。”

⑨ “投珠”二句：典出《史记·鲁仲连邹阳列传》：“臣闻明月之珠，夜光之璧，以暗投人于道，路人无不按剑相眄者，何则？无因而至前也。”

⑩ 荆渚：当在江陵一带。今湖北荆州。

⑪ “愿假”二句：典出《列女传·辩通传》：齐女徐吾为齐东贫妇，与邻会烛相从夜织，以贫烛数不足，邻妇欲拒之。徐吾曰：“夫一室之中，益一人烛不为暗，损一人烛不为明，何爱东壁之馀光，不使贫女得蒙见爱之恩，长为妾役之事，使诸君常有惠施于妾，不亦可乎？”邻妇终无后言。

齐有倜傥生[①]

（古风其十）

齐有倜傥生，鲁连特高妙[②]。明月出海底[③]，一朝开光曜。却秦振英声，后世仰末照。意轻千金赠，顾向平原笑。吾亦澹荡人[④]，拂衣可同调[⑤]。

① 本篇以鲁仲连之功成身退自期。

② 鲁连：即鲁仲连。齐人，好奇伟倜傥之画策，而不肯仕宦。游赵，会秦围赵，献策解围，平原君欲加封，辞让再三，终不肯受。平原君置酒，以三千金为之寿，鲁连笑曰："所为贵于天下之士者，为人排患释难而无所取也。"遂辞平原君而去，终不复见。事见《史记·鲁仲连邹阳列传》。

③ 明月：指明月珠，即夜光珠。珠光晶莹似月光。秦李斯《谏逐客书》："垂明月之珠，服太阿之剑。"《史记·龟策列传》："明月之珠，出于四海。"

④ 澹荡：流动无定。

⑤ 拂衣：提衣，表示决绝。《后汉书·杨震传》载孔融语："孔融鲁国

男子,明日便当拂衣而去,不复朝矣。”后因用以指退朝隐居。句意表示愿功成身退。此意屡见于诗句,如“功成名遂身自退”“功成去五湖”“功成追鲁连”“功成还旧林”“功成身不居”“功成谢人君”“功成拂衣去”等。

五月东鲁行答汶上翁[①]

五月梅始黄，蚕凋桑柘空。鲁人重织作，机杼鸣帘栊[②]。顾余不及仕，学剑来山东[③]。举鞭访前途，获笑汶上翁。下愚忽壮士[④]，未足论穷通[⑤]。我以一箭书，能取聊城功。终然不受赏，羞与时人同[⑥]。西归去直道，落日昏阴虹。此去尔勿言，甘心如转蓬[⑦]。

① 本篇为自安陆移家东鲁时所作，答鲁儒之讥，明其功成身退之出处态度。东鲁：指兖州，治瑕丘。太白安家于此。汶上：指汶水流域。《论语·雍也》："如有复我者，则吾必在汶上矣。"汶上翁：指鲁儒。

② "五月"四句：写农村耕织事。以农事发兴，可知其家于城外农村。

③ 山东：太行山以东地区，古指青兖二州之境。

④ 下愚：指最愚笨的人。语本《论语·阳货》："唯上知与下愚不移。"

⑤ 穷通：贫困与显达。《庄子·让王》："古之得道者，穷亦乐，通亦

乐,所乐非穷通也。”

⑥ “我以”四句:谓其似鲁仲连之功成身退。一箭书,典出《史记·鲁仲连邹阳列传》,聊城为燕所陷,齐田单攻岁余而未下,鲁仲连乃为书,约之矢以射城中遗燕将,燕将见书,泣三日自杀,聊城遂下。鲁仲连有功不受爵,逃隐于海上。

⑦ 转蓬:喻漂泊不定。

嘲　鲁　儒[1]

鲁叟谈五经，白发死章句[2]。问以经济策[3]，茫如坠烟雾。足著远游履[4]，首戴方山巾[5]。缓步从直道，未行先起尘。秦家丞相府，不重褒衣人[6]。君非叔孙通[7]，与我本殊伦。时事且未达，归耕汶水滨[8]。

① 本篇乃入鲁受腐儒嘲笑故反唇相讥，讥鲁儒之死于章句之学，而未谙经世济民之策。然太白入世别是一途，颇不合时宜，故难以进身。

② “鲁叟”二句：嘲鲁儒之皓首穷经。五经，指《易》《诗》《书》《礼》《春秋》。章句，分析经书的章节句读。

③ 经济策：指治国方略。

④ 远游履：汉人履名。曹植《洛神赋》：“践远游之文履，曳雾绡之轻裾。”

⑤ 方山巾：儒生所戴之冠。

⑥ “秦家”二句：意谓秦相不重儒生。秦家丞相，指秦始皇时丞相李斯。李斯建议秦始皇焚《诗》《书》及百家之书，不用儒生。见《史

记·李斯列传》。褒衣,大裾之衣。古代儒生所服。

⑦ 叔孙通：曾为秦博士,后归汉,为汉革新礼制,制订朝仪。鲁诸生谓其不合古制,叔孙通笑曰:“若真鄙儒也,不知时变。”见《史记·刘敬叔孙通列传》。

⑧ 汶水：大汶河。在今山东省,黄河下游支流。正流出莱芜原山,西南流经泰安。春秋时鲁国有汶阳之田。

赠范金乡[1]（二首选一）

君子枉清盼，不知东走迷[2]。离家未几月，络纬鸣中闺。桃李君不言，攀花愿成蹊[3]。那能吐芳信，惠好相招携。我有结绿珍[4]，久藏浊水泥。时人弃此物，乃与燕石齐[5]。摭试欲赠之，申眉路无梯。辽东惭白豕[6]，楚客羞山鸡[7]。徒有献芹心[8]，终流泣玉啼[9]。只应自索漠，留舌示山妻[10]。

① 本题二首，此录其一，为作者移居东鲁兖州时干谒金乡范县令之作，有自荐之意。金乡：唐属鲁郡(兖州)，今属山东济宁。

② 东走迷：《淮南子·说山训》："狂者东走，逐者亦东走；东走则同，所以东走则异。溺者入水，拯之者亦入水；入水则同，所以入水则异。"意谓己之东走入鲁，目的何在，私心亦迷。

③ "桃李"二句：语本《汉书·李广传赞》："桃李不言，下自成蹊。"

④ 结绿：美玉名。《战国策·秦策》范雎献书："臣闻周有砥厄，宋有结绿，梁有悬黎，楚有和璞。此四宝者，工之所失也，而为天下名器。"

⑤ 燕石：燕山之石。似玉。《后汉书·应劭传》："宋愚夫亦宝燕石。"

⑥ "辽东"句：典出《后汉书·朱浮传》："往时辽东有豕，生子白头，异而献之，行至河东，见群豕皆白，怀惭而还。"

⑦ "楚客"句：《尹文子·大道上》："楚人担山雉者，路人问：'何鸟也？'担雉者欺之曰：'凤凰也。'路人曰：'我闻有凤凰，今直见之，汝贩之乎？'曰：'然。'则十金弗与，请加倍乃与之。将欲献楚王，经宿而鸟死。路人不遑惜金，惟恨不得以献楚王。国人传之，咸以为其凤凰，贵，欲以献之，遂闻。楚王感其欲献于己，召而厚赐之，过于买鸟之金十倍。"

⑧ 献芹：谦言所献微薄不足取。《列子·杨朱》："昔人有美戎菽、甘枲茎、芹萍子者，对乡豪称之。乡豪取而尝之，蜇于口，惨于腹，众哂而怨之，其人大惭。"

⑨ 泣玉：楚人和氏得璞玉，屡献楚王，以为诳，刖其足，乃抱其璞哭于楚山之下。事见《韩非子·和氏》。

⑩ "留舌"句：典出张仪。《史记·张仪列传》载：张仪被诬盗楚相之璧，笞而释之，其妻曰："嘻，子无读书游说，安得此辱乎？"张仪谓其妻曰："视吾舌尚在否？"其妻笑曰："舌在也。"仪曰："足矣。"

赠任城卢主簿潜[①]

海鸟知天风，窜身鲁门东。临觞不能饮，矫翼思凌空。钟鼓不为乐，烟霜谁与同[②]。归飞未忍去，流泪谢鸳鸿[③]。

① 本篇为移居东鲁兖州时干谒任城主簿之作，有乞求援引之意。任城：唐为兖州属县，今山东济宁。主簿：县令之佐，位在县丞之下，县尉之上。卢潜：未详。《书史会要》所载，不知是否即此人。

② "海鸟"六句：典出《庄子·至乐》："昔者海鸟止于鲁郊，鲁侯御而觞之于庙，奏九韶以为乐，具太牢以为膳。鸟乃眩视忧悲，不敢食一脔，不敢饮一杯，三日而死。"鲁门东，指东鲁。实指兖州。鲁门，泛指鲁地。

③ 鸳鸿：喻主簿卢潜。

游　泰　山[1]（六首选一）

四月上泰山，石平御道开[2]。六龙过万壑[3]，涧谷随萦回。马迹绕碧峰，于今满青苔。飞流洒绝巘，水急松声哀。北眺崿嶂奇[4]，倾崖向东摧。洞门闭石扇，地底兴云雷。登高望蓬瀛[5]，想象金银台[6]。天门一长啸[7]，万里清风来。玉女四五人[8]，飘摇下九垓[9]。含笑引素手，遗我流霞杯[10]。稽首再拜之，自愧非仙才。旷然小宇宙，弃世何悠哉！

① 题一作《天宝元年四月从故御道上泰山》。共六首，此选其一，写登仙事，颇得郭璞《游仙诗》真传。

② 御道：指唐玄宗登山之道。开元十三年，唐玄宗自东都出发，东封泰山，立碑其上。

③ 六龙：《易・乾》："时乘六龙以御天。"此指皇帝御驾。

④ 崿嶂：山峦重叠貌。鲍照《自砺山东望震泽》："合沓崿嶂云。"

⑤ 蓬瀛：蓬莱与瀛洲。海上仙山。

⑥ 金银台：神仙所居之处。郭璞《游仙诗》："神仙排云出，但见金银台。"

⑦ 天门：指泰山南天门。在十八盘最高处。

⑧ 玉女：指仙女。

⑨ 九垓：即九天，九重天。郭璞《游仙诗》："升降随长烟，飘摇戏九垓。"

⑩ 流霞杯：指酒杯。流霞：仙人饮流霞，此借指酒。

送韩准裴政孔巢父还山[①]

猎客张兔罝，不能挂龙虎[②]。所以青云人，高歌在岩户[③]。韩生信英彦，裴子含清真。孔侯复秀出，俱与云霞亲。峻节凌远松，同衾卧盘石。斧冰漱寒泉，三子同二屐。时时或乘兴，往往云无心[④]。出山揖牧伯，长啸轻衣簪[⑤]。昨宵梦里还，云弄竹溪月[⑥]。今晨鲁东门[⑦]，帐饮与君别[⑧]。雪崖滑去马，萝径迷归人。相思若烟草，历乱无冬春。

① 本篇写鲁东门送竹溪友人情景，可知六逸之隐徂徕竹溪，亦时时出山干谒，以求仕者，非真隐也。孔巢父：字弱翁，冀州人。早勤文史，少与韩准、裴政、李白、张叔明、陶沔隐于徂徕山，时号"竹溪六逸"。永王起兵，辟为从事，知其必败，因潜逃。德宗朝迁给事中，官至御史大夫。见《旧唐书·孔巢父传》。

② "猎客"二句：言猎者张捕兔之网，则不能捉龙虎。喻求仕以寻常渠道不可得高官。

③ "所以"二句：承上二句，谓志高者则隐于山岩。意即走终南捷径。

④ 云无心：取陶潜《归去来兮辞》“云无心以出岫”，歇后，意即“出岫”。与后句“出山”相呼应。

⑤ “出山”二句：谓出山干谒长官态度矜持。牧伯，指州郡长官。衣簪：犹衣冠，官员服饰，代指长官。

⑥ 竹溪：指徂徕山隐居之处。今山东徂徕山有“竹溪佳境”遗迹。

⑦ 鲁东门：鲁郡城东门，即今山东兖州之东。

⑧ 帐饮：饯别。江淹《别赋》：“帐饮东都，送客金谷。”

凤 笙 篇[①]

仙人十五爱吹笙，学得昆丘彩凤鸣[②]。始闻炼气餐金液[③]，复道朝天赴玉京[④]。玉京迢迢几千里，凤笙去去无穷已。欲叹离声发绛唇；更嗟别调流纤指。此时惜别讵堪闻，此地相看未忍分。重吟真曲和清吹，却奏仙歌响绿云[⑤]。绿云紫气向函关[⑥]，访道应寻缑氏山[⑦]。莫学吹笙王子晋，一遇浮丘断不还[⑧]。

① 本篇托游仙以送某道流入京，表达惜别之情。凤笙篇：又作“凤吹笙曲”，乐府清商曲旧题。

② “仙人”二句：以王子乔喻所送道流。《列仙传》载：“王子乔者，周灵王太子也，好吹笙作凤凰鸣。”昆丘，即昆仑山，古人指为仙山。

③ 炼气：修炼之术。以求长生。餐金液：金丹道教有所谓太乙金液，谓服之可以成仙。见《神仙传》。

④ 玉京：道家称上界天庭为玉京。此借喻京都长安。

⑤ 绿云：即青云。指高空。

⑥ 紫气向函关：关令尹喜登楼四望，见东极有紫气西迈，知老子将

至。见《艺文类聚》七八引《关令内传》。

⑦ 缑氏山：又称缑岭，相传为王子乔得仙处。在今河南偃师。

⑧ “莫学”二句：意劝道流之入京莫学王子晋一去不还。王子晋，周灵王太子，自言将“上宾于帝所”（见《逸周书·太子晋》），后遂以为仙去，与王子乔混而为一。《列仙传》谓“游伊、洛之间，遇道士浮丘公，接以上嵩高山”，因乘鹤仙去。

客　中　作[①]

兰陵美酒郁金香[②]，玉碗盛来琥珀光[③]。但使主人能醉客，不知何处是他乡。

① 题一作《客中行》。诗谢主人，只是平平道来，却别有情味。

② 兰陵：唐时丞县，隋为兰陵县，故址在今山东枣庄南。郁金：香草名。后以“郁金香”为酒名。

③ 琥珀光：谓酒色如琥珀之光。

南陵别儿童入京[①]

白酒新熟山中归[②]，黄鸡啄黍秋正肥。呼童烹鸡酌白酒，儿女嬉笑牵人衣。高歌取醉欲自慰，起舞落日争光辉。游说万乘苦不早[③]，著鞭跨马涉远道。会稽愚妇轻买臣[④]，余亦辞家西入秦[⑤]。仰天大笑出门去，我辈岂是蓬蒿人[⑥]！

① 本篇为奉诏入京告别家人之作，喜不自胜，狂态可掬，以直致见风格。南陵：当在鲁郡，或即沙丘旁太白居处。另有《酬张卿夜宿南陵见赠》，其南陵亦指此。旧注宣州南陵，误。入京：天宝初，太白以玉真公主、贺知章之荐，诏入翰林。由东鲁首途赴京。诗题一作《古意》。

② "白酒"句：谓酒初熟时自山中归家。山中，当是徂徕山中。太白曾隐于此。

③ 游说万乘：以策士自况，喻向君王献策。万乘，指皇帝。

④ "会稽"句：《汉书·朱买臣传》载：会稽朱买臣，家贫，好读书，常刈薪以给食，担薪诵书，妻随而止之。买臣益疾诵，妻羞之，求去。买臣曰："我年五十当富贵。"妻怒曰："如公等，终饿死沟中耳，何

能富贵!”后买臣登仕途,任会稽太守,其妻羞愧自缢。按:此愚妇,当有所指。或以为诀而去者之刘氏,或以为鲁妇人。均在疑似之间。

⑤ 入秦:即入京。进长安。

⑥ 蓬蒿人:山野之人。

驾去温泉宫后赠杨山人[1]

少年落魄楚汉间，风尘萧瑟多苦颜。自言管葛竟谁许[2]，长吁莫错还闭关。一朝君王垂拂拭，剖心输丹雪胸臆。忽蒙白日回景光，直上青云生羽翼。幸陪鸾辇出鸿都[3]，身骑飞龙天马驹[4]。王公大人借颜色，金章紫授来相趋[5]。当时结交何纷纷，片言道合唯有君。待吾尽节报明主，然后相携卧白云。

① 本篇唐写本题作《从驾温泉宫醉后赠杨山人》，向落魄楚汉时之知交杨山人，诉说奉诏入京陪驾游温泉之荣耀，并流露功成身退之意。温泉宫：在临潼骊山下。天宝六载更名华清宫。杨山人：作者早年故交。另有《送杨山人归天台》诗，又有《送杨山人归嵩山》诗，所指当是一人。

② 管葛：指管仲与诸葛亮。均为有作为之贤相。

③ 鸿都：指帝都长安。

④ 飞龙：皇家马厩。唐制，翰林院学士可借用飞龙厩中马一匹。

⑤ 金章紫绶：系紫绶带的铜官印。是高官的标志，代指朝廷大官。

宫中行乐词[①](八首选二)

一

柳色黄金嫩,梨花白雪香。玉楼巢翡翠[②],珠殿锁鸳鸯。选妓随雕辇,征歌出洞房。宫中谁第一,飞燕在昭阳[③]。

二

水绿南薰殿[④],花红北阙楼[⑤]。莺歌闻太液[⑥],凤吹绕瀛洲[⑦]。素女鸣珠佩[⑧],天人弄彩球[⑨]。今朝风日好,宜入未央游[⑩]。

① 本题八首,皆供奉翰林时应制之作,颂宫庭游乐事。此选其二、其八两首,皆切“宫中行乐”。

② 翡翠:鸟名。或云赤者为雄曰翡,青者为雌曰翠。见《异物志》。

③ 飞燕:指汉成帝皇后赵飞燕。赵飞燕居昭阳殿。此借喻杨贵妃。

④ 水：指兴庆宫龙池。南薰殿：在龙池之北。

⑤ 北阙楼：宫城北门楼。北阙为上书奏事之所，故诗文中多以北阙代指皇宫。

⑥ 太液：指汉建章宫北太液池。此借指唐太液池。唐池在大明宫含元殿北。

⑦ 凤吹：指笙。瀛洲：汉太液池中有瀛洲、蓬莱、方丈三神山。故由太液而咏及瀛洲。唐太液中有蓬莱。此以瀛洲指蓬莱，又关合兴庆宫之瀛洲门。

⑧ 素女：传说中神女名。善音乐，能鼓瑟。见《史记·封禅书》。此借喻宫女。

⑨ 天人：犹天仙。指美女。弄彩球：古代一种打球游戏。

⑩ 未央：即未央宫。汉宫名，在长安。此借指唐宫。

清平调词三首①

一

云想衣裳花想容②,春风拂槛露华浓。若非群玉山头见③,会向瑶台月下逢④。

二

一枝红艳露凝香,云雨巫山枉断肠⑤。借问汉宫谁得似?可怜飞燕倚新妆⑥。

三

名花倾国两相欢⑦,长得君王带笑看。解释春风无限恨,沉香亭北倚阑干⑧。

① 本题三首为供奉翰林时奉命而作的歌词,借名花以颂杨妃。据《松窗杂录》载:兴庆池东沉香亭前,牡丹盛开,玄宗与杨妃前往

赏花,特选梨园子弟随从。玄宗说:"赏名花,对妃子,焉用旧词!"遂命李龟年宣李白作词,立进《清平调辞》三章。龟年歌唱,玄宗吹笛伴奏,为一时之极致。清平调:唐大曲名,或以为始创于玄宗天宝间。

② 想:像,如。

③ 群玉山:仙山。传为西王母所居。见《仙传拾遗》。

④ 瑶台:神仙所居之处。《太平御览》六六〇引《登真隐诀》:"昆仑瑶台,是西王母之宫。"

⑤ 云雨巫山:巫山神女旦为朝云,暮为行雨。典出宋玉《高唐赋》。

⑥ "借问"二句:以汉成帝皇后赵飞燕喻杨贵妃。是美杨妃。

⑦ 名花:指牡丹花。倾国:指美女。汉李延年歌谓北方佳人"一顾倾人城,再顾倾人国",后以"倾城倾国"指美女。此谓杨妃。

⑧ 沉香亭:在兴庆宫龙池畔。

效　　古①（二首选一）

朝入天苑中，谒帝蓬莱宫②。青山映辇道③，碧树摇烟空。谬题金闺籍④，得与银台通⑤。待诏奉明主，抽毫颂清风⑥。归时落日晚，蹀躞浮云骢⑦。人马本无意，飞驰自豪雄。入门紫鸳鸯，金井双梧桐⑧。清歌弦古曲，美酒沽新丰⑨。快意且为乐，列筵坐群公⑩。光景不可留，生世如转蓬。早达胜晚遇，羞比垂钓翁⑪。

① 本题二首，此选其一。诗写待诏翰林时之荣遇，踌躇满志，知其未能免俗。

② “朝入”二句：言早朝入禁苑皇宫谒见唐玄宗。天苑：皇家禁苑。蓬莱宫：高宗朝建蓬莱宫，后更名大明宫。在龙首山。故址在今陕西西安东北。

③ 辇道：可以通行御辇的阁道。

④ 金闺，即金门。又称金马门。汉宫门。后作官署代称。金闺籍：出入金马门的官员名册。谢朓《始出尚书省》诗：“既通金闺籍，复酌琼筵醴。”

⑤ 银台：指银台门。唐翰林院、学士院均在银台门内。

⑥ “待诏”二句：谓奉诏为唐玄宗写颂圣诗。抽毫，挥毫，撰写。颂清风，语本《诗·大雅·烝民》：“吉甫作诵，穆如清风。”

⑦ 蹀躞：小步貌。浮云骢：骏马名。相传汉文帝自代还，有良马九匹，一名浮云。见《西京杂记》二。

⑧ 金井：设有雕栏的井。多指宫中或御苑中的水井。

⑨ 新丰：本秦骊邑，汉置新丰，故址在今陕西临潼东北。唐时出美酒。

⑩ 群公：指朝中群官。

⑪ 垂钓翁：指吕尚。吕尚垂钓磻溪，八十始遇周文王。见《史记·齐太公世家》。

塞　下　曲[1]（六首选三）

一

五月天山雪[2]，无花只有寒。笛中闻折柳[3]，春色未曾看。晓战随金鼓，宵眠抱玉鞍。愿将腰下剑，直为斩楼兰[4]。

二

骏马似风飙，鸣鞭出渭桥[5]。弯弓辞汉月，插羽破天骄[6]。阵解星芒尽，营空海雾消[7]。功成画麟阁[8]，独有霍嫖姚[9]。

三

塞虏穷秋下，天兵出汉家。将军分虎竹[10]，战士卧龙沙[11]。边月随弓影，胡霜拂剑花。玉关殊未入[12]，少妇莫长嗟。

① 本题六首，此选其一、其三、其五三首。皆写边塞征战事，有盛唐气象。塞下曲：乐府横吹曲旧题有《出塞曲》《入塞曲》，唐人有《塞上》《塞下》之曲，《乐府诗集》作“新乐府辞”。

② 天山：又名白山，冬夏皆雪，在今新疆吐鲁番以北。

③ 折柳：笛曲古有《折杨柳》。

④ 楼兰：即鄯善，汉西域国名，在今新疆罗布泊之西。二句用汉傅介子事。《汉书·傅介子传》载：楼兰王为匈奴反间，遮杀汉使。大将军霍光遣傅介子率勇士赍金赴楼兰，诈称欲赐其王，与饮，醉，壮士二人从后刺之，斩其首悬北阙下。因封介子为义阳侯。

⑤ 渭桥：指中渭桥。在长安北。

⑥ 天骄：指匈奴。《汉书·匈奴传》：“胡者，天之骄子也。”

⑦ “阵解”二句：谓战事已息。隋杨素《出塞》诗：“兵寝星芒落，战解月轮空。”星芒尽，指息兵。《后汉书·天文志》：“客星芒气白为兵。”

⑧ 画麟阁：画像于麒麟阁。汉萧何造麒麟阁，汉宣帝思股肱之美，乃图霍光等十一人于阁上。见《三辅黄图》。

⑨ 霍嫖姚：指霍去病。汉武帝时名将，曾为嫖姚校尉，胜匈奴于祁连山。见《史记》本传。

⑩ 虎竹：指虎符与竹使符。为兵符，即调兵信物。各分其半，合符为信。鲍照《拟古》诗：“留我一白羽，将以分虎竹。”

⑪ 龙沙：指塞外沙漠。《后汉书·班超传》：“坦步葱雪，咫尺龙沙。”

⑫ 玉关：即玉门关。故址在今甘肃敦煌西北小方盘城。

独　不　见[①]

白马谁家子，黄龙边塞儿[②]。天山三丈雪[③]，岂是远行时！春蕙忽秋草，莎鸡鸣曲池[④]。风催寒梭响，月入霜闺悲。忆与君别年，种桃齐蛾眉。桃今百馀尺，花落成枯枝。终然独不见，流泪空自知。

① 本篇仿古乐府，写思妇之念征夫。词旨与《塞下曲六首》其四近似，而意境稍胜。独不见：乐府杂曲旧题，《乐府古题要解》："独不见，伤思而不得见也。"

② 黄龙：指黄龙戍，故址在今辽宁朝阳。此泛指边塞。

③ 天山：又名白山，冬夏皆雪。在今新疆吐鲁番北。

④ 莎鸡：即蟋蟀。

紫 骝 马[①]

紫骝行且嘶，双翻碧玉蹄[②]。临流不肯渡，似惜锦障泥[③]。白雪关山远，黄云海戍迷[④]。挥鞭万里去，安得念春闺[⑤]？

① 本篇咏马兼及从军远戍，均拟古辞之意。紫骝马：乐府横吹曲旧题。紫骝：赤色马。

② “双翻”句：沈佺期《骢马》：“四蹄碧玉片，双眼黄金瞳。”

③ “临流”二句：《世说新语・术解》：“王武子善解马性，尝乘一马，着连钱障泥，前有水，终日不肯渡。王云：‘此必是惜障泥。’使人解去，便径渡。”又见《晋书・王济传》。障泥，垂于马腹两侧以遮尘泥者。

④ “白雪”二句：谓紫骝随征人远戍。白雪：指白雪戍，在蜀。黄云：指黄云戍。均关合边塞景色。

⑤ 春闺：代指思妇。

关　山　月[①]

明月出天山[②]，苍茫云海间。长风几万里，吹度玉门关[③]。汉下白登道[④]，胡窥青海湾[⑤]。由来征战地，不见有人还。戍客望边色，思归多苦颜。高楼当此夜，叹息未应闲[⑥]。

① 本篇写征人之思与思妇之怨，盖有感于边塞战争。关山月：乐府横吹曲旧题。

② 天山：即祁连山，横亘于甘肃青海之间。此言月出天山，是征人远在天山之西。

③ 玉门关：在今甘肃敦煌西北，为古通西域要道。

④ 白登：白登山。上有白登台。在今山西大同之东。汉七年，匈奴冒顿曾围汉高祖于此，七月乃解。见《史记·韩信卢绾列传》。

⑤ 青海：指青海湖。在今青海东北部。隋属吐谷浑，唐为吐蕃所据。唐与吐蕃多次攻战于青海湖附近。

⑥ “高楼”二句：南朝陈徐陵《关山月》：“思妇高楼上，当窗未应眠。”其意本此，不言思妇，而思妇之情自见。

春　　思[①]

燕草如碧丝，秦桑低绿枝[②]。当君怀归日，是妾断肠时。春风不相识，何事入罗帏？

① 本篇写思妇之情，委宛深切。

② "燕草"二句：以燕草秦桑点明时地，写两地相思。

胡　无　人[①]

严风吹霜海草凋[②]，筋干精坚胡马骄[③]。汉家战士三十万，将军兼领霍嫖姚。流星白羽腰间插[④]，剑花秋莲光出匣[⑤]。天兵照雪下玉关，虏箭如沙射金甲。云龙风虎尽交回[⑥]，太白入月敌可摧[⑦]。敌可摧，旄头灭[⑧]，履胡之肠涉胡血[⑨]。悬胡青天上，埋胡紫塞旁[⑩]。胡无人，汉道昌。陛下之寿三千霜，但歌大风云飞扬，安用猛士兮守四方[⑪]。

① 本篇注家多以为写安史之乱，乃至谓占验史氏父子之亡，细味诗意，当是咏边塞之事，以颂大唐国威。胡无人：乐府相和歌旧题。

② 严风：冬天凛冽的寒风。梁元帝《纂要》："冬曰玄英，亦曰安宁，亦曰玄冬、三冬、九冬，天曰上天，风曰寒风、劲风、严风、厉风、哀风。"海草：瀚海所生之草，即边塞之草。《宋书・周朗传》："池上海草，岁荣日蔓。"

③ 筋干精坚：犹言强弓。筋干：指弓。《周礼・考工记》："凡为弓，冬析干而春液角，夏治筋，秋合三材。"

④ 流星：古宝剑名。崔豹《古今注・舆服》：吴大帝有宝剑六，"四曰

流星”。或作飞速解，谓羽箭如流星。与《古风》“羽檄如流星”同义。

⑤ 剑花秋莲：暗示匣中宝剑为芙蓉剑。因有秋莲之光。

⑥ 云龙风虎：古战阵名。八阵中之四阵，另四阵为天地鸟蛇。

⑦ 太白入月：古星相家以为此乃“将戮”之象征。摧敌之说，或别有所据。或说出《北齐书·宋景业传》：“太白与并月，宜速用兵。”

⑧ 旄头灭：为灭胡之意。旄头，胡星，即昴星。

⑨ “履胡”句：语本《淮南子·兵略训》：“白刃合，流矢接，涉血履肠，舆死扶伤，流血千里，暴骸盈场，乃以决胜，此用兵之下也。”

⑩ 紫塞：北方边防要塞。崔豹《古今注·都邑》：“秦筑长城，土色皆紫。汉塞亦然，故称紫塞焉。”

⑪ “但歌”二句：汉高祖刘邦《大风歌》：“大风起兮云飞扬，威加海内兮归故乡，安得猛士兮守四方。”语本此而反用其意，以颂唐之能以威服四夷。

送贺宾客归越[①]

镜湖流水漾清波[②],狂客归舟逸兴多[③]。山阴道士如相见,应写黄庭换白鹅[④]。

① 题唐写本作《阴盘驿送贺监归越》,为送贺知章还乡之作。贺宾客:贺知章字季真,会稽永兴(今浙江萧山)人,官太子宾客,秘书监。天宝二年十二月请度为道士还乡,次年春离长安。

② 镜湖:即鉴湖。在今浙江绍兴。贺知章还乡,“诏赐镜湖剡川一曲”。见《新唐书·贺知章传》。

③ 狂客:指贺知章。知章晚年尤加纵诞,无复规检,自号“四明狂客”。见《旧唐书·贺知章传》。

④ “山阴”二句:用王羲之事。《太平御览》二三八引何法盛《晋中兴书》:“山阴有道士养群鹅,羲之意甚悦。道士云:‘为写《黄庭经》,当举群鹅相赠。’乃为写讫,笼鹅而去。”按:《晋书·王羲之传》谓写《道德经》换白鹅。贺知章善草隶,又归山阴,故以王羲之为喻。山阴,即会稽。黄庭,指《黄庭经》,道教讲养生修炼之书。

白云歌送刘十六归山[①]

楚山秦山皆白云[②],白云处处长随君。长随君,君入楚山里,云亦随君渡湘水[③]。湘水上,女萝衣[④],白云堪卧君早归。

① 本篇为送友人自长安归三湘之作,吐语如白云舒卷,自然流转。刘十六:刘姓,排行十六,名字事迹未详。

② 楚山:楚地之山,即三湘之山,刘十六所归之处。秦山:秦地之山,此指长安。

③ 湘水:泛指楚湘之水。

④ 女萝衣:以女萝为衣。屈原《九歌·山鬼》:“若有人兮山之阿,被薜荔兮带女萝。”意指刘十六将归隐山林。

翰林读书言怀呈集贤诸学士[①]

晨趋紫禁中[②],夕待金门诏[③]。观书散遗帙,探古穷至妙。片言苟会心,掩卷忽而笑。青蝇易相点[④],《白雪》难同调[⑤]。本是疏散人,屡贻褊促诮[⑥]。云天属清朗,林壑忆游眺。或时清风来,闲倚栏下啸。严光桐庐溪[⑦],谢客临海峤[⑧]。功成谢人间,从此一投钓[⑨]。

① 本篇当是待诏翰林被谤之初所作,虽力加辩白,却露出引退之意,然犹冀功成而后拂衣。翰林:即翰林院。集贤诸学士,一本"集贤"之下多"院内"二字,集贤院设学士与直学士,官阶为五品与六品。

② 紫禁:即紫禁宫。紫微、禁中,均指皇宫。

③ 金门:即金马门,汉宫门。东方朔、主父偃等皆待诏于金马门。此暗以东方朔自喻。

④ 青蝇:喻进谗者。语本《诗·小雅·青蝇》:"营营青蝇,止于樊;岂弟君子,无信谗言。"

⑤ "白雪"句:谓《阳春白雪》,曲高和寡。见宋玉《对楚王问》。

⑥ 褊促：胸襟狭隘。诮：讥讽。

⑦ “严光”句：严光字子陵，汉光武帝同学，隐居不仕，于桐庐富春江垂钓。今钓台犹存。见《后汉书·严光传》。

⑧ “谢客”句：语本谢灵运《登临海峤初发强中作》诗。意在学谢灵运游山玩水。谢客，谢灵运小字客儿，人称谢客。

⑨ “功成”二句：表示功成身退。

于阗采花[1]

于阗采花人，自言花相似。明妃一朝西入胡[2]，胡中美女多羞死。乃知汉地多明姝，胡中无花可方比。丹青能令丑者妍，无盐翻在深宫里[3]。自古妒蛾眉，胡沙埋皓齿。

① 本篇写昭君事，以丑女入宫而美人出塞，喻黜贤而进不肖，有不遇之感。于阗采花：乐府杂曲旧题。于阗，西域国名，在今新疆和田一带。

② 明妃：即汉元帝妃王嫱。王嫱字昭君，晋人避司马昭讳改“明君”，后人亦称为“明妃”。竟宁元年，昭君出塞入匈奴为呼韩邪单于阏氏。入胡：指入匈奴。

③ “丹青”二句：《西京杂记》：“元帝后宫既多，不得常见，乃使画工图形，案图召幸之。诸宫人皆赂画工，多者十万，少者亦不减五万。独王嫱不肯，遂不得见。后匈奴入朝，求美人为阏氏，于是上案图以昭君行。及去，召见，貌为后宫第一。”无盐：古代丑女，为齐宣王后。后用为丑女代称。

妾　薄　命[①]

汉帝重阿娇，贮之黄金屋[②]。咳唾落九天，随风生珠玉[③]。宠极爱还歇，妒深情却疏。长门一步地[④]，不肯暂回车。雨落不上天，水覆难再收[⑤]。君情与妾意，各自东西流。昔日芙蓉花，今成断根草。以色事他人，能得几时好[⑥]！

① 本篇咏汉武帝陈皇后之失宠，为以色事人者叹。妾薄命：乐府杂曲旧题，古辞多咏女子之薄命。

② “汉帝”二句：用金屋藏娇事。《汉武故事》载：武帝尝曰：“若得阿娇作妇，当作金屋贮之。”后果以阿娇为陈皇后。

③ “咳唾”二句：《庄子·秋水》：“子不见夫唾者乎？喷则大者如珠，小者如雾，杂而下者不可胜数也。”

④ 长门：指长门宫。汉武帝更长门园为长门宫。陈皇后失宠，别居于此。

⑤ “水覆”句：语出《后汉书·何进传》“覆水不可收”。

⑥ “以色”二句：《史记·吕不韦列传》：“以色事人者，色衰而爱弛。”

怨　歌　行[1]

十五入汉宫，花颜笑春红。君王选玉色，侍寝金屏中。荐枕娇夕月，卷衣恋春风[2]。宁知赵飞燕，夺宠恨无穷[3]。沉忧能伤人，绿鬓成霜蓬。一朝不得意，世事徒为空。鹔鹴换美酒[4]，舞衣罢雕龙[5]。寒苦不忍言，为君奏丝桐。肠断弦亦绝，悲心夜忡忡[6]。

① 本题原注云："长安见内人出嫁，令予代为《怨歌行》。"是托宫人以自伤被谗见黜。怨歌行：乐府相和歌旧题。自班婕妤立此题，内容多写君宠中断之怨。

② "荐枕"二句：谓服侍君王。庾信《灯赋》："卷衣秦后之床，送枕荆台之上。"荐枕：犹言侍寝。进枕以求亲昵。卷衣：收藏衣服。古乐府有《秦王卷衣》，解题谓"秦王卷衣，以赠所欢"。作者更其题，作《秦女卷衣》云："天子居未央，侍妾卷衣裳。顾无紫宫宠，敢拂黄金床。"

③ "宁知"二句：《汉书・班婕妤传》："赵飞燕姊弟亦从自微贱兴，踰越礼制，寖盛于前。班婕妤及许皇后皆失宠，稀复进见。"赵飞燕：

本为宫人,及壮,属阳阿主家,学歌舞,号曰飞燕。上见而悦之,召入宫。许皇后被废后,立为皇后。

④ “鹔鹴”句:《西京杂记》二:“司马相如初与文君还成都,居贫愁懑,以所着鹔鹴裘就市人阳昌贳酒,与文君为欢。”鹔鹴,雁属,其羽可制裘。此代指鹔鹴裘。

⑤ 雕龙:一作“雕笼”。句意谓舞衣弃置不用。

⑥ 忡忡:忧盛貌。《诗·召南·草虫》:“未见君子,忧心忡忡。”

玉　阶　怨[①]

玉阶生白露，夜久侵罗袜。却下水精帘[②]，玲珑望秋月[③]。

① 本篇写闺怨，不言怨，而怨情自在其中，深得南朝乐府神髓。玉阶怨：乐府相和歌旧题，始自谢朓，此为拟作。

② 水精帘：形容质地精细色泽晶莹的帘子。萧士赟注曰："水精帘以水精为之，如今之琉璃帘也。"

③ 玲珑：空明貌。形容秋月。

长门怨二首[1]

一

天回北斗挂西楼，金屋无人萤光流[2]。月光欲到长门殿，别作深宫一段愁。

二

桂殿长愁不记春[3]，黄金四屋起秋尘。夜悬明镜青天上，独照长门宫里人[4]。

① 二首写汉武帝陈皇后事，以陈皇后之失宠自况，取屈原美人香草之意。长门怨：汉乐府相和歌。《乐府古题要解》谓陈皇后失宠，退居长门宫，司马相如为作《长门赋》，后人因其赋为《长门怨》。长门，汉宫名。

② 金屋：用金屋藏娇事。汉武帝为太子时，言"若得阿娇作妇，当作金屋贮之"。阿娇为长公主之女。见《汉武故事》。

③ 桂殿：指长门宫。

④ "夜悬"二句：化用司马相如《长门赋》"悬明月以自照兮，徂清夜于洞房"。明镜，指月。

怨　　情[1]

美人卷珠帘，深坐颦蛾眉[2]。但见泪痕湿，不知心恨谁。

① 本篇写闺情，亦当有所寄托。或因见疏而生怨悱之情。

② 颦蛾眉：皱眉头。形容美人之美态与愁态。

灞陵行送别[①]

送君灞陵亭，灞水流浩浩[②]。上有无花之古树，下有伤心之春草。我向秦人问路歧，云是王粲南登之古道[③]。古道连绵走西京，紫阙落日浮云生[④]。正当今夕断肠处，骊歌愁绝不忍听[⑤]。

① 本篇为去朝还山于灞陵送别之作，意绪黯然，愁肠欲断。灞陵：汉文帝陵墓。此指灞桥，为唐人折柳送别之处。

② 灞水：渭河支流，在长安之东。

③ 王粲南登之古道：王粲《七哀诗》："南登灞陵岸，回首望长安。"王粲，字仲宣，"建安七子"之一。长安战乱，南奔往依刘表，道中作《七哀诗》。

④ 紫阙：指唐宫，喻朝廷。浮云：喻奸佞小人。作者《古风》(其三十七)："浮云蔽紫闼，白日难回光。"

⑤ 骊歌：即离歌，告别之歌。

玉　壶　吟[①]

烈士击玉壶，壮心惜暮年[②]。三杯拂剑舞秋月，忽然高咏涕泗涟[③]。凤凰初下紫泥诏[④]，谒帝称觞登御筵[⑤]。揄扬九重万乘主[⑥]，谑浪赤墀青琐贤[⑦]。朝天数换飞龙马[⑧]，敕赐珊瑚白玉鞭。世人不识东方朔，大隐金门是谪仙[⑨]。西施宜笑复宜颦，丑女效之徒累身[⑩]。君王虽爱蛾眉好[⑪]，无奈宫中妒杀人[⑫]。

① 本篇写入朝被妒遭谗事，实事实情，故少余味。

② “烈士”二句：典出《世说新语·豪爽》：“王处仲每酒后辄咏：‘老骥伏枥，志在千里。烈士暮年，壮心不已。’以如意击唾壶，壶口尽缺。”击壶以寄慷慨，并以玉壶为题。

③ “三杯”二句：又作“三杯拂剑舞，秋月忽高悬”。

④ “凤凰”句：写奉诏入京事。化用凤诏典。《初学记》三十引陆翙《邺中记》曰：“石季龙皇后在观，上有诏书，五色纸，著凤口中。凤既衔诏，侍人放百丈绯绳，辘轳回转，凤皇飞下。凤以木作之，五色漆画，咮脚皆用金。”紫泥诏，古时皇帝诏书用紫泥加封，称紫泥

诏或简称紫泥。

⑤ 称觞：举杯祝酒。谢朓《三日侍华光殿曲水代人应诏》诗：“降席连缕，称觞接武。”

⑥ 九重：宋玉《九辩》：“君之门以九重。”

⑦ “谑浪”句：意谓戏谑朝臣。犹似东方朔之傲弄公卿，无所为屈。赤墀青琐，天子殿堂之台阶与宫门。《汉书·元后传》：“曲阳侯根骄奢僭上，赤墀青琐。”

⑧ 飞龙马：皇帝御厩飞龙厩中的骏马。唐代制度，翰林学士新入院，依例可借飞龙马。王琦注引《锦绣万花谷》：“学士新入院，飞龙厩赐马一匹，银闹鞍装辔。”

⑨ “世人”二句：以汉东方朔自拟。《史记·滑稽列传》：“朔行殿中，郎谓之曰：‘人皆以先生为狂。’朔曰：‘如朔等，所谓避世于朝廷间者也。古之人，乃避世于深山中。’时坐席中，酒酣，据地歌曰：‘陆沉于俗，避世金马门。宫殿中可以避世全身，何必深山之中，蒿庐之下。’金马门者，宦者署门也。”谪仙，太白自指。初入长安，贺知章呼之为“谪仙人”。

⑩ “西施”二句：《庄子·天运》：“西施病心而颦，其里之丑人美之，亦捧心而颦。”宜笑复宜颦，语本梁简文帝《鸳鸯赋》：“亦有佳丽自如神，宜羞宜笑复宜颦。”

⑪ 蛾眉：美女代称。《诗·卫风·硕人》：“螓首蛾眉。”

⑫ 宫中：指宫女，宫中嫔妃。喻谗毁蛾眉的小人。

感　　遇[①]（四首选一）

宋玉事楚王[②]，立身本高洁。巫山赋彩云[③]，郢路歌白雪。举国莫能和，巴人皆卷舌[④]。一惑登徒言[⑤]，恩情遂中绝[⑥]。

① 本题四首，此选第四。诗作于待诏翰林被谗失意之后，以宋玉自况，不无怨悱。感遇：感于所遇，即兴而作。

② “宋玉”句：谓宋玉曾事楚襄王。宋玉曾为楚顷襄王大夫。

③ “巫山”句：指宋玉《高唐赋》写楚王梦遇巫山神女，朝为行云，暮为行雨。

④ “郢路”三句：典出宋玉《对楚王问》：客歌于郢中，其为《阳春白雪》，国中和者甚寡；其为《下里巴人》，则和者甚众。所谓巴人卷舌，意即巴人不能唱《阳春》也。

⑤ “一惑”句：宋玉《登徒子好色赋》云：大夫登徒子于楚王前短宋玉曰：“玉为人体貌闲丽，口多微辞，又性好色，愿王勿与出入后宫。”此以登徒子喻于玄宗前进谗毁白者。

⑥ “恩情”句：语本汉班婕妤《怨歌行》：“弃捐箧笥中，恩情中道绝。”

太白何苍苍[①]

（古风其五）

太白何苍苍，星辰上森列。去天三百里，邈尔与世绝[②]。中有绿发翁[③]，披云卧松雪。不笑亦不语，冥栖在岩穴。我来逢真人，长跪问宝诀[④]。粲然启玉齿[⑤]，授以炼药说。铭骨传其语，竦身已电灭。仰望不可及，苍然五情热[⑥]。吾将营丹砂[⑦]，永与世人别。

① 本篇写神游太白，以寄飘然欲仙之志。正如《唐宋诗醇》所评："不得志于时者，姑寄其意于此耳。"太白：山名，在今陕西太白。

② "去天"二句：《水经注·渭水》："太白山在武功县南，去长安二百里，不知其高几何，俗云：'武功太白，去天三百。'"

③ 绿发翁：指头发乌黑的老仙翁。

④ "我来"二句：语出曹植《飞龙篇》："我知真人，长跪问道。"宝诀，道家修炼之诀。作者《金陵与诸贤送权十一序》："吾希风广成，荡漾浮世，素受宝诀。"

⑤ "粲然"句：出晋郭璞《游仙诗》："灵妃顾我笑，粲然启玉齿。"

⑥ 五情热：陶潜《影答形》："身没名亦尽，念之五情热。"五情，喜、怒、哀、乐、怨。

⑦ 丹砂：外丹黄白术药物。道经谓"丹砂者，万灵之主，造化之根，神明之本"。见《太洞炼真宝经修伏灵砂妙诀》。

凤饥不啄粟[①]

（古风其四十）

凤饥不啄粟，所食唯琅玕[②]。焉能与群鸡，刺蹙争一餐[③]。朝鸣昆丘树，夕饮砥柱湍[④]。归飞海路远，独宿天霜寒。幸遇王子晋[⑤]，结交青云端。怀恩未得报，感别空长叹。

① 本篇为被谗去朝感别长安知交之作。

② 琅玕：指珠树。《艺文类聚》九十：“老子叹曰：吾闻南方有鸟，其名为凤，所居积石千里，天为生食，其树名琼枝，高百仞，以璆琳琅玕为实。”

③ 刺蹙：即刺促，劳碌不休。

④ “朝鸣”二句：语本《淮南子·览冥训》：“（凤凰）曾逝万仞之上，翱翔四海之外，过昆仑之疏圃，饮砥柱之湍濑。”昆丘，昆仑山。砥柱，山名，在今河南三门峡。

⑤ 王子晋：周灵王太子。后人称其仙去，或说即仙人王子乔。作者《感遇》诗云：“吾爱王子晋，得道伊洛滨。”此或借指贺知章、玉真公主等。

鞠歌行[①]

玉不自言如桃李[②]，鱼目笑之卞和耻[③]。楚国青蝇何太多[④]，连城白璧遭谗毁[⑤]。荆山长号泣血人，忠臣死为刖足鬼[⑥]。听曲知甯戚，夷吾因小妻[⑦]。秦穆五羊皮，买死百里奚[⑧]。洗拂青云上，当时贱如泥。朝歌鼓刀叟，虎变磻溪中。一举钓六合，遂荒营丘东。平生渭水曲，谁识此老翁[⑨]？奈何今之人，双目送飞鸿[⑩]。

① 本篇叹贤者之不能遇明主而遭谗毁废弃，因生远行之意。鞠歌行：乐府相和歌旧题。晋陆机《鞠歌行序》："虽奇宝名器，不遇知己，终不见重，愿逢知己，以托意焉。"

② 不自言如桃李：《史记·李将军列传赞》："谚曰：桃李不言，下自成蹊。"索隐引姚氏语："桃李本不能言，但以华实感物，故人不期而往，其下自成蹊径也。"

③ 鱼目笑之：谓鱼目混珠而笑玉。《文选》任滁《到大司马记室笺》："惟此鱼目，唐突玙璠"，注："鱼目似珠。玙璠，鲁玉也。"卞和：春秋楚人。相传他发现一玉璞，先后献于楚厉王、武王，以为他谩

上，而截去左右脚。直到楚文王即位，卞和哭于荆山中，三日三夜，泪尽而泣血。王使人理其璞而得宝，称“和氏之璧”。事见《韩非子·和氏》《新序·杂事》。

④ 青蝇：喻进谗佞人。《诗·小雅·青蝇》：“营营青蝇，止于樊。岂弟君子，无信谗言。”

⑤ 连城白璧：指价值连城的和氏之璧。《史记·廉颇蔺相如列传》：“赵惠文王时，得楚和氏璧。秦昭王闻之，使人遗赵王书，愿以十五城请易璧。”

⑥ “荆山”二句：用卞和故事。荆山，泛指楚山。刖足，截脚。

⑦ “听曲”二句：典出《列女传·辩通》：春秋齐人甯戚欲见桓公，扮为仆人，驱车于东门外，待桓公出，乃击牛角而悲歌。桓公使管仲(名夷吾)迎之。甯戚曰：“浩浩白水。”管仲不知所谓，其妾解曰：“古有《白水》之诗，诗不云乎：‘浩浩白水，鯈鯈之鱼。君来召我，我将安居？国家未定，从我焉如？’此甯戚之欲得仕国家也。”管仲因报桓公，桓公斋戒五日，见甯戚，任以国政，齐国以治。

⑧ “秦穆”二句：用百里奚故事。百里奚原为虞国大夫，晋灭虞，为俘虏，作秦穆公夫人陪嫁臣，逃至宛，为楚人所执。秦穆公闻其贤，以五羊皮赎之，委以国政，为五羊大夫。与蹇叔、由余共佐穆公建成霸业。事见《史记·秦本纪》《吕氏春秋》。

⑨ “朝歌”六句：用吕尚故事。吕尚原为朝歌屠叟，垂钓于磻溪，后

遇文王，尊为师，佐武王灭殷。事见《史记·齐太公世家》。营丘，在今山东淄博。周曾封太公于营丘。

⑩“奈何”二句：意谓今人不好贤。语本《史记·孔子世家》：卫灵公“与孔子语，见飞雁，仰视之，色不在孔子，孔子遂行”。

郢客吟白雪[①]

（古风其二十一）

郢客吟白雪，遗响飞青天[②]。徒劳歌此曲，举世谁为传？试为巴人唱，和者乃数千。吞声何足道？叹息空凄然。

① 本篇以曲高和寡发才大难为世用之叹。郢客吟白雪：典出宋玉《对楚王问》："客有歌于郢中者，其始曰《下里巴人》，国中属而和者数千人；其为《阳阿薤露》，国中属而和者数百人；其为《阳春白雪》，国中属而和者不过数十人。引商刻羽，杂以流徵，国中属而和者不过数人而已。是其曲弥高，其和弥寡。"

② 遗响：犹余音。晋陆机《拟今日良宴会》："哀音绕栋宇，遗响入云汉。"

桃花开东园[①]

（古风其四十七）

桃花开东园，含笑夸白日。偶蒙春风荣，生此艳阳质[②]。岂无佳人色，但恐花不实。宛转龙火飞[③]，零落早相失。讵知南山松，独立自萧瑟[④]！

① 本篇与《感兴》其四大同小异，或以为一诗两传，题旨相似，谓偶得荣宠，不可久恃，当以节操为本。

② 艳阳质：鲍照《学刘公幹体》："艳阳桃李节。"

③ 龙火：火星。《文选》张协《七命》："龙火西颓，暄气初收。"刘良注："龙火，火星，秋则西南见也。"

④ 萧瑟：风吹松柏声。

美人出南国[①]

（古风其四十九）

美人出南国，灼灼芙蓉姿。皓齿终不发，芳心空自持[②]。由来紫宫女[③]，共妒青蛾眉。归去潇湘沚[④]，沉吟何足悲！

① 本篇以美人遭谗妒自喻，仿曹植《杂诗》而立意自别，曹诗叹未遇，李诗则恨见毁。美人：曹植《杂诗》："南国有佳人，容华若桃李。"

② "皓齿"二句：曹植《杂诗》："时俗薄朱颜，谁为发皓齿。"

③ 紫宫女：宫中美女。紫宫：皇宫。

④ "归去"句：曹植《杂诗》："朝游江北岸，夕宿潇湘沚。"沚，水中小洲。

松柏本孤直[①]

（古风其十二）

松柏本孤直，难为桃李颜[②]。昭昭严子陵，垂钓沧波间[③]。身将客星隐[④]，心与浮云闲。长揖万乘君，还归富春山[⑤]。清风洒六合，邈然不可攀。使我长叹息，冥栖岩石间。

① 本篇颂严子陵以寓身退之意，当有感于时遇而发者。

② “松柏”二句：意谓性直耿介，不取媚于俗。《荀子》：“桃李倩粲于一时，时至而杀；至于松柏，经隆冬而不凋，蒙霜雪而不变，可谓得其性矣。”

③ “昭昭”二句：用严光隐居垂钓事。严光字子陵，会稽余姚人。少有高名，与汉光武帝刘秀同学。光武称帝，变姓名，退隐富春山，其垂钓处为严陵濑。见《后汉书·严光传》。

④ 客星：指严光。史载：光武帝思其贤，引见道故，因共偃卧，光足加帝腹，太史次日奏“客星犯御座”。见《后汉书·严光传》。

⑤ 富春山：在今浙江桐庐之西。山有严子陵钓台。

登高望四海[①]

（古风其三十九）

登高望四海，天地何漫漫！霜被群物秋，风飘大荒寒。荣华东流水，万事皆波澜。白日掩徂晖[②]，浮云无定端。梧桐巢燕雀，枳棘栖鸳鸾[③]。且复归去来，剑歌行路难[④]。

① 本篇感叹小人得志，而君子失所，即所谓“梧桐巢燕雀，枳棘栖鸳鸾”。

② 徂晖：落日余光。

③ “梧桐”二句：喻贤愚易位。雀本栖枳棘而上梧桐，鸾本栖梧桐而下枳棘。《庄子·秋水篇》：“夫鹓雏，发于南海而飞于北海，非梧桐不止，非练实不食，非醴泉不饮。”又：《汉书·仇香传》：“枳棘非鸾凤所栖，百里非大贤之路。”

④ 行路难：乐府杂曲歌。备言世路之艰难。鲍照《拟行路难》：“对案不能食，拔剑击柱长叹息。丈夫生世能几时，安能叠燮垂羽翼！弃置罢官去，还家自休息。”末二句诗意本此。

燕昭延郭隗[1]

（古风其十五）

燕昭延郭隗，遂筑黄金台[2]。剧辛方赵至[3]，邹衍复齐来[4]。奈何青云士[5]，弃我如尘埃。珠玉买歌笑，糟糠养贤才。方知黄鹄举，千里独徘徊[6]。

① 本篇借燕昭之礼贤以发怀才不遇之叹。郭隗：《史记·燕世家》载：燕昭王即位，卑身厚币以招贤者，欲雪先王之耻，为郭隗改筑宫而师事之，于是乐毅自魏往，邹衍自齐往，剧辛自赵往，士争趋燕。

② 黄金台：又称金台、燕台，故址在今河北易县东南。相传燕昭王置千金于台上，以延天下士，故名。见《文选》李善注引《图经》。

③ 剧辛：战国赵人，在燕任职，率军攻赵时为赵将所杀。

④ 邹衍：战国齐临淄人，为阴阳家，主五德终始说。燕昭王延请至碣石宫，拜为师。见《史记·孟子荀卿列传》。

⑤ 青云士：立德立言的高尚之人。《史记·伯夷列传》："闾巷之人欲砥行立名者，非附青云之士，恶能施于后世哉！"

⑥ "方知"二句：有去君远行之意。《韩诗外传》："田饶事鲁哀公而不见察，谓哀公曰：'臣将去君，黄鹄举矣。'"

咸阳二三月[①]

（古风其八）

咸阳二三月，宫柳黄金枝。绿帻谁家子，卖珠轻薄儿[②]。日暮醉酒归，白马骄且驰。意气人所仰，冶游方及时。子云不晓事，晚献长杨辞[③]。赋达身已老，草玄鬓若丝[④]。投阁良可叹[⑤]，但为此辈嗤[⑥]。

① 本篇于贵戚骄横当有所讽，亦自寓感慨。咸阳：古秦都，借指长安。

② “绿帻”二句：用汉董偃故事。董偃始与母以卖珠为事，年十三，随母出入武帝之姑馆陶公主，公主以其姣好，收养于第中，及冠，为公主所宠幸，号曰董君。董君曾绿帻傅韝，随公主拜见武帝，自称“馆陶公主庖人”。其贵宠闻于天下。见《汉书·东方朔传》。绿帻，古时仆役服式，以董偃故，因转指贵门少年冠服。

③ “子云”二句：以扬雄自拟，有自我解嘲之意。不晓事，语本杨修《答临淄侯笺》：“吾家子云，老不晓事。”长杨辞，指《长杨赋》。《汉书·扬雄传》载：汉成帝时，扬雄待诏承明之庭，从至射馆，还，上

《长杨赋》以讽。

④ 草玄：汉哀帝时，扬雄仿《易》作《太玄》，探讨哲学理论。

⑤ 投阁：王莽篡汉自立新朝，欲烹功狗以神其事，时扬雄校书于天禄阁上，狱吏欲收之，自恐不能免，乃从阁上自投下，几死。王莽下诏勿问。京师有谚讥之："惟寂寞，自投阁。"见《汉书·扬雄传》。

⑥ 此辈：指前所谓"轻薄儿"。

郑客西入关[①]

（古风其三十一）

郑客西入关，行行未能已。白马华山君，相逢平原里。璧遗镐池君[②]，明年祖龙死[③]。秦人相谓曰：吾属可去矣！一往桃花源，千春隔流水[④]。

① 本篇有遁世避乱之意，以不得志于时也。郑客：或作“郑容”。晋干宝《搜神记》：“秦始皇三十六年，使者郑容从关东来，将入函关。西至华阴，望见素车白马，从华山上下。疑其非人，道住，止而待之。问郑容曰：‘安之？’答曰：‘之咸阳。’车上人曰：‘吾华山使也。愿托一牍书，致镐池君所。子之咸阳，道过镐池，见一大梓，有文石，取款梓，当有应者，即以书与之。’容如其言，以石款梓树，果有人来取书。明年，祖龙死。”

② 镐池：故址在今西安之西丰镐村西北。原为周镐京故地，位于昆明池北。

③ 祖龙：指秦始皇。《史记集解》：“苏林曰：祖，始也；龙，人君象。谓始皇也。”

④“秦人”四句：典出晋陶潜《桃花源记》：秦人避难入桃花源，与外人隔绝，不知有汉，无论魏晋。晋武陵渔人穷尽水源，入洞始知有世外桃源。

君平既弃世[①]

（古风其十三）

君平既弃世，世亦弃君平[②]。观变穷太易[③]，探元化群生[④]。寂寞缀道论，空帘闭幽情。驺虞不虚来[⑤]，鸑鷟有时鸣[⑥]。安知天汉上，白日悬高名[⑦]。海客去已久，谁人测沉冥[⑧]？

① 此诗托君平以见志，为世所弃，故亦弃世，然犹冀见知于世。君平，严遵，字君平，汉蜀郡人，卜筮于成都，闭肆下帘读《老子》，著书十万余言。见《汉书·王吉传序》。

② “君平”二句：语本鲍照《咏史》诗：“君平独寂寞，身世两相弃。”李善注：“身弃世而不仕，世弃身而不任。”

③ 太易：古代指原始混沌状态。《列子·天瑞》：“有太易，有太初，有太始，有太素。太易者，未见气也；太初者，气之始也；太始者，形之始也；太素者，质之始也。”

④ 探元：即探玄，探究玄奥之旨。指严遵依老庄之旨著书事。

⑤ 驺虞：古又称“驺吾”，兽名。《诗·召南·驺虞》毛传：“驺虞，义

兽，白虎黑文，不食生物，有至信之德则应之。”

⑥ 鸑鷟：凤凰别名。《国语·周语上》：“周之兴也，鸑鷟鸣于岐山。”

⑦ “安知”二句：典出张华《博物志》：相传有海滨居人，乘浮槎至天河，见牛郎织女。后至蜀郡访严君平，问其事，答曰：“某年月日，有客星犯牵牛宿。”计其时，正此人到天河月日。

⑧ 沉冥：即湛冥。意指晦迹不仕。《汉书·王吉传序》：“蜀严湛冥，不作苟见，不治苟得，久幽而不改其操，虽随、和何以加诸？”注引孟康曰：“蜀郡严君平湛深玄默无欲也。”师古曰：“湛读曰沉。”

古朗月行[①]

小时不识月，呼作白玉盘。又疑瑶台镜[②]，飞在青云端。仙人垂两足，桂树何团团[③]。白兔捣药成[④]，问言与谁餐？蟾蜍蚀圆影[⑤]，大明夜已残[⑥]。羿昔落九乌，天人清且安[⑦]。阴精此沦惑[⑧]，去去不足观。忧来其如何？凄怆摧心肝。

① 本篇言“蟾蜍蚀圆影”“阴精此沦惑”，亦浮云蔽日之意，谓奸佞当道，有去朝之意。古朗月行：乐府杂曲旧题，鲍照有此题，写月照佳人，辞旨有别。

② 瑶台：神仙所居之处。

③ “仙人”二句：《初学记》卷一“月”引虞喜《安天论》：“俗传月中仙人桂树，今视其初生，见仙人之足渐已成形，桂树后生。”

④ 白兔捣药：《艺文类聚》一引傅咸《拟天问》：“月中何有，白兔捣药，兴福降祉。”

⑤ “蟾蜍”句：《淮南子·说林训》：“月照天下，蚀于詹诸。”高诱注：“詹诸，月中蛤蟆，食月，故曰蚀于詹诸。”圆影，又作“圆景”，指月

亮。曹植《赠徐幹》诗："圆景光未满，众星粲以繁。"

⑥ 大明：此指月。《艺文类聚》一引《文子》："百星之明，不如一月之光。"

⑦ "羿昔"二句：用神话羿射九日故事。相传尧命羿射九日，日中九乌皆死。见《淮南子·本经训》。

⑧ 阴精：指月。《艺文类聚》一引张衡《灵宪》："月者阴精之宗，积而成兽，象蜍兔。"沦惑：沉迷。

东　武　吟[①]

好古笑流俗，素闻贤达风。方希佐明主，长揖辞成功[②]。白日在高天，回光烛微躬。恭承凤凰诏[③]，欻起云萝中[④]。清切紫霄迥，优游丹禁通[⑤]。君王赐颜色，声价凌烟虹。乘舆拥翠盖，扈从金城东[⑥]。宝马丽绝景[⑦]，锦衣入新丰[⑧]。依岩望松雪，对酒鸣丝桐。因学扬子云，献赋甘泉宫[⑨]。天书美片善[⑩]，清芬播无穷。归来入咸阳[⑪]，谈笑皆王公。一朝去金马[⑫]，飘落成飞蓬。宾客日疏散，玉樽亦已空。才力犹可倚，不惭世上雄。闲作东武吟，曲尽情未终。书此谢知己，吾寻黄绮翁[⑬]。

① 题一作《出金门后书怀留别翰林诸公》。是知乃借乐府旧题以写长安情结。东武吟：乐府相和歌旧题。东武：地名，今山东诸城。

② “长揖”句：意谓功成身退。

③ 凤凰诏：亦称凤诏，指诏书。《初学记》三十引晋陆翙《邺中记》：“石季龙皇后在观，上有诏书，五色纸，着凤口中。凤既衔诏，侍人放数百丈绯绳，辘轳回转，凤皇飞下。凤皇以木作之，五色漆画，

味脚皆用金。”

④ 云萝：喻山野。指隐居之山林。

⑤ 丹禁：犹紫禁城，皇帝所居之处。

⑥ “乘舆”二句：谓随玄宗舆驾出长安东门。此下写侍从温泉宫事。扈从，侍从。金城，指长安。

⑦ 绝景：即绝影，良马名。《文选》王融《三月三日曲水诗序》：“重英曲瑵之饰，绝景遗风之骑。”注引《魏书》曰：“上所乘马，名绝景，为矢所中。”丽绝景：意谓与绝景并驾。

⑧ 新丰：在今陕西临潼东北。

⑨ “因学”二句：《汉书·扬雄传》：“正月，从上甘泉还，奏赋以风。”扬子云：即扬雄。甘泉宫，又名云阳宫，在陕西淳化甘泉山。

⑩ 天书：指皇帝诏书。

⑪ 咸阳：秦都，此借指唐都长安。

⑫ 金马：指金马门，官署的代称。

⑬ 黄绮翁：指夏黄公、绮里季。以二人代指商山四皓。句意示知己离长安后将取道商山，去访四皓遗迹。

山人劝酒[①]

苍苍云松,落落绮皓[②]。春风尔来为阿谁?胡蝶忽然满芳草。秀眉霜雪颜桃花,骨青髓绿长美好。称是秦时避世人[③],劝酒相欢不知老。各守麋鹿志[④],耻随龙虎争[⑤]。欻起佐太子,汉皇乃复惊。顾谓戚夫人,彼翁羽翼成[⑥]。归来商山下[⑦],泛若云无情。举觞酹巢由[⑧],洗耳何独清[⑨]!浩歌望嵩岳[⑩],意气还相倾。

① 本篇注家以为借四皓之佐太子以讽唐室皇储之废立,似求之过深,当是经商山时作此以美四皓之功成身退。王琦以为"乃功成身退,曾不系情爵位,真可以希风巢许者矣",其说近似。山人劝酒:《乐府诗集》录此,编入琴曲歌辞中。是亦乐府旧题。

② 绮皓:指商山四皓:东园公、甪里先生、绮里季、夏黄公。此以绮里季代指四皓。江淹《杂体诗》"南山有绮皓",开指四皓之先例。

③ 秦时避世人:四皓秦末匿山中,义不臣汉。见《史记·留侯世家》。

④ 麋鹿志:指隐居山中,与麋鹿为伍。

⑤ 龙虎争：喻政争。

⑥ “欻起”四句：《史记·留侯世家》载：汉十二年，高祖疾甚，欲易戚夫人之子赵王如意为太子，吕氏恐太子刘盈被废，用留侯张良之计，请四皓出山以辅太子。高祖设宴，太子侍酒，四皓随从。高祖大惊，谓戚夫人曰：“我欲易之，彼四人辅之，羽翼已成，难动矣！”

⑦ 商山：在今陕西商洛。

⑧ 巢由：巢父与许由。相传为尧时隐士。

⑨ 洗耳：用许由洗耳事。见晋皇甫谧《高士传》。

⑩ 嵩岳：中岳嵩山。许由隐居之箕山，与嵩山相对。均在河南登封。

赠崔侍御[①]

长剑一杯酒,男儿方寸心。洛阳因剧孟,托宿话胸襟[②]。但仰山岳秀,不知江海深。长安复携手,再顾重千金。君乃輶轩佐,余叨翰墨林[③]。高风摧秀木[④],虚弹落惊禽[⑤]。不取回舟兴,而来命驾寻[⑥]。扶摇应借力[⑦],桃李愿成阴[⑧]。笑吐张仪舌[⑨],愁为庄舄吟[⑩]。谁怜明月夜,肠断听秋砧!

① 本篇历叙与崔侍御交游及仕途之坎坷。诗当作于楚地,其时崔或已贬湘阴。崔侍御:指崔成甫,崔沔长子,进士及第,曾仕秘书省校书郎,又为冯翊、陕县尉,摄监察御史,因事贬湘阴。太白另有《赠崔侍御》("黄河三尺鲤")、《酬崔侍御》诗及《泽畔吟序》,均为崔侍御而作。

② "长剑"四句:叙与崔侍御初识于洛阳。《赠崔侍御》云:"黄河三尺鲤,本在孟津居。点额不成龙,归来伴凡鱼。故人东海客,一见借吹嘘。风涛傥相因,更欲凌昆墟。"细味诗意,当是初入长安失意归来,于洛阳遇崔,故有"风涛相因"之期望。剧孟,汉洛阳人,

以侠显，喜拯人急难。见《汉书·剧孟传》。此借喻崔侍御。

③“长安”四句：谓再会于长安。按：时当在天宝初，作者待诏于翰林，而崔摄监察御史，即所谓“輶轩佐”，亦即《泽畔吟序》所云“中佐于宪车”。

④“高风”句：典出李康《运命论》：“木秀于林，风必摧之。”谓己之被谗出长安。

⑤“虚弹”句：语本袁朗《秋夜独坐》诗：“危弦断客心，虚弹落惊禽。”典出更嬴引弓虚发而下雁事。见《战国策·楚策》。意谓崔以韦坚事受株连而贬湘阴。

⑥“不取”二句：晋王子猷居山阴，雪夜忽忆在剡之戴安道，即驾小舟诣之，经宿而至其门，兴尽而回舟。见《世说新语·任诞》。此反其意而用之，言刻意命驾往访崔侍御。

⑦“扶摇”句：典出《庄子·逍遥游》：鹏之徙于南冥，抟扶摇而上者九万里，“风之积也不厚，则其负大翼也无力，故九万里则风斯在下矣”。

⑧“桃李”句：《史记·李将军列传》：“桃李不言，下自成蹊。”

⑨张仪舌：张仪未达时，其妻非之，示其舌于妻，谓舌在足矣。见《史记·张仪列传》。

⑩庄舄吟：庄舄，战国越人，仕楚，虽富贵不忘故国，病中作越吟。见《史记·张仪列传》附陈轸传。

忆襄阳旧游赠马少府巨[①]

昔为大堤客[②],曾上山公楼[③]。开窗碧嶂满,拂镜沧江流。高冠佩雄剑,长揖韩荆州[④]。此地别夫子[⑤],今来思旧游。朱颜君未老,白发我先秋。壮志恐蹉跎,功名若云浮[⑥]。归心结远梦,落日悬春愁。空思羊叔子,堕泪岘山头[⑦]。

① 本篇追忆与马巨少府襄阳旧游,叹壮志蹉跎,功名未就。马少府巨:一本题中“马”字上有“济阴”二字,其时马巨当在济阴任少府之职。

② 大堤:指襄阳城外汉水大堤。作者有《大堤曲》。

③ 山公:指晋山简。曾为襄阳太守。

④ 韩荆州:指韩朝宗。曾任襄州刺史兼山南东道采访使。太白曾谒见,长揖不拜。见作者《与韩荆州书》。

⑤ 夫子:对马巨的尊称。

⑥ “壮志”二句:一作“有意未得言,怀贤若沉忧”。

⑦ “空思”二句:谓空怀羊祜事迹。羊叔子,羊祜字。曾督荆州事,有政绩,后人于岘山头立碑。杜预名之曰“堕泪碑”。见《晋书·羊祜传》。

鸣皋歌送岑徵君[1]

若有人兮思鸣皋，阻积雪兮心烦劳[2]。洪河凌兢不可以径度[3]，冰龙鳞兮难容舠。邈仙山之峻极兮，闻天籁之嘈嘈。霜崖缟皓以合沓兮[4]，若长风扇海涌沧溟之波涛。玄猿绿罴，舔舕崟岌，危柯振石，骇胆慄魄，群呼而相号[5]。峰峥嵘以路绝，挂星晨于崖嶅！送君之归兮，动鸣皋之新作。交鼓吹兮弹丝，觞清泠之池阁[6]。君不行兮何待？若返顾之黄鹄[7]。扫梁园之群英，振大雅于东洛。巾征轩兮历阻折，寻幽居兮越巘崿[8]。盘白石兮坐素月，琴松风兮寂万壑[9]。望不见兮心氛氲[10]，萝冥冥兮霰纷纷。水横洞以下渌，波小声而上闻。虎啸谷而生风，龙藏溪而吐云[11]。冥鹤清唳，饥鼯嚬呻[12]。块独处此幽默兮，愀空山而愁人。鸡聚族以争食，凤孤飞而无邻。蝘蜓嘲龙[13]，鱼目混珍[14]。嫫母衣锦，西施负薪[15]。若使巢由桎梏于轩冕兮，亦奚异於夔龙蹩躠於风尘[16]！哭何苦而救楚[17]，笑何夸而却秦[18]？吾诚不能学二子沽名矫节以耀世兮[19]，固将弃天地而遗身！白鸥兮飞来,长与君兮相亲[20]。

① 本篇为去翰林后东游梁宋,于宋城清泠池饯别岑徵君之作,仿《楚辞》体,介于诗赋之间,自成一格。诗中对黜贤而进不肖有所讽焉,寄沉郁之思于飘逸之态。鸣皋:又作“明皋”,山在今河南嵩县。岑徵君:或疑即岑勋。白另有《酬岑勋见寻就元丹丘对酒相待以诗见招》诗。

② 阻积雪:原注:“时梁园三尺雪。”

③ 凌兢:寒凉战栗之状。

④ 合沓:山岭重叠貌。谢朓《敬亭山》诗:“兹山亘百里,合沓与云齐。”

⑤ “玄猿”五句:写山峰高峻,危柯振石,玄猿绿罴,群呼相号,令人骇胆栗魄。暗喻世路之艰险。沈德潜《唐诗别裁》:“叠四句,而以第五句为一韵。四句之中又成二韵,变化已极。”

⑥ “交鼓吹”二句:写饯行情景。原注:“在清泠池作。”是于清泠池饯行即席作歌。《元和郡县图志·宋州·宋城县》:“清泠池,在县东二里。”

⑦ 返顾之黄鹄:庾信《别周尚书弘正》诗:“黄鹄一反顾,徘徊应怆然。”鹄:一作“鹤”。

⑧ 巘崿:山崖。

⑨ 琴松风:谓松风之声如鼓琴。

⑩ 氛氲：此同“纷纭”，乱貌。

⑪ “虎啸”二句：《易·乾》：“云从龙，风从虎。”又东方朔《七谏·哀命》：“虎啸而谷风至，龙举而景云往。”

⑫ “冥鹤”二句：谢朓《敬亭山》诗：“独鹤方朝唳，饥鼯此夜啼。”

⑬ 蝘蜓嘲龙：扬雄《解嘲》：“今子乃以鸱枭而笑凤皇，执蝘蜓而嘲龟龙，不亦病乎！”蝘蜓：又名龙子，即守宫，状如壁虎。

⑭ 鱼目混珍：《文选》张协《杂诗》：“鱼目笑明月。”李善注引《洛书》：“秦失金镜，鱼目入珠。”

⑮ “嫫母”二句：以丑贵而美贱，喻贤不肖易位。嫫母，古代丑女。西施，越国美女。

⑯ “若使”二句：谓隐者之羁绊于宦途，实无异于贤臣之弃置于风尘。盖违其志而乖其性也。巢由，指巢父与许由。不取君位而处于山林的隐者。夔龙，二人相传为舜时贤臣。蹩躠，跛足而行。

⑰ “哭何苦”句：用申包胥哭秦庭而乞兵救楚事。见《左传·定公四年》。

⑱ “笑何夸”句：用鲁仲连谈笑却秦军之围赵事。见《史记·鲁仲连邹阳列传》。

⑲ 二子：指申包胥与鲁仲连。

⑳ “白鸥”二句：有淡然忘机意。典出《列子·黄帝》所载海上之人与鸥鸟相亲事。

金乡送韦八之西京①

客自长安来,还归长安去。狂风吹我心,西挂咸阳树②。此情不可道,此别何时遇?望望不见君,连山起烟雾③。

① 本篇为居东鲁时于金乡送长安来客韦八西归之作,因送友入京,而托渴望仕宦之情。其所谓瞻望不及者,友情与宦情兼而有之。金乡:唐属兖州,今属山东。韦八:韦姓,排行第八,事迹不详。西京:指长安。

② 咸阳:此指长安。

③ "连山"句:鲍照《吴兴黄浦亭庾中郎别》:"连山眇烟雾,长波迥难依。"

庄周梦胡蝶[①]

（古风其九）

庄周梦胡蝶，胡蝶为庄周[②]。一体更变易，万事良悠悠。乃知蓬莱水，复作清浅流[③]。青门种瓜人，旧日东陵侯[④]。富贵故如此，营营何所求。

① 本篇言世态变幻无常，不必营营于富贵。似旷达之语，却有牢愁之意。

② “庄周”二句：典出《庄子·齐物论》：“昔者庄周梦为胡蝶，栩栩然胡蝶也，自喻适志与！不知周也。俄然觉，则蘧蘧然周也。不知周之梦为胡蝶与，胡蝶之梦为周与？周与胡蝶，则必有分矣。此之谓物化。”

③ “乃知”二句：意即沧海桑田。本《神仙传》所载麻姑仙语：“接待以来，已见东海三为桑田。向到蓬莱，水又浅于往者会时略半也，岂将复为陵陆乎？”

④ “青门”二句：用召平（邵平）故事。《史记·萧相国世家》：“召平者，故秦东陵侯。秦破，为布衣，贫，种瓜于长安城东，瓜美，故世俗谓之‘东陵瓜’，从召平以为名也。”青门，长安城东南门。本名霸城门，俗因门色青，呼为青门。东陵瓜亦称“青门瓜”。

秋露白如玉[①]

（古风其二十三）

秋露白如玉，团团下庭绿[②]。我行忽见之，寒早悲岁促。人生鸟过目[③]，胡乃自结束[④]。景公一何愚，牛山泪相续[⑤]。物苦不知足，得陇又望蜀[⑥]。人心若波澜，世路有屈曲。三万六千日，夜夜当秉烛[⑦]。

① 本篇谓人生短促，世路屈曲，不如秉烛夜游，及时行乐。言外有牢愁之意。

② 下庭绿：王融《同沈右率诸公赋鼓吹曲》："秋风下庭绿。"庭绿，指庭中草木。

③ "人生"句：语本晋张协《杂诗》："人生瀛海内，忽如鸟过目。"

④ "胡乃"句：《古诗十九首》："荡涤放情志，何为自结束。"结束，约束。

⑤ "景公"二句：齐景公游牛山，北临其国城而流涕，史孔、梁丘据皆从而泣，盖因念及"去此国而死"，为晏子所笑，谓"见不仁之君，见谄谀之臣，见此二者，臣之所为独窃笑也"。景公惭，举觞自罚，二

臣各罚二觞。事见《列子·力命》。

⑥ “物苦”二句:《东观汉纪·隗嚣传》:汉光武帝刘秀敕岑彭书:“西城若下,便可将兵南击蜀虏。人苦不知足,既平陇,复望蜀。”

⑦ 秉烛:《古诗十九首》:“昼短苦夜长,何不秉烛游!”作者《春夜宴从弟桃花园序》:“而浮生若梦,为欢几何?古人秉烛夜游,良有以也。”

鲁郡东石门送杜二甫[①]

醉别复几日,登临遍池台。何时石门路,重有金樽开?秋波落泗水[②],海色明徂徕[③]。飞蓬各自远,且尽手中杯!

① 杜甫至兖州省亲,与太白相处甚洽。天宝四载秋,杜甫返洛阳。太白于城东石门为之饯行,并作此赠别诗,情真意切。鲁郡:即兖州,天宝元年改鲁郡。石门:在鲁郡之东,尧祠附近,即今泗河金口坝。与《水经注》说法合。《水经注·洙水》:"洙水又西南,枝津出焉。又南迳瑕丘城东而南,入石门。古结石为水门,跨于水上也。"杜二甫:杜甫,排行第二,故称。

② 泗水:即泗河。四源合为一水,故名。流经山东曲阜、兖州、鱼台,至洪泽湖畔入淮。

③ 徂徕:徂徕山,在今山东泰安东南。

沙丘城下寄杜甫[1]

我来竟何事，高卧沙丘城。城边有古树，日夕连秋声。鲁酒不可醉，齐歌空复情[2]。思君若汶水[3]，浩荡寄南征。

① 本篇叙别后相思之情。沙丘城：指鲁郡，即今山东兖州。故址在今兖州之东。

② “鲁酒”二句：谓虽有鲁酒齐歌，均不足以慰离怀。鲁酒，鲁国所产薄酒。庾信《哀江南赋》：“楚歌非取乐之方，鲁酒无忘忧之用。”齐歌，齐讴，齐地之歌。

③ 汶水：汶河，经泰山、徂徕、兖州，西南流入济水。

鲁中送二从弟赴举之西京[①]

鲁客向西笑，君门若梦中。霜凋逐臣发，日忆明光宫[②]。复羡二龙去，才华冠世雄。平衢骋高足，逸翰凌长风[③]。舞袖拂秋月，歌筵闻早鸿。送君日千里，良会何由同。

① 题一作《送族弟锽》。诗送二从弟入京赴举，因借抒恋阙之情，并颂二从弟之前程。鲁中：指太白寓居之兖州。二从弟：若另题可信，疑其为李锽与李镇兄弟，李斑之子。西京：指长安。

② "鲁客"四句：自写恋阙之情。鲁客，客于鲁者，自指。向西笑，语本桓谭《新论》："人闻长安乐，则出门西向而笑。"逐臣，自指。谓自翰林被谗去京。明光宫，汉宫名，借指唐宫。

③ "复羡"四句：美二从弟之才华壮志。二龙：谓二从弟如人中龙。语本《世说新语・赏誉》："谢子微见许子将兄弟，曰：'平舆之渊，有二龙焉。'"逸翰，指飞鸟。

陪从祖济南太守泛鹊山湖三首[①]

一

初谓鹊山近,宁知湖水遥。此行殊访戴[②],自可缓归桡。

二

湖阔数十里,湖光摇碧山。湖西正有月,独送李膺还[③]。

三

水入北湖去,舟从南浦回[④]。遥看鹊山转,却似送人来。

① 本题三首写鹊山湖之阔大与舟行之情趣,清新自然,有南朝乐府情韵而骨力过之。鹊山湖:故址在济南城北二十里,今济南之华

不注山与鹊山，是其故地。当时湖面极阔，今已成陆地。

② 访戴：用晋王子猷雪夜访戴安道事。见《世说新语·任诞》。

③ 李膺：字元礼，后汉襄城人。桓帝时为司隶校尉。朝纲废弛，膺独持风裁，以声名自高。《后汉书·郭太传》："后归乡里，衣冠诸儒送至河上，车数千两。林宗唯与李膺同舟而济，众宾望之，以为神仙焉。"

④ 南浦：鹊山湖南水滨。旧注："南浦，在鹊山湖之南。"

忆旧游寄谯郡元参军[①]

忆昔洛阳董糟丘，为余天津桥南造酒楼[②]。黄金白璧买歌笑，一醉累月轻王侯。海内贤豪青云客，就中与君心莫逆[③]。回山转海不作难，倾情倒意无所惜。我向淮南攀桂枝[④]，君留洛北愁梦思。不忍别，还相随。相随迢迢访仙城[⑤]，三十六曲水回萦。一溪初入千花明，万壑度尽松风声。银鞍金络到平地，汉东太守来相迎[⑥]。紫阳之真人[⑦]，邀我吹玉笙。餐霞楼上动仙乐[⑧]，嘈然宛似鸾凤鸣。袖长管催欲轻举，汉东太守醉起舞。手持锦袍覆我身，我醉横眠枕其股。当筵意气凌九霄，星离雨散不终朝，分飞楚关山水遥[⑨]。余既还山寻故巢[⑩]，君亦归家度渭桥[⑪]。君家严君勇貔虎，作尹并州遏戎虏[⑫]。五月相呼渡太行[⑬]，摧轮不道羊肠苦[⑭]。行来北京岁月深[⑮]，感君贵义轻黄金。琼杯绮食青玉案，使我醉饱无归心。时时出向城西曲，晋祠流水如碧玉[⑯]。浮舟弄水箫鼓鸣[⑰]，微波龙鳞莎草绿。兴来携妓恣经过，其若杨花似雪何。红妆欲醉宜斜日，百尺清潭写翠娥。翠娥婵娟初月辉，美人更唱舞罗衣。清风吹歌入空去，歌曲自绕行云飞[18]。此时行乐难再遇，西游因献《长杨赋》。北阙青云不可期，东山白首还归去[19]。渭桥南头一遇君，酂台之北又离群[20]。问余别恨今多少，落花春暮争纷纷。言亦不可尽，情亦不可及。呼儿长跪缄此辞，寄君千里遥相忆。

① 本篇回忆与元演交游聚散情况，叙事抒情，层次清楚，节奏从容，是一篇奇伟的七言长古。谯郡：即亳州，今安徽亳州。元参军：指元演，时任谯郡录事参军。为太白好友。白另有《冬夜于随州紫阳先生餐霞楼送烟子元演隐仙城山序》。

② "忆昔"二句：追忆洛阳游踪。洛阳为二人初识之处。董糟丘，当是董姓酒家。酒店在天津桥南。天津桥，唐代洛水上的一座浮桥，位于洛阳城中，南北横架。

③ 莫逆：莫逆之交。《庄子·大宗师》谓子桑户、孟子反、子琴张"三人相视而笑，莫逆于心，遂相与为友"。

④ 淮南攀桂枝：语本《楚辞·招隐士》："攀援桂枝兮聊淹留。"淮南，此指安陆。唐代安陆属淮南道。

⑤ 仙城：仙城山。唐属光化县。今湖北随州。

⑥ 汉东太守：即随州刺史。汉东，天宝元年改随州为汉东郡。郡即

今湖北随州。

⑦ 紫阳之真人：指道士胡紫阳。居随州苦竹院，有餐霞楼。

⑧ 餐霞楼：当在随州苦竹院。见《冬夜于随州紫阳先生餐霞楼送烟子元演隐仙城山序》。又《汉东紫阳先生碑铭》云："所居苦竹院，置餐霞之楼，手植双桂，栖迟其下。"

⑨ 楚关：楚地关山。随州属楚地。

⑩ 故巢：指安陆所安之家。

⑪ 渭桥：渭水上的桥梁，有三桥，此指东渭桥。西归长安必经此桥。

⑫ "君家"二句：谓元演父亲为并州尹兼北都留守，管数郡军事。严君：指父母。《易·家人》："家人有严君焉，父母之谓也。"貔虎，《尚书·牧誓》："如虎如貔。"后多用以形容战士。戎虏，指敌寇。

⑬ 太行：太行山。

⑭ "摧轮"句：曹操《苦寒行》："北上太行山，艰哉何巍巍。羊肠坂诘屈，车轮为之摧。"羊肠坂，在太行山。

⑮ 北京：天宝元年改北都太原为北京。

⑯ 晋祠：周唐叔虞之祠。晋水发源地。在今太原西南悬瓮山下。

⑰ "浮舟"句：化用汉武帝《秋风辞》："横中流兮扬素波，箫鼓鸣兮发棹歌。"

⑱ "清风"二句：写歌声之妙。《列子·汤问》载：秦青"抚节悲歌，声振林木，响遏行云"。

⑲ "此时"四句：谓并州别后曾入京复还山。长杨赋：汉成帝射猎，

扬雄侍从,归作《长杨赋》以献。北阙,古宫殿北墙门楼。上书奏事多诣北阙。后以北阙代指朝廷。东山,指谢安所隐东山,在今浙江上虞。此借指隐居之处。有自比谢安之意。

⑳ 酂台:指酂县,唐属谯郡。在今河南永城之西。

梦游天姥吟留别[①]

海客谈瀛洲[②],烟涛微茫信难求。越人语天姥,云霞明灭或可睹。天姥连天向天横,势拔五岳掩赤城[③]。天台四万八千丈[④],对此欲倒东南倾。我欲因之梦吴越,一夜飞度镜湖月[⑤]。湖月照我影,送我至剡溪[⑥]。谢公宿处今尚在[⑦],渌水荡漾清猿啼。脚著谢公屐[⑧],身登青云梯[⑨]。半壁见海日,空中闻天鸡[⑩]。千岩万转路不定,迷花倚石忽已暝。熊咆龙吟殷岩泉,栗深林兮惊层巅。云青青兮欲雨,水澹澹兮生烟。列缺霹雳[⑪],丘峦崩摧。洞天石扉,訇然中开。青冥浩荡不见底,日月照耀金银台[⑫]。霓为衣兮风为马[⑬],云之君兮纷纷而来下[⑭]。虎鼓瑟兮鸾回车[⑮],仙之人兮列如麻[⑯]。忽魂悸以魄动,恍惊起而长嗟。惟觉时之枕席,失向来之烟霞。世间行乐亦如此,古来万事东流水。别君去兮何时还?且放白鹿青崖间,须行即骑访名山。安能摧眉折腰事权贵,使我不得开心颜?

① 题一作《留别东鲁诸公》，又作《梦游天姥山别东鲁诸公》，诗写将赴吴越，梦中游天姥山，以种种梦境喻其奉诏入京荣辱进退遭际，寄托无限感慨。天姥：天姥山，道书谓第十六福地。在江南道越州剡县，今属浙江新昌。

② 瀛洲：与蓬莱、方丈为传说中海上三座仙山。

③ 五岳：指泰山、华山、嵩山、衡山、恒山。赤城：赤城山。在今浙江天台，位于天台山之南。为火烧岩构成，色赤，有雉堞形，故称。

④ 天台：即天台山。在今浙江天台。四万八千丈：陶宏景《真诰》谓“山高一万八千丈，周八百里”。此为夸张之辞。

⑤ 镜湖：又称鉴湖，在今浙江绍兴。

⑥ 剡溪：曹娥江上游，在今浙江嵊州南。

⑦ 谢公：指南朝诗人谢灵运。其《登临海峤与从弟惠连》诗云：“暝投剡中宿，明登天姥岑。高高入云霓，还期那可寻。”

⑧ 谢公屐：谢灵运专用的登山屐。《宋书·谢灵运传》：“登蹑常着木屐，上山则去前齿，下山去其后齿。”

⑨ “身登”句：谓登山如登入云之梯，形容山岭高峻。谢灵运《登石门最高顶》诗：“惜无同怀客，共登青云梯。”

⑩ 天鸡：旧题任昉《述异记》下：“东南有桃都山，上有大树，名曰桃都，枝相去三千里；上有天鸡，日初出照此木，天鸡则鸣，天下鸡皆随之鸣。”

⑪ 列缺：闪电。司马相如《大人赋》：“贯列缺之倒景兮。”《史记集

解》引《汉书音义》:“列缺,天闪也。”

⑫ 金银台:指神仙所居的宫阙。郭璞《游仙诗》:“神仙排云出,但见金银台。”

⑬ “霓为衣”句:语本晋傅玄《吴楚歌》:“云为车兮风为马。”

⑭ 云之君:云中神仙。

⑮ 虎鼓瑟:张衡《西京赋》:“白虎鼓瑟,苍龙吹篪。”

⑯ “仙之人”句:上元夫人《步玄之曲》:“忽过紫微垣,真人列如麻。”见《汉武内传》。

访贺监不遇[①]

欲向江东去[②],定将谁举杯?稽山无贺老[③],却棹酒船回。

① 题原作《重忆一首》。唐裴敬《翰林学士李公墓碑》云:“予尝过当涂,访翰林旧宅。又于浮屠寺化城之僧,得翰林自写《访贺监不遇》诗云:‘东山无贺老,却棹酒船回。’味之不足,重之为宝,用献知者。”据诗意,题以裴说为是,当作于《对酒忆贺监二首》之前,盖其时尚未知贺老亡故。今依裴文改题。贺监:指贺知章。曾官秘书监,故称。

② 江东:会稽属江东之地。

③ 稽山:即会稽山。在今浙江绍兴。

对酒忆贺监二首[①]

一

四明有狂客，风流贺季真[②]。长安一相见，呼我谪仙人。昔好杯中物，今为松下尘。金龟换酒处，却忆泪沾巾。

二

狂客归四明，山阴道士迎[③]。敕赐镜湖水，为君台沼荣[④]。人亡馀故宅[⑤]，空有荷花生。念此杳如梦，凄然伤我情。

① 题下有《序》云："太子宾客贺公，于长安紫极宫一见余，呼余为谪仙人，因解金龟，换酒为乐。[没后对酒，]怅然有怀，而作是诗。"二诗乃游会稽时所作，以追悼亡友，其情凄然。贺监：即贺知章。知章曾任太子宾客、秘书监等职，因称贺宾客，亦称贺监。

② "四明"二句：写贺监之风流狂放。四明，山名，在今浙江宁波西南。狂客，贺知章晚年纵诞，无复规检，自号"四明狂客"。见《旧

唐书》本传。季真，贺知章字季真。

③ 山阴道士：指晋以鹅换取王羲之所书《黄庭经》之山阴道士。借喻贺监之山阴道友。

④ “敕赐”二句：指贺监求归故里时，有诏赐镜湖剡川一曲。见《新唐书》本传。

⑤ 故宅：施宿《会稽志》谓贺监宅在县东北三里，后为天长观。

渌　水　曲[①]

渌水明秋日，南湖采白蘋[②]。荷花娇欲语，愁杀荡舟人[③]。

① 本篇写采蘋女之妒花，风神情韵，远胜南朝小乐府。渌水曲：为《采菱》《采莲》之遗韵，后为琴曲。

② 白蘋：蘋草。水草。多生南方湖泽，五月开白花，故称白蘋。

③ 荡舟人：指划船采蘋女子。

越　女　词[①]（五首选二）

一

耶溪采莲女[②]，见客棹歌回[③]。笑入荷花去，佯羞不出来。

二

镜湖水如月[④]，耶溪女如雪。新妆荡新波，光景两奇绝。

① 本题五首，此选其三、其五两首，均写越女采莲泛舟，清新自然，极尽越女之娇态。

② 耶溪：即若耶溪。又名五云溪。在今浙江绍兴若耶山下。

③ 棹歌：船歌。

④ 镜湖：又称鉴湖。在今浙江绍兴。

越客采明珠[1]

（古风其五十六）

越客采明珠，提携出南隅。清辉照海月，美价倾皇都[2]。献君君按剑，怀宝空长吁[3]。鱼目复相哂[4]，寸心增烦纡[5]。

① 本篇嘲鱼目混珠者，为讥世之作。越客：指南越人。南越即今两广沿海一带。古时南海产珠。

② 皇都：帝都，京都。

③ “献君”二句：典出邹阳《狱中上梁王书》：“臣闻明月之珠，夜光之璧，以暗投人于道，众莫不按剑相眄者，何则？无因而至前也。”

④ “鱼目”句：晋张协《杂诗》：“瓴甋夸玙璠，鱼目笑明月。”谓鱼目笑明月之珠。作者《鞠歌行》亦云：“玉不自言如桃李，鱼目笑之卞和耻。”

⑤ 烦纡：烦闷不舒。张衡《四愁诗》：“何为怀忧心烦纡。”

采　莲　曲①

若耶溪旁采莲女②，笑隔荷花共人语。日照新妆水底明，风飘香袂空中举。岸上谁家游冶郎，三三五五映垂杨。紫骝嘶入落花去③，见此踟蹰空断肠。

① 本篇写若耶溪采莲女，以游冶郎相映衬，更觉一片神行，天然可爱。采莲曲：乐府清商曲旧题。《古今乐录》谓梁武帝制《江南弄》七曲，其三即《采莲曲》。

② 若耶溪：在今浙江绍兴。

③ 紫骝：又名枣骝，良马名。

酬崔侍御[1]

严陵不从万乘游，归卧空山钓碧流[2]。自是客星辞帝坐[3]，元非太白醉扬州[4]。

① 本篇为答崔侍御赠诗之作，满腹牢愁，却以旷达语出之，强自宽慰，益见其郁结情怀。崔侍御：即崔成甫，曾摄监察御史，以事贬湘阴。游金陵时，有诗赠白，题曰《赠李十二》，诗云："我是潇湘放逐臣，君辞明主汉江滨。天外常求太白老，金陵捉得酒仙人。"

② "严陵"二句：用汉严子陵事。严子陵与光武帝同游学，及光武即帝位，乃变易姓名，隐于富春山，垂钓于富春江。见《后汉书・严光传》。

③ 客星：指严子陵。严子陵与光武帝共卧，足加于帝腹。太史奏：客星犯御座甚急。见《后汉书・严光传》。此借以自指。辞帝坐：谓去朝还山。答崔诗"君辞明主汉江滨"句。

④ 扬州：此指金陵。三国孙吴置扬州于建业，及隋平陈，始移扬州于江北之江都。见《元和郡县图志・江南道・润州・上元县》。此句答崔诗"金陵捉得酒仙人"。

玩月金陵城西孙楚酒楼达曙歌吹日晚乘醉著紫绮裘乌纱巾与酒客数人棹歌秦淮往石头访崔四侍御[①]

昨玩西城月，青天垂玉钩[②]。朝沽金陵酒，歌吹孙楚楼。忽忆绣衣人[③]，乘船往石头。草裹乌纱巾，倒披紫绮裘。两岸拍手笑，疑是王子猷[④]。酒客十数公，崩腾醉中流。谑浪棹海客[⑤]，喧呼傲阳侯[⑥]。半道逢吴姬[⑦]，卷帘出揶揄[⑧]。我忆君到此，不知狂与羞。月下一见君，三杯便回桡。舍舟共连袂，行上南渡桥。兴发歌绿水[⑨]，秦客为之摇。鸡鸣复相招，清宴逸云霄。赠我数百字，字字凌风飙。系之衣裘上，相忆每长谣。

① 本篇记醉饮孙楚酒楼乘船往石头城访崔四侍御事，狂态可掬，是借酒狂以散愁者也。孙楚酒楼：在金陵水西门外。秦淮：秦淮河，流经金陵，入江。石头城：俗称鬼脸城，故址在今南京清凉山。唐代江流经其下。崔四侍御：指摄监察御史崔成甫。

② “昨玩”二句：语本鲍照《玩月城西门廨中》：“始出西南楼，纤纤如

玉钩。"

③ 绣衣人：指崔侍御。《汉书·百官公卿表》："侍御史有绣衣直指。"汉武帝时，民间起事者众，弹压者衣绣衣，持节与虎符，发兵镇压。后因称御史为绣衣直指。见《史记·酷吏列传》。

④ 王子猷：即晋人王徽之。居山阴，曾雪夜访戴逵，未入门，兴尽而返。见《世说新语·任诞》。

⑤ 谑浪：戏谑谈笑。《诗·邶风·终风》："谑浪笑傲。"海客：指航海者。

⑥ 阳侯：传说中的波神。屈原《九章·哀郢》"凌阳侯之泛滥兮"，洪兴祖补注引《淮南子》注："阳侯，陵阳国侯也。其国近水，溺死于水。其神龙能大波，有所伤害，因谓之阳侯之波也。"

⑦ 吴姬：吴地美女。

⑧ 揶揄：嘲笑。

⑨ 绿水：又作"渌水"，古曲名。

殷后乱天纪[①]

（古风其五十一）

殷后乱天纪，楚怀亦已昏[②]。夷羊满中野[③]，菉葹盈高门[④]。比干谏而死[⑤]，屈平窜湘源[⑥]。虎口何婉娈[⑦]？女媭空婵娟[⑧]。彭咸久沦没[⑨]，此意与谁论。

① 本篇咏史以寄意，有感于忠直而见斥，似不必坐实时事。殷后：殷代帝王，指纣王。天纪：天道纪纲。陶潜《桃花源诗》："嬴氏乱天纪。"

② 楚怀：指楚怀王。楚国昏君，国政腐败，入秦卒。见《史记·楚世家》。

③ 夷羊：传说中的神兽。《国语·周语》："商之兴也，梼杌次于丕山；其亡也，夷羊在牧。"韦昭解："夷羊，神兽。牧，商郊牧野。"此喻贤人。

④ "菉葹"句：屈原《离骚》："赘菉葹以盈室兮，判独离而不服。"王逸注："赘，蒺藜也；菉，王刍也；葹，枲耳也。《诗》曰：'楚楚者赘。'又曰：'终朝采菉。'三者皆恶草，以喻谗佞盈满于侧者也。"

⑤“比干”句：语出《论语·微子》：“微子去之，箕子为之奴，比干谏而死。孔子曰：殷有三仁焉。”比干，纣王叔父，强谏而遭剖心。

⑥屈平：屈原。楚襄王时，屈原被流放至湘江之南。见《史记·屈原贾生列传》。

⑦虎口：喻危险境地。《庄子·盗跖》载孔子语：“然，丘所谓无病而自灸也。疾走料虎头，编虎须，几不免虎口哉。”婉娈：缠绵，留恋。

⑧女媭：屈原《离骚》：“女媭之婵媛兮。”王逸注：“女媭，屈原姊也。婵媛，犹牵引也。”婵娟：女媭典出《离骚》，不可易“婵媛”为“婵娟”，似当作“婵媛”，且“娟”属“先”韵，而“媛”与本篇各韵“昏”“门”“源”“论”均属“元”韵。从出典与韵部看，宋以来各本作“娟”，均误。

⑨彭咸：相传为殷大夫。屈原《离骚》：“愿依彭咸之遗则。”王逸注：“彭咸，殷贤大夫，谏其君不听，自投水而死。”此以屈原经历推测彭咸，未必可信。

劳　劳　亭[①]

天下伤心处，劳劳送客亭。春风知别苦，不遣柳条青[②]。

① 本篇游金陵时所作，写送别之苦，情致委宛，语短意长。劳劳亭：古送别之处。故址在今江苏南京西南。

② “春风”二句：意谓倘若春风知离别之苦，必不使柳条变青。以春风必遣柳条青，而送别必折柳以赠，故发此痴语，因得奇趣。

登金陵凤凰台[①]

凤凰台上凤凰游，凤去台空江自流。吴宫花草埋幽径，晋代衣冠成古丘[②]。三山半落青天外[③]，一水中分白鹭洲[④]。总为浮云能蔽日，长安不见使人愁[⑤]。

① 本篇即景抒情，怀古伤今，为历来传诵名篇。或以为拟崔颢《黄鹤楼》诗，格式似之，然崔又似沈佺期之《龙池篇》，又何说也！盖古乐府歌行本有此不避复词之顶真格式，律体初成，带入此格，遂成定式，实未必师承，亦无须甲乙也。凤凰台：在金陵西南隅花露冈。遗址在今江苏南京秦淮区内。

② “吴宫”二句：谓曩昔盛世，今成陈迹。三国吴与东晋均以金陵为都，故特拈吴、晋以代之。

③ 三山：在今江苏南京西南江宁建新长江之滨。山为三个小山头，未见其高，远望则缥缈如在云中。

④ 白鹭洲：唐时尚在长江中。后渐移与岸接壤。其址在今南京水西门外。

⑤ “总为”二句：自伤被谗去朝。因触景而生愁。浮云能蔽日：陆贾《新语・慎微》：“邪臣之蔽贤，犹浮云之障日月也。”

燕臣昔恸哭[1]

（古风其三十七）

燕臣昔恸哭，五月飞秋霜。庶女号苍天，震风击齐堂[2]。精诚有所感，造化为悲伤。而我竟何辜，远身金殿旁。浮云蔽紫闼，白日难回光[3]。群沙秽明珠，众草凌孤芳。古来共叹息，流泪空沾裳。

① 本篇为雪谗诗，其去朝还山乃为群小所诬。燕臣：指邹衍。《论衡·感虚》："邹衍无罪，见拘于燕。当夏五月，仰天而叹，天为陨霜。"

② "庶女"二句：相传齐有寡妇，无子不嫁以事姑，姑有女贪母财，杀其母以诬寡妇，妇冤结叫天，天行雷电，击陨景公之台，毁折景公之肢，海水大溢。见《淮南子·览冥训》"庶女叫天"高诱注。

③ "浮云"二句：汉孔融《临终诗》："谗邪害公正，浮云翳白日。"紫闼：指帝王宫庭。

丁都护歌①

云阳上征去②，两岸饶商贾。吴牛喘月时③，拖船一何苦！水浊不可饮，壶浆半成土。一唱都护歌，心摧泪如雨。万人系磐石，无由达江浒④。君看石芒砀⑤，掩泪悲千古。

① 本篇写船夫拖船运石之苦。旧说多求之太深，反失题旨。丁都护歌：又作"丁督护歌"，乐府清商曲旧题。《宋书·乐志一》："《督护哥》者，彭城内史徐逵之为鲁轨所杀，宋高祖使府内直督护丁旿收敛殡埋之。逵之妻，高祖长女也，呼旿至阁下，自问敛送之事，每问，辄叹息曰：'丁督护！'其声哀切，后人因其声，广其曲焉。"按：《旧唐书·音乐志》以为晋宋间曲，或者另有所出，与逵之妻无涉。

② 云阳：唐属江南道润州，今江苏丹阳。

③ 吴牛喘月：典出《世说新语·言语》：满奋畏风，晋武帝笑之，奋答曰："臣犹吴牛，见月而喘。"刘孝标注："今之水牛，唯生江淮间，故谓之吴牛也。南土多暑，而此牛畏热，见月疑是日，所以见月则喘。"

④ 江浒：江边。

⑤ 石芒砀：石之大者。芒砀，叠韵词，有大义。或说指芒砀所产之石。按：芒砀，地名，在今安徽砀山。古时产石。

答湖州迦叶司马问白是何人[①]

青莲居士谪仙人[②],酒肆藏名三十春。湖州司马何须问,金粟如来是后身[③]。

① 本篇信口答迦叶司马,以复姓迦叶关合佛门弟子,故以居士自称,以如来后身自命,谐而有趣。迦叶司马:湖州司马,事迹未详。迦叶,复姓。

② 青莲居士:李白自号。取佛经青莲之义。亦因答"迦叶",故特拈出"青莲",别有情趣。谪仙人:太白入长安,贺知章称之为"谪仙人"。

③ 金粟如来:佛名,即维摩诘大士。

叙旧赠江阳宰陆调[①]

太伯让天下,仲雍扬波涛[②]。清风荡万古,迹与星辰高。开吴食东溟[③],陆氏世英髦[④]。多君秉古节,岳立冠人曹[⑤]。风流少年时,京洛事游遨[⑥]。腰间延陵剑[⑦],玉带明珠袍。我昔斗鸡徒,连延五陵豪。邀遮相组织,呵吓来煎熬[⑧]。君开万丛人,鞍马皆辟易[⑨]。告急清宪台[⑩],脱余北门厄[⑪]。间宰江阳邑,剪棘树兰芳[⑫]。城门何肃穆,五月飞秋霜。好鸟集珍木,高才列华堂。时从府中归,丝管俨成行。但苦隔远道,无由共衔觞。江北荷花开,江南杨梅鲜[⑬]。挂席候海色,乘风下长川。多酤新丰醁[⑭],满载剡溪船[⑮]。中途不遇人,直到尔门前。大笑同一醉,取乐平生年。

① 本篇叙初游长安陆调为解北门之卮一段旧情,兼颂陆宰江阳之德政。江阳:即原广陵县,隋改江阳,至南唐复改广陵,属扬州,今属江苏。陆调:据诗意,当是吴人。事迹未详。

② “太伯”二句:化用陆机《吴趋行》:“太伯导仁风,仲雍扬其波。”典

出《史记·吴太伯世家》：周太王欲立三子季历，长子太伯、次子仲雍二人让之，奔荆蛮，文身断发，以避季历。

③ 开吴：指太伯、仲雍开创吴国基业。《史记·吴太伯世家》："太伯之奔荆蛮，自号句吴，荆蛮义之，从而归之千馀家，立为吴太伯。"

④ 陆氏：指三国东吴陆逊之族。《三国志·吴书·陆逊传》："陆逊字伯言，吴郡吴人。本名议，世江东大族。"

⑤ "多君"二句：赞陆调之为人。多，赞许，贤之。古节，古人高尚之节。岳立，立如山岳。形容人品突出。

⑥ 京洛：指长安和洛阳。

⑦ 延陵剑：即延陵季子之宝剑。有挂剑徐君墓树事。见《史记·吴太伯世家》。此以陆为吴人，故云，与挂剑无涉。一本自此句以下至"城门何肃穆"之前作："骖驔红阳燕，玉剑明珠袍。一诺许他人，千金双错刀。满堂青云士，望美期丹霄。我昔北门厄，摧如一枝蒿。有虎挟鸡徒，连延五陵豪。邀遮来组织，呵吓相煎熬。君披万人丛，脱我如狴牢。此耻竟未刷，且食绥山桃。非天雨文章，所祖托风骚。苍蓬老壮发，长策未逢遭。别君几何时，君无相思否？鸣琴坐高楼，渌水净窗牖。政成闻雅颂，人吏皆拱手。投刃有馀地，回车摄江阳。错杂非易理，先威挫豪强。"按，其间十二句异文，又多十八句。用词及语气，均似太白，或是初稿，记北门之厄较为详尽。

⑧ "我昔"四句：写初入长安遭斗鸡之徒豪贵少年的围攻。五陵，西

汉五帝陵墓,唐代五陵多居豪族。

⑨ 辟易:惊退。

⑩ 清宪台:指御史台。唐两京侍御史分左右巡,以纠察非法。见《旧唐书·职官志》。

⑪ 北门:指玄武门。句意谓经陆调仗义相救,始脱北门之厄。

⑫ “剪棘”句:语本《文选》袁宏《三国名臣序赞》:“思树芳兰,剪除荆棘。”李善注:“芳兰以喻君子,荆棘以喻小人。”

⑬ “江北”二句:写二人分居江两岸。下句“杨梅鲜”,一本作“杨梅熟”,并多二句:“正好饮酒时,怀贤在心目。”

⑭ 新丰:当指丹徒新丰。据钱大昕《十驾斋养新录》卷十一。

⑮ 剡溪船:用王子猷雪中访戴安道故事。见《世说新语·任诞》。

闻王昌龄左迁龙标遥有此寄[①]

杨花落尽子规啼，闻道龙标过五溪[②]。我寄愁心与明月，随风直到夜郎西[③]。

① 本篇寄慰诗友王昌龄之贬龙标尉，情意悱恻。王昌龄：字少伯，京兆长安人，曾任江宁丞，约天宝六载贬龙标尉。龙标：在今湖南黔阳西南。

② 五溪：指雄溪、蒲溪、西溪、沅溪、辰溪。在今湖南境。

③ 夜郎：唐县名，治所在今湖南新晃境。

天台晓望[①]

天台邻四明[②],华顶高百越[③]。门标赤城霞,楼栖沧岛月[④]。凭高远登览,直下见溟渤[⑤]。云垂大鹏翻,波动巨鳌没[⑥]。风潮争汹涌,神怪何翕忽[⑦]?观奇迹无倪,好道心不歇。攀条摘朱实,服药炼金骨[⑧]。安得生羽毛?千春卧蓬阙[⑨]!

① 本篇当是去朝后入道籍自东鲁南游吴越登天台时所作,故诗杂仙心,超然世外,求不可求之事以耗其壮志。天台:天台山。山下有桐柏观。为道教名山。在今浙江天台。

② 四明:四明山。在今浙江宁波西南。自天台发脉,绵亘于奉化、海曙、余姚、上虞、嵊州。相传上有四石,四面如窗,中通日月星辰之光,因名四明山。

③ 华顶:天台山最高峰。可东望大海,观日月之升。百越:又作“百粤”,越族所居之地,约跨今江浙闽粤之地。

④ “门标”二句:句法似宋之问《灵隐寺》:“楼观沧海日,门对浙江潮。”赤城霞:赤城山,色赤如霞,在天台山下。沧岛月,自海中升

起之月。沧岛,即海岛。

⑤ 溟渤:泛指大海。

⑥ “云垂”二句:当时以为警句。任华《杂言寄李白》诗:“登天台,望渤海。云垂大鹏飞,山压巨鳌背。斯言亦好在。”云垂大鹏:典出《庄子·逍遥游》鲲化为鹏,“其翼若垂天之云”。巨鳌,典出《列子·汤问》,海上五神山由十五巨鳌顶戴于海中。

⑦ 翕忽:迅疾貌。

⑧ “攀条”二句:谓服食修炼。朱实,指丹木之实。《山海经·西山经》:丹木“黄华而赤实,其味如饴,食之不饥”。陶潜《读山海经》:“黄花复朱实,食之寿命长。”

⑨ 蓬阙:指仙山之仙宫。

登高丘而望远海[①]

登高丘，望远海。六鳌骨已霜，三山流安在[②]？扶桑半摧折[③]，白日沉光彩。银台金阙如梦中[④]，秦皇汉武空相待[⑤]。精卫费木石[⑥]，鼋鼍无所凭[⑦]。君不见骊山茂陵尽灰灭[⑧]，牧羊之子来攀登[⑨]。盗贼劫宝玉，精灵竟何能[⑩]。穷兵黩武今如此，鼎湖飞龙安可乘[⑪]？

① 本篇讥秦皇汉武之求长生以讽唐玄宗之好神仙。登高丘而望远海：《乐府诗集》录本篇于相和歌魏文帝《登高望远》之后，是视为乐府旧题。

② “六鳌”二句：典出《列子·汤问》：渤海之东无底之谷有五山：岱舆、员峤、方壶、瀛洲、蓬莱。五山常随波漂流，仙圣请天帝命禺强使十五巨鳌举首戴之，分三番交替。龙伯国大人一钓连六鳌，所以岱舆、员峤二山流于北极，沉于海中，只余其他三山。

③ 扶桑：《山海经·海外东经》：“汤谷上有扶桑，十日所浴，在黑齿北。居水中，有大木，九日居其下枝，一日居上枝。”

④ 银台金阙：指神仙所居之处。

⑤ 秦皇汉武：即秦始皇与汉武帝。二位帝王均迷信神仙。秦始皇派徐福入海求仙，汉武帝亦遣方士入海求蓬莱仙及安期生。见《史记·封禅书》。

⑥ “精卫”句：《山海经·北山经》载：炎帝女溺于东海，化为精卫鸟，常衔西山木石以湮东海。

⑦ “鼋鼍”句：《竹书纪年》下：周穆王三十七年，大起九师，东至九江，架鼋鼍以为梁，遂伐越。

⑧ 骊山：在今陕西临潼东南。秦始皇陵在山下。茂陵：汉武帝陵墓。在今陕西兴平东北。

⑨ “牧羊”句：牧儿亡羊入秦始皇墓道，因持火照以求羊，失火而烧其椁。见《汉书·刘向传》。

⑩ “盗贼”二句：谓盗墓贼窃去墓中宝玉，其精灵之无能可知。《晋书·索靖传》：“汉武帝享年久长，比崩而茂陵不复容物，其树皆已可拱。赤眉取陵中物，不能减半，于今犹有朽帛委积，珠玉未尽。”

⑪ “穷兵”二句：言穷兵黩武，杀生太多，岂能成仙。鼎湖飞龙，《抱朴子·微旨》：“黄帝于荆山之下，鼎湖之上，飞九丹成，乃乘龙登天。”

秦王扫六合[①]

（古风其三）

秦王扫六合，虎视何雄哉[②]！挥剑决浮云，诸侯尽西来[③]。明断自天启[④]，大略驾群才。收兵铸金人[⑤]，函谷正东开[⑥]。铭功会稽岭[⑦]，骋望琅邪台[⑧]。刑徒七十万，起土骊山隈[⑨]。尚采不死药[⑩]，茫然使心哀。连弩射海鱼，长鲸正崔嵬[⑪]。额鼻象五岳，扬波喷云雷。鬐鬣蔽青天，何由睹蓬莱。徐市载秦女，楼船几时回[⑫]？但见三泉下，金棺葬寒灰[⑬]。

① 秦王：指秦始皇。扫六合：指统一中国。六合：天地四方。本篇赞秦始皇的才略与功绩，同时讽刺其迷信神仙追求长生。有借古讽今之意，影射唐玄宗。玄宗开创开元盛世，却颇信神仙。

② 虎视：喻雄强。班固《西都赋》："周以龙兴，秦以虎视。"

③ "挥剑"二句：谓秦始皇以武力臣服诸侯。典出《庄子 · 说剑》："上决浮云，下绝地纪。此剑一用，匡诸侯，天下服矣。"

④ 天启：语本《左传 · 宣公三年》："天或启之，必将为君，其后必

蕃。”本句一作“雄图发英断”。

⑤“收兵”句：始皇二十六年，收天下兵器，聚于咸阳，铸成十二座金属人像。事见《史记·秦始皇本纪》。

⑥“函谷”句：谓秦灭东方六国，函谷关之门自可向东敞开。

⑦会稽岭：即会稽山。始皇三十七年，东巡会稽，刻石颂秦德。

⑧琅邪台：在今山东诸城琅邪山上。相传始皇二十八年南登琅邪，立层台于山上，立石颂秦德。

⑨“刑徒”二句：《史记·秦始皇本纪》载：三十五年，发徒刑者七十馀万人，分作阿房宫与骊山陵墓。

⑩采不死药：《史记·秦始皇本纪》载：三十七年，始皇派方士徐福等入海求神药。

⑪“连弩”二句：徐福求药不得，诈称为大蛟所阻，并奏请制连弩以射之。至芝罘，射杀一鱼。连弩，可以连发数箭的弓弩。

⑫“徐市”二句：《史记·秦始皇本纪》：二十八年，“齐人徐福等上书，言海中有三神山，名曰蓬莱、方丈、瀛洲，仙人居之。请得斋戒，与童男女求之。于是遣徐福发童男女数千人，入海求仙人”。徐市，即徐福。

⑬“但见”二句：谓秦始皇终不免一死，而将朽骨葬于重泉之下。三泉：三重泉，指地下深处。《史记·秦始皇本纪》载：葬始皇时，“穿三泉下铜而致椁”。

秦皇按宝剑[①]

（古风其四十八）

秦皇按宝剑，赫怒震威神。逐日巡海右，驱石驾沧津。征卒空九宇，作桥伤万人[②]。但求蓬岛药[③]，岂思农扈春[④]。力尽功不赡，千载为悲辛。

① 本篇讽秦皇之求仙，意在影射玄宗。秦皇按宝剑：江淹《恨赋》："秦帝按剑，诸侯西驰。"

② "逐日"四句：《艺文类聚》六引《三齐略记》曰："始皇作石塘（或作"桥"），欲过海看日出处。时有神人，能驱石下海，石去不速，神辄鞭之，皆流血，至今悉赤。阳城山石尽起立，嶷嶷东倾，状如相随行。"九宇：九州。

③ 蓬岛药：指仙药。秦始皇曾派童男女入海至蓬莱仙山求不死之药。见《史记·封禅书》。

④ 农扈春：陈子昂《奉和皇帝上礼抚事述怀应制》："愿罢瑶池宴，来观农扈春。"《独断》："少昊之世，置九农之官如左：春扈氏农正，趣民耕种……"

日出入行[①]

日出东方隈，似从地底来。历天又复入西海，六龙所舍安在哉[②]？其始与终古不息[③]，人非元气[④]，安得与之久徘徊？草不谢荣于春风，木不怨落于秋天[⑤]。谁挥鞭策驱四运[⑥]？万物兴歇皆自然。羲和！羲和[⑦]！汝奚汩没于荒淫之波[⑧]？鲁阳何德，驻景挥戈[⑨]？逆道违天，矫诬实多。吾将囊括大块，浩然与溟涬同科[⑩]！

① 本篇言宜顺应自然，不可逆道违天。貌似达观，实则于字里行间充满激愤之情。日出入行：汉郊祀歌有《日出入》，此从旧题来。

② 六龙：神话谓羲和驱六龙以御日车。

③ 终古不息：语本《庄子·大宗师》："日月得之，终古不息。"终古，自古以来。

④ 元气：指天地形成之前的混一之气。

⑤ "草木"二句：明杨慎《丹铅总录》："郭象《庄子》注多俊语，如云：'暖焉若阳春之自和，故蒙泽者不谢；凄乎如秋霜之自降，故凋落者不怨。'李白用其语为诗。"按，郭注见《庄子·大宗师》。

⑥ 四运：四时。即春夏秋冬。晋陆机《梁父吟》："四运循环转，寒暑自相承。"

⑦ 羲和：神话中日的御者。

⑧ 荒淫之波：指大海。

⑨ "鲁阳"二句：典出《淮南子·览冥训》："鲁阳公与韩搆难，战酣，日暮，援戈而㧑之，日为之反三舍。"

⑩ "吾将"二句：谓将与大自然合为一气。大块，自然。溟涬，亦作"涬溟"，自然之气。《庄子·在宥》："大同乎涬溟。"

送杨燕之东鲁[①]

关西杨伯起，汉日旧称贤。四代三公族，清风播人天[②]。夫子华阴居，开门对玉莲[③]。何事历衡霍[④]，云帆今始还。君坐稍解颜，为我歌此篇。我固侯门士，谬登圣主筵[⑤]。一辞金华殿[⑥]，蹭蹬长江边。二子鲁门东[⑦]，别来已经年。因君此中去，不觉泪如泉。

① 本篇因送杨燕之东鲁而念及二子，骨肉情深，足以感人。杨燕：家居华阴（今属陕西），曾游衡霍，经金陵而北游东鲁。

② "关西"四句：写杨伯起事以颂杨燕。太白赠诗多以其人同姓先贤作颂词，此亦然。杨伯起，杨震字伯起，弘农华阴人。穷经为儒，语曰"关西孔子杨伯起"。四代三公，自震至杨彪四代，德业相继，先后官至太尉、司徒、司空，即所谓"三公"。见《后汉书·杨震传》。

③ 玉莲：指西岳华山。华山以莲花峰为最险。

④ 衡霍：指南岳。分指为衡山与霍山，隋开皇九年以前南岳为霍山，即今安徽潜山天柱山；开皇九年以后南岳为衡山，在今湖南

衡阳。

⑤ “我固”二句：谓奉诏入朝事。侯门士，侯门贵客。圣主，指玄宗。

⑥ 金华殿：汉宫，借指唐宫。

⑦ 二子：即女平阳与子伯禽。

寄东鲁二稚子[①]

吴地桑叶绿，吴蚕已三眠。我家寄东鲁，谁种龟阴田[②]？春事已不及，江行复茫然。南风吹归心，飞堕酒楼前[③]。楼前一株桃，枝叶拂青烟。此树我所种，别来向三年。桃今与楼齐，我行尚未旋。娇女字平阳，折花倚桃边。折花不见我，泪下如流泉[④]。小儿名伯禽，与姊亦齐肩。双行桃树下，抚背复谁怜？念此失次第，肝肠日忧煎。裂素写远意，因之汶阳川[⑤]。

① 本篇写怀念东鲁小女平阳、小儿伯禽之情，以平常语写平常情，弥见其真切。题下原注："在金陵作。"东鲁：指鲁郡，今山东兖州。

② 龟阴田：语本《左传·定公十年》："齐人来归郓讙龟阴之田。"即龟山北面之田。此指诗人在鲁郡之田。

③ 酒楼：旧说任城有太白酒楼。《本事诗》云："白自幼好酒，于兖州习业，平居多饮。又于任城县搆酒楼，日与同志荒宴其上，少有醒时。"见《太平广记》二〇一。

④ "泪下"句：用刘琨成句。刘琨《扶风歌》："据鞍长叹息，泪下如

流泉。”

⑤ 汶阳川：指兖州。春秋时为鲁国地。《左传·成公二年》载“齐人归我汶阳之田”。

劳劳亭歌[①]

金陵劳劳送客堂，蔓草离离生道旁。古情不尽东流水，此地悲风愁白杨[②]。我乘素舸同康乐[③]，朗咏清川飞夜霜。昔闻牛渚吟五章，今来何谢袁家郎[④]。苦竹寒声动秋月[⑤]，独宿空帘归梦长。

① 本篇写送客而动归思，慨叹徒事漫游而未遇赏音。劳劳亭：题下原注："在江宁县南十五里，古送别之所，一名临沧观。"故址在今南京西南长江之滨。

② 悲风愁白杨：《古诗十九首》："白杨多悲风，萧萧愁杀人。"

③ "我乘"句：谢灵运《东阳溪中赠答诗》："可怜谁家郎，缘流乘素舸。"康乐：谢灵运袭封康乐公。

④ "朗咏"三句：用袁宏(小字虎)牛渚吟诗遇谢尚事。《世说新语·文学》："袁虎少贫，尝为人佣载运租。谢镇西经船行，其夜清风朗月，闻江渚间估客船上有咏诗声，甚有情致。所诵五言，又其所未尝闻，叹美不能已。即遣委曲讯问，乃是袁自咏其所作《咏史诗》。因此相要，大相赏得。"牛渚，牛渚矶，在今安徽马鞍山。袁家郎，

指袁宏。

⑤ 苦竹：竹的一种，味苦不中食。苦竹寒声：指秋风吹动苦竹的声响。意寄于“苦”字。

口号吴王美人半醉[①]

风动荷花水殿香[②],姑苏台上见吴王[③]。西施醉舞娇无力[④],笑倚东窗白玉床。

① 本篇当是游庐江于吴王李祇席上口占,借春秋吴王为喻,乃一时戏谑之作,以博吴王一笑。吴王:即李祇,袭父琨封吴王,时为庐江太守。白曾为作《为吴王谢责赴行在迟滞表》。美人:指舞女。席上当有舞女半醉躺于床上,故戏而作此。

② 荷花水殿香:南朝陈徐陵《奉和简文帝山斋》诗:“竹密山斋冷,荷开水殿香。”水殿:建于水上的殿宇。

③ 姑苏台:春秋时吴王所建。故址在今江苏苏州灵岩山。吴王:此以吴王夫差喻指吴王李祇。

④ 西施:越国献与吴王的美女。此借指李祇席上半醉的舞女。

答王十二寒夜独酌有怀[1]

昨夜吴中雪，子猷佳兴发[2]。万里浮云卷碧山，青天中道流孤月。孤月沧浪河汉清，北斗错落长庚明[3]。怀余对酒夜霜白，玉床金井冰峥嵘[4]。人生飘忽百年内，且须酣畅万古情。君不能狸膏金距学斗鸡，坐令鼻息吹虹霓[5]。君不能学哥舒，横行青海夜带刀，西屠石堡取紫袍[6]。吟诗作赋北窗里，万言不值一杯水。世人闻此皆掉头，有如东风射马耳[7]。鱼目亦笑我，谓与明月同[8]。骅骝拳跼不能食，蹇驴得志鸣春风。《折杨》《皇华》合流俗[9]，晋君听琴枉《清角》[10]。《巴人》谁肯和《阳春》[11]，楚地犹来贱奇璞[12]。黄金散尽交不成，白首为儒身被轻。一谈一笑失颜色，苍蝇贝锦喧谤声[13]。曾参岂是杀人者？谗言三及慈母惊[14]。与君论心握君手，荣辱于余亦何有？孔圣犹闻伤凤麟[15]，董龙更是何鸡狗[16]！一生傲岸苦不谐，恩疏媒劳志多乖。严陵高揖汉天子[17]，何必长剑拄颐事玉阶[18]。达亦不足贵，穷亦不足悲。韩信羞将绛灌比[19]，祢衡耻逐屠沽儿[20]。君不见李北海，英风豪气今何在[21]！君不见裴尚书，土坟三尺蒿棘居[22]！少年早欲五湖去[23]，见此弥将钟鼎疏[24]。

① 本篇为答王十二寒夜独酌有怀李白之作。王诗激发太白之幽愤，故答诗以愤激之词出之，毫不掩饰，于时政亦多所抨击。王十二：事迹未详。

② “昨夜”二句：用王子猷雪夜访戴逵事。见《世说新语·任诞》。此以王子猷喻王十二。

③ 长庚：金星，又名太白星。

④ “怀余”二句：切王十二赠诗之题“寒夜独酌有怀”。玉床金井，形容井与井栏的华贵装饰。

⑤ “君不能”二句：抨击斗鸡徒。狸膏金距，鸡头涂狸膏，以使对方畏惧，鸡爪饰金距，易伤对方，皆斗鸡致胜的手段。梁简文帝《鸡鸣篇》：“陈思助斗协狸膏，郈昭妒敌安金距。”鼻息吹虹霓，形容斗鸡徒气焰之盛。《古风》其二十四：“路逢斗鸡者，冠盖何辉赫！鼻息干虹霓，行人皆怵惕。”可对读。

⑥ “君不能”三句：写哥舒翰攻石堡城事。哥舒，哥舒翰。唐代边将。天宝七载冬，代王忠嗣为陇右节度，明年建神威军于青海上，又筑城于中龙驹岛，后以朔方、河东监牧十万众攻石堡城，不旬日

而拔之,上录其功,拜特进、鸿胪员外卿,加摄御史大夫。见《旧唐书·哥舒翰传》。夜带刀,《全唐诗》录西鄙人《哥舒歌》:“北斗七星高,哥舒夜带刀。至今窥牧马,不敢过临洮。”石堡,石堡城,又名铁刃城,在今青海西宁西南。紫袍,唐三品以上官服。

⑦ 东风射马耳:喻漠然无所动心。

⑧ “鱼目”二句:谓鱼目混珠。晋张协《杂诗》:“鱼目笑明月。”明月,即明月珠。太白多用以喻才士。

⑨ 折杨皇华:两种歌曲名。《庄子·天地》:“大声不入于里耳,《折杨》《皇华》,则嗑然而笑。”

⑩ “晋君”句:典出《韩非子·十过》:晋平公问:“清角可得而闻乎?”师旷答曰:“不可。……今主君德薄,不足听之,听之将恐有败。”平公以年老好音,急欲听之,师旷不得已而鼓琴,风雨大作,平公恐惧,伏于廊室。由是晋国大旱,赤地三年。此借以讽君之薄于德。

⑪ “巴人”句:谓曲高和寡。典出宋玉《对楚王问》。阳春,高雅之曲。

⑫ “楚地”句:用卞和事。《韩非子·和氏》载:卞和得一璞,献楚王,以为石,定欺君之罪,刖其足。

⑬ 苍蝇贝锦:指谗言。苍蝇,典出《诗·小雅·青蝇》。贝锦,典出《诗·小雅·巷伯》。

⑭ “曾参”二句:《战国策·秦策》:“费人有与曾子同名姓者而杀人。人告曾子母曰:‘曾参杀人。’曾子之母曰:‘吾子不杀人。’织自

若。有顷焉,人又曰:‘曾参杀人。’其母尚织自若也。顷之,一人又告之曰:‘曾参杀人。’其母惧,投杼逾墙而走。”谓谗言之可畏。

⑮ 孔圣:孔子。伤凤麟:孔子曾叹“凤鸟不至”(《论语·子罕》),悲“西狩获麟”(《史记·孔子世家》),哀其道之穷。

⑯ “董龙”句:典出《十六国春秋》:董龙(名荣)以佞幸进,官前秦右仆射,宰相王堕刚直,疾之如仇,或劝其降意接之,堕曰:“董龙是何鸡狗,而令国士与之言乎!”

⑰ “严陵”句:用严子陵与汉光武故事。见《后汉书·严光传》。

⑱ 长剑拄颐:为臣之状。齐童谣曰:“大冠若箕,修剑拄颐。”见《战国策·齐策》。

⑲ “韩信”句:谓韩信“羞与绛灌等列”(《史记·淮阴侯列传》)。绛灌:指绛侯周勃与颍阴侯灌婴。二人功在韩信之下。

⑳ “祢衡”句:后汉祢衡尚气刚傲,矫时慢物,人问何不从陈群与司马朗,对曰:“吾焉能从屠沽儿耶!”屠沽儿,指屠夫与卖酒者。

㉑ “李北海”二句:北海太守李邕,天宝六载为宰相李林甫陷害杖杀。见《新唐书·李邕传》。按,李邕与李白、杜甫均有交情。

㉒ “裴尚书”二句:刑部尚书裴敦复,为李林甫所忌,贬淄川郡太守,天宝六载与李邕同案被杖杀。见《旧唐书·玄宗纪》。蒿棘,指杂草。

㉓ 五湖:指太湖。范蠡功成身退,泛舟五湖。五湖即成退隐之处的泛称。

㉔ 钟鼎:钟鸣鼎食,指富贵。

胡关饶风沙[1]

（古风其十四）

胡关饶风沙，萧索竟终古。木落秋草黄，登高望戎虏。荒城空大漠，边邑无遗堵。白骨横千霜，嵯峨蔽榛莽[2]。借问谁陵虐，天骄毒威武[3]。赫怒我圣皇，劳师事鼙鼓。阳和变杀气，发卒骚中土。三十六万人[4]，哀哀泪如雨。且悲就行役，安得营农圃。不见征戍儿，岂知关山苦。李牧今不在[5]，边人饲豺虎。

① 本篇刺玄宗之开边黩武。胡关：泛指边塞。

② “白骨”二句：极言边战死伤之多。曹操《蒿里行》：“白骨露于野，千里无鸡鸣。”王粲《七哀诗》：“出门无所见，白骨蔽平原。”

③ “借问”二句：言塞外胡虏寻衅。陵虐，即凌虐，侵犯。天骄，《汉书·匈奴传》：“南有大汉，北有强胡。胡者，天之骄子也。”此泛指强虏。

④ 三十六万：不必实指，极言发卒之多。

⑤ 李牧：战国赵人，守北塞，习骑射，谨烽火，匈奴不敢犯边。秦行反间之计，赵王使赵葱、颜聚代牧，牧不受命，被杀。事见《史记·廉颇蔺相如列传》。

羽檄如流星[①]

（古风其三十四）

羽檄如流星，虎符合专城[②]。喧呼救边急，群鸟皆夜鸣。白日曜紫微[③]，三公运权衡[④]。天地皆得一，澹然四海清[⑤]。借问此何为？答言楚征兵[⑥]。渡泸及五月，将赴云南征[⑦]。怯卒非战士，炎方难远行。长号别严亲，日月惨光晶。泣尽继以血，心摧两无声[⑧]。困兽当猛虎，穷鱼饵奔鲸。千去不一回，投躯岂全生？如何舞干戚，一使有苗平[⑨]？

① 本篇写天宝十载剑南节度使鲜于仲通讨南诏大败于泸南事。羽檄：又称羽书，军中紧急文书。檄文插羽毛，以示速疾。

② 虎符：兵符，古代调兵遣将的信物。铜铸虎形，分两半，各持一半，合符方能生效。

③ 紫微：星名，此指帝王宫殿。

④ 三公：隋以太尉、司徒、司空为三公，唐因之。《唐六典》："三公，论道之官也，盖以佐天子，理阴阳，平邦国，无所不统。"

⑤ "天地"二句：《老子》："天得一以清，地得一以宁。"言天下太平。

⑥ 楚：泛指南方。征兵：《通鉴》天宝十载：夏，四月，“制大募两京及河南、北兵以击南诏；人闻云南多瘴疠，未战士卒死者计八九，莫肯应募”。

⑦ “渡泸”二句：谓征兵下云南渡过泸水讨伐南诏。泸，泸水，唐时名金沙江。诸葛亮疏云：“五月渡泸，深入不毛。”见《三国志》本传。

⑧ “长号”四句：《通鉴》天宝十载：“杨国忠遣御史分道捕人，连枷送诣军所。旧制，百姓有勋者免征役，时调兵既多，国忠奏先取高勋。于是行者愁怨，父母妻子送之，所在哭声振野。”

⑨ “如何”二句：《艺文类聚》十一引《帝王世纪》：“有苗氏负固不服，禹请征之。舜曰：‘我德不厚而行武，非道也。吾前教由未也。’乃修教三年，执干戚而舞之，有苗请服。”干戚，盾与斧，古时武舞操干戚。有苗，又称三苗，古部落名。借指南诏。

战　城　南[①]

去年战，桑干源[②]；今年战，葱河道[③]。洗兵条支海上波[④]，放马天山雪中草[⑤]。万里长征战，三军尽衰老。匈奴以杀戮为耕作，古来惟见白骨黄沙田[⑥]。秦家筑城备胡处[⑦]，汉家还有烽火燃。烽火燃不息，征战无已时！野战格斗死，败马号鸣向天悲[⑧]。乌鸢啄人肠，衔飞上挂枯树枝[⑨]。士卒涂草莽，将军空尔为。乃知兵者是凶器，圣人不得已而用之[⑩]。

① 本篇借古讽今，刺玄宗之黩武。战城南：乐府鼓吹铙歌旧题，古辞有“战城南，死郭北”语，因取为题。

② 桑干：即桑干河。源出山西马邑之北洪涛山下，东南流入芦沟河。

③ 葱河：指葱岭二河。葱岭北河：即喀什噶尔河，源于葱岭中北道。葱岭南河：即叶尔羌河，源于葱岭中南道。在今帕米尔高原，唐属安西都护府。

④ 条支海：指西海，即波斯湾。条支，又作“条枝”，汉西域国名，在

安息以西,位于幼发拉底河与底格里斯河之间,临西海。

⑤ 天山:指今新疆天山,又称白山或折罗漫山。

⑥ "匈奴"二句:语本汉王褒《四子讲德论》:"夫匈奴者,百蛮之最强者也。天性忮攇,习俗杰暴,贱老贵壮,气力相高。业在攻伐,事在猎射。……其耒耜则弓矢鞍马,播种则扞弦掌拊,收秋则奔狐驰兔,获刈则颠倒殪仆。追之则奔遁,释之则为寇。"

⑦ 秦家筑城:指秦朝修筑长城。秦统一六国,以战国诸侯国原有长城为基础,修筑万里长城,以防匈奴南下。贾谊《过秦论》:"乃使蒙恬北筑长城而守藩篱,却匈奴七百馀里,胡人不敢南下而牧马,士不敢弯弓而报怨。"

⑧ "野战"二句:化用乐府《战城南》古辞:"枭骑战斗死,驽马徘徊鸣。"

⑨ "乌鸢"二句:化用乐府同题古辞:"野死不葬乌可食。为我谓乌:且为客豪,野死谅不葬,腐肉安能去子逃!"

⑩ "乃知"二句:语本《六韬·兵略》:"圣人号兵为凶器,不得已而用之。"意出《老子》:"兵者不祥之器,非君子之器,不得已而用之。"

代马不思越[①]

（古风其六）

代马不思越，越禽不恋燕[②]。情性有所习，土风固其然。昔别雁门关[③]，今戍龙庭前[④]。惊沙乱海日，飞雪迷胡天。虮虱生虎鹖[⑤]，心魂逐旌旃。苦战功不赏，忠诚难可宣。谁怜李飞将[⑥]，白首没三边[⑦]。

① 本篇感讽时事，有所为而作。陈沆《诗比兴笺》以为"伤王忠嗣"。忠嗣有军功，为李林甫所忌，构陷几死。

② "代马"二句：谓北马南禽，各习其土风，不思恋异地。犹如《古诗十九首》："胡马依北风，越鸟巢南枝。"代、燕，在北；越，在南。

③ 雁门关：在今山西代县。古时为边塞要地。

④ 龙庭：匈奴单于祭天地鬼神之所。汉班固《封燕然山铭》："蹑冒顿之区落，焚老上之龙庭。"此泛指边塞。

⑤ 虎鹖：指武士衣冠。《后汉书·舆服志》："虎贲武骑，皆鹖冠，虎文单衣。"

⑥ 李飞将：指汉将李广。李广为右北平太守，匈奴服其威，称之曰

"汉之飞将军"。屡建奇功而白首未封侯。后随卫青出征匈奴,失道,因自刎。

⑦ 三边:古以幽、并、凉三州为"三边"。

赠丹阳横山周处士惟长[①]

周子横山隐,开门临城隅。连峰入户牖,胜概凌方壶[②]。时作白纻词[③],放歌丹阳湖[④]。水色傲溟渤,川光秀菰蒲[⑤]。当其得意时,心与天壤俱。闲云随舒卷,安识身有无。抱石耻献玉[⑥],沉泉笑探珠[⑦]。羽化如可作,相携上清都[⑧]。

① 本篇赞周处士之隐逸生活,亦自露退隐之意。丹阳:指当涂。当涂本汉丹阳县地,故称。横山:又名横望山,在当涂东北六十里。其南有丹阳湖。相传为陶宏景隐居之处。周惟长:未曾仕进的处士。事迹不详。

② 方壶:即方丈。海上三仙山之一。

③ 白纻词:即《白纻歌》。为吴地舞曲,故又称《白纻舞歌》。当涂之东有白纻山,因及之。

④ 丹阳湖:《元和郡县图志·宣州·当涂》:"丹阳湖,在县东南七十九里,周回三百馀里,与溧水分湖为界。"

⑤ 菰蒲:即茭白与蒲苇。多生水边陂泽中。

⑥“抱石”句：用卞和献璞事。见《韩非子·和氏》。

⑦“沉泉”句：用探骊取珠事。宋人其子没于九重之渊，于骊龙颔下得千金之珠。见《庄子·列御寇》。

⑧清都：古时谓天帝所居之处。《列子·周穆王》：“王实以为清都紫微，钧天广乐，帝之所居。”

寻阳紫极宫感秋作[①]

何处闻秋声，翛翛北窗竹[②]。回薄万古心，揽之不盈掬。静坐观众妙，浩然媚幽独。白云南山来，就我檐下宿[③]。懒从唐生决[④]，羞访季主卜[⑤]。四十九年非[⑥]，一往不可复。野情转萧散，世道有翻复。陶令归去来[⑦]，田家酒应熟。

① 本篇因闻秋竹之声而抒发人生感慨，似已参破人生真谛，实则仍有幽愤郁结于心胸。引发宋苏轼与黄庭坚之共鸣，二人均有次韵之作。寻阳：今江西九江。紫极宫：去江州二里，宋更名天庆观。今已废。

② 翛翛：风吹竹之声。犹“萧萧”。谢朓《冬日晚郡事隙》诗：“飒飒满池荷，翛翛荫窗竹。”

③ “白云”二句：陶潜《拟古九首》：“白云宿檐端。”

④ 唐生：指唐举。古之善相者。蔡泽游学于诸侯，未遇，从唐举相，举决其寿尚有四十三年。后蔡果为秦相，以寿终。见《史记·范雎蔡泽列传》。

⑤ 季主：指司马季主。古之善卜者。《史记·日者列传》："司马季主者，楚人也，卜于长安东市。"

⑥ 四十九年非：《淮南子·原道》："遽伯玉年五十而知四十九年非。"

⑦ "陶令"句：用陶潜辞官归隐事。陶潜不为五斗米折腰事乡里小人，辞彭泽令，归田躬耕，作《归去来兮辞》。见《晋书》本传。

大雅久不作[①]

（古风其一）

大雅久不作，吾衰竟谁陈[②]？王风委蔓草[③]，战国多荆榛[④]。龙虎相啖食[⑤]，兵戈逮狂秦[⑥]。正声何微茫，哀怨起骚人[⑦]。扬马激颓波[⑧]，开流荡无垠。废兴虽万变，宪章亦已沦[⑨]。自从建安来，绮丽不足珍[⑩]。圣代复元古，垂衣贵清真[⑪]。群才属休明[⑫]，乘运共跃鳞。文质相炳焕，众星罗秋旻。我志在删述[⑬]，垂辉映千春。希圣如有立[⑭]，绝笔于获麟[⑮]。

① 此为晚年论诗之作。全篇均用赋体，历论诗歌源流得失，并自明其素志。大雅：《诗经》中有《大雅》之诗，多西周作品，是“正声”的代表。此泛指《诗经》正声传统。

② 吾衰：语本《论语 · 述而》子曰：“甚矣吾衰也。”

③ 王风：《诗经》十五国风有《王风》，为东周王城一带民歌。

④ 战国：春秋之后，周室衰微，诸侯相攻，史称战国时期。

⑤ 龙虎：指战国七雄（秦、楚、齐、燕、韩、赵、魏）。其时七雄互相兼

并，故谓“相啖食”。班固《答宾戏》：“于是七雄虓阚，分裂诸夏，龙战虎争。”

⑥ 狂秦：指雄强的秦国。句意谓及至秦并六国，兵戈始息。陶潜《饮酒二十首》其二十：“洙泗辍微响，漂流逮狂秦。”

⑦ “正声”二句：谓《诗经》雅正平和之声衰微之后，代之而起的是哀怨忧愁的骚体楚辞。骚人：骚体诗作者，指屈原、宋玉等。

⑧ 扬马：指扬雄与司马相如。二人均西汉著名辞赋家。以辞赋开拓文学的新领域，有“开流”之功。

⑨ 宪章：典章制度。此指有关诗文的法度。

⑩ 建安：东汉末献帝年号(196～220)。二句谓建安诗作，风骨犹存，即所谓“建安风骨”，其后诗歌只重音律词藻，绮靡婉丽，不足珍贵。

⑪ “圣代”二句：谓唐代诗歌始恢复古朴纯真的风骨。圣代，指唐代。垂衣，指垂衣而治的盛世。《易·系辞》：“黄帝、尧、舜垂衣裳而天下治。”

⑫ 休明：美善兴旺。指清明盛世。

⑬ 删述：相传孔子曾删定《诗经》作品。见《史记·孔子世家》。此自比孔子，以删述自任。

⑭ 希圣：希望达到圣人的境界。

⑮ “绝笔”句：语本晋杜预《春秋经传集解序》：“绝笔于获麟之一句者，所感而起，固所以为终也。”按，《春秋·哀公十四年》：“西狩获麟。”孔子曰：“吾道穷矣。”相传孔子作《春秋》，至此而止。

丑女来效颦[①]

（古风其三十五）

丑女来效颦，还家惊四邻。寿陵失本步，笑杀邯郸人[②]。一曲斐然子[③]，雕虫丧天真[④]。棘刺造沐猴，三年费精神[⑤]。功成无所用，楚楚且华身。大雅思文王，颂声久崩沦。安得郢中质，一挥成风斤[⑥]！

① 本篇论诗，以大雅为宗，否定矫饰失真之风。丑女：西施同村人。西施病心而颦，丑女见而美之，固效其颦，益增其丑。典出《庄子·天运》。后人指丑女为东施，有东施效颦之说。

② “寿陵”二句：典出《庄子·秋水》：“寿陵馀子学行于邯郸，失其本步，匍匐而归。”

③ 斐然：文盛貌。《汉书·礼乐志》：“九歌毕奏斐然殊，鸣琴竽瑟会轩朱。”

④ 雕虫：此借喻雕饰太甚。语本扬雄《法言》：“或问：‘吾子少而好赋？’曰：‘然，童子雕虫篆刻。’俄而曰：‘壮夫不为也。’”

⑤ “棘刺”二句：典出《韩非子·外储说左上》：战国宋有人请为燕王

于棘刺尖端造母猴，燕王悦之，养以五乘之奉。后知其虚妄，乃杀之。三年：言费时之久。

⑥“安得”二句：典出《庄子·徐无鬼》：“郢人垩漫其鼻端若蝇翼，使匠石斫之。匠石运斤成风，听而斫之，尽垩而鼻不伤，郢人立不失容。”

寄王屋山人孟大融[1]

我昔东海上，劳山餐紫霞[2]。亲见安期公，食枣大如瓜[3]。中年谒汉主，不惬还归家[4]。朱颜谢春晖，白发见生涯。所期就金液，飞步登云车[5]。愿随夫子天坛上[6]，闲与仙人扫落花。

① 本篇似与道友约游天坛山，故如郭璞之《游仙诗》，表现道教思想。王屋山：在今河南济源，天坛山之下阳台宫，玄宗赐额“寥阳宫”，为司马承祯与玉真公主修道处。孟大融：当是居王屋山之道流。余未详。

② 劳山：又作“崂山”“牢山”，大小二山相连，上有王母池，为道教圣地。在今山东青岛。餐紫霞：指采吸自然界云气。《真诰》二：“夫餐霞之经甚秘，致霞之道甚易，此谓体生玉光霞映上清之法也。”

③ “亲见”二句：《史记·孝武本纪》载：方士李少君言于武帝，曰：“臣尝游海上，见安期生，食巨枣，大如瓜。”

④ “中年”二句：言天宝初入翰林复还山事。

⑤ “所期”二句：有登仙意。金液，一种内服仙丹。服之可以成仙飞举。《抱朴子·金丹》谓“金液”制法为：“用古秤黄金一斤，并玄明、龙膏骨、太一旬首中石水、紫游女、玄水液、金化石、丹砂，封之成水。”云车，传说神仙以云为车。《博物志》八：汉武帝好道，求神仙，“七月七日夜漏七刻，王母乘紫云车而至于殿西南面”。

⑥ 天坛：天坛山。为王屋山绝顶。相传为轩辕祈天之所，故名。在今河南济源。

赠何七判官昌浩[①]

有时忽惆怅，匡坐至夜分。平明空啸咤，思欲解世纷。心随长风去，吹散万里云。羞作济南生，九十诵古文[②]。不然拂剑起，沙漠收奇勋。老死阡陌间，何因扬清芬。夫子今管乐[③]，英才冠三军。终与同出处，岂将沮溺群[④]。

① 本篇申明弃文就武之意，并求何昌浩为之援引。何七判官昌浩：事迹未详。作者又有《泾溪南蓝山下有落星潭可以卜筑余泊舟石上寄何判官昌浩》诗。判官：唐朝节度、观察、防御诸使，均有判官，为地方长官僚属。

② “羞作”二句：《汉书·儒林传》载：伏胜，济南人，曾为秦博士，精通《尚书》，藏之于壁，以避秦火。汉文帝求治《尚书》者。召之，时已九十余，因使晁错至其家受之。其所传即今文《尚书》。

③ 管乐：指春秋名相管仲，战国名将乐毅。

④ 沮溺：春秋时相与耦耕的隐士长沮与桀溺。见《论语·微子》。

留别于十一兄逖裴十三游塞垣[①]

太公渭川水，李斯上蔡门。钓周猎秦安黎元，小鱼鵔兔何足言[②]。天张云卷有时节，吾徒莫叹羝触藩[③]。于公白首大梁野[④]，使人怅望何可论。既知朱亥为壮士，且愿束心秋毫里。秦赵虎争血中原，当去抱关救公子[⑤]。裴生览千古，龙鸾炳天章[⑥]。悲吟雨雪动林木，放书辍剑思高堂[⑦]。劝尔一杯酒，拂尔裘上霜。尔为我楚舞，吾为尔楚歌[⑧]。且探虎穴向沙漠[⑨]，鸣鞭走马凌黄河。耻作易水别，临岐泪滂沱[⑩]。

① 本篇为将首途北游塞垣，于梁宋留别于十一、裴十三，有劝二位进取立功之意。于十一逖：于逖，为苦学之士，未曾仕进，老于大梁之野。与当时诗人广事交游。裴十三：事迹未详。

② “太公”四句：以姜尚李斯先隐后显，勉励二人待时而动。太公，即姜尚，先隐钓于渭川磻溪，后出仕周文王，即所谓“钓周”，非钓小鱼。见《韩诗外传》。李斯，出仕前曾与儿牵黄犬出上蔡东门外行猎，后事秦始皇，为丞相，即所谓“猎秦”，非猎鵔兔也。见《史

记·李斯列传》。

③ 羝触藩：喻处于困境。语本《易·大壮》："羝羊触藩，羸其角。"

④ 大梁：今河南开封。

⑤ "既知"四句：有改文从武之意。朱亥，魏信陵君门客，屠户，有勇力。信陵夺晋鄙军以救赵，朱亥以铁椎击杀晋鄙。秦赵虎争，指秦军围赵邯郸事。抱关，指侯嬴，即大梁夷门抱关者。为信陵君献计救赵。事均见《史记·魏公子列传》。

⑥ 龙鸾：喻华美文采。吴质《答魏太子笺》："摛藻下笔，鸾龙之文奋矣。"

⑦ "悲吟"二句：用曾子事。《艺文类聚》二引《琴操》："曾子耕于太山之下，天雨雪，冻，旬日不得归，思其父母，作《梁山歌》。"高堂，指父母。

⑧ "尔为我"二句：用成语。汉高祖谓戚夫人曰："为我楚舞，吾为若楚歌。"见《史记·留侯世家》。

⑨ 沙漠：喻边塞。此指幽州。

⑩ "耻作"二句：用荆轲事。荆轲入秦刺秦王，燕太子丹送至易水，荆轲悲歌："风萧萧兮易水寒，壮士一去兮不复还！"见《战国策·燕策》。

赠临洺县令皓弟[1]

陶令去彭泽[2]，茫然太古心。大音自成曲，但奏无弦琴[3]。钓水路非远，连鳌意何深。终期龙伯国，与尔相招寻[4]。

① 本篇为北上幽州途经临洺时所作，诗中流露幽州"钓鳌"之意。临洺：今河北永年。李皓：未详。

② "陶令"句：原注："时被讼停官。"此以陶潜之辞彭泽令喻李皓之停官。彭泽，今属江西。

③ 无弦琴：《晋书·陶潜传》载：陶潜解印辞官，归卧北窗之下。性不解音，而畜素琴一张，弦徽不具，每朋酒之会，则抚而和之，曰："但识琴中趣，何劳弦上声！"

④ "钓水"四句：以钓鳌喻赴幽州求官并相约偕行。《列子·汤问》载："龙伯国有大人，举足数步而至五山（海上五仙山），一钓连六鳌。"按，太白常以钓鳌为喻，因有"钓鳌客"之说。宋赵德麟《侯鲭录》六："李白开元中谒宰相，封一板，上题曰：'海上钓鳌客李白。'"

燕赵有秀色[①]

（古风其二十七）

燕赵有秀色，绮楼青云端。眉目艳皎月，一笑倾城欢[②]。常恐碧草晚，坐泣秋风寒。纤手怨玉琴，清晨起长叹。焉得偶君子，共乘双飞鸾。

① 本篇以美女求偶喻才士之期用于世。词意与《感兴》其六“西国有美女”略同，疑一诗两传。燕赵：古代燕国与赵国，多出美女。

② 倾城：《诗·大雅·瞻卬》：“哲夫成城，哲妇倾城。”意谓倾覆邦国，后指美女。南齐陆厥《中山王孺子妾歌》其一：“一笑倾城，一顾倾市。倾城不自美，倾市复为容。”

侠　客　行[①]

赵客缦胡缨[②]，吴钩霜雪明[③]。银鞍照白马，飒沓如流星。十步杀一人，千里不留行[④]。事了拂衣去，深藏身与名[⑤]。闲过信陵饮[⑥]，脱剑膝前横。将炙啖朱亥[⑦]，持觞劝侯嬴[⑧]。三杯吐然诺，五岳倒为轻。眼花耳热后，意气素霓生。救赵挥金槌，邯郸先震惊。千秋二壮士[⑨]，烜赫大梁城[⑩]。纵死侠骨香，不惭世上英。谁能书阁下，白首太玄经[⑪]！

① 本篇颂侠客之豪。“纵死侠骨香，不惭世上英”，正是作者青年时代所追求者。侠客行：乐府杂曲旧题。

② 赵客：指燕赵一带的侠客。缦胡缨：即缦胡之缨，古时武士所佩冠带。《庄子·说剑》：“（赵）太子曰：‘然吾王所见剑士，皆蓬头突鬓，垂冠缦胡之缨。’”

③ 吴钩：形似剑而曲的兵器。相传吴王阖闾命国中作金钩，有人杀其二子，以血涂金，铸成二钩，献给吴王。见《吴越春秋·阖闾内传》。

④“十步”二句：语本《庄子·说剑》：“臣之剑十步一人，千里不留行。”

⑤“事了”二句：意即功成身退。是太白所持处世态度。

⑥信陵：指信陵君，即魏公子无忌。招纳贤士，有食客三千。曾请如姬盗晋鄙兵符，以晋鄙军击退秦军，解邯郸之围，保存赵国。见《史记·魏公子列传》。

⑦朱亥：信陵君食客，原为屠户，有勇力，夺晋鄙兵时，以四十斤铁椎击杀晋鄙。

⑧侯嬴：信陵君食客，原为守城门者，献计盗符夺晋鄙军以救赵。

⑨二壮士：指朱亥与侯嬴。

⑩大梁城：魏国都城，在今河南开封。

⑪“谁能”二句：用汉扬雄事。扬雄在新莽时校书于天禄阁，晚年仿《周易》草《太玄经》。见《汉书·扬雄传》。

结　袜　子[①]

燕南壮士吴门豪，筑中置铅鱼隐刀[②]。感君恩重许君命，太山一掷轻鸿毛[③]。

① 本篇颂侠客。作者早年感恩重义，亦俨然一游侠。结袜子：乐府杂曲旧题，古词亦多颂侠义行为。

② “燕南”二句：用高渐离与专诸故事。秦灭燕，逐太子丹、荆轲之客，皆亡。高渐离变易姓名，为人傭保。以善击筑闻于秦始皇，召见，使击筑，稍益近之。因置铅筑中，及得近，举筑击始皇，不中，被诛。又：吴公子光欲杀吴王僚，伏甲士于窟室中，具酒请王僚。王僚自宫至光家皆陈兵，始赴宴。酒酣，公子光佯为足疾，入室使专诸置匕首于鱼腹之中而进之，至王前，因以匕首刺王僚，立死。左右亦杀专诸。二事均见《史记·刺客列传》。

③ “太山”句：司马迁《报任少卿书》：“人固有一死，或重于太山，或轻于鸿毛，用之所趋异也。”太山：即泰山。在今山东泰安。

行行且游猎篇[①]

边城儿，生年不读一字书，但知游猎夸轻趫[②]。胡马秋肥宜白草[③]，骑来蹑影何矜骄[④]。金鞭拂雪挥鸣鞘，半酣呼鹰出远郊。弓弯满月不虚发，双鸧迸落连飞髇[⑤]。海边观者皆辟易[⑥]，猛气英风振沙碛。儒生不及游侠人，白首下帷复何益[⑦]！

① 本篇写幽燕边城儿之骄矜豪迈，感叹文不如武，即所谓"儒生不及游侠人"。行行且游猎篇：乐府杂曲歌旧题。

② 轻趫：动作轻捷。

③ 胡马秋肥：梁简文帝《陇西行》："边秋胡马肥。"白草：《汉书·西域传》"鄯善国多白草"，颜师古注："白草，似莠而细，无芒，其干熟时正白色，牛马所嗜也。"

④ 蹑影：追赶日影，极言其速。兼指骏马名。崔豹《古今注·鸟兽》："秦始皇有七名马：追风、白兔、蹑景(影)、奔电、飞翮、铜爵、最凫。"

⑤ 鸧：指鸧鸹。大如鹤，青苍色。《列子·汤问》："蒲且子之弋也，

弱弓纤缴，乘风振之，连双鸧于青云之际。”迸落：散落。髇：鸣髇，响箭。

⑥ 辟易：惊退。

⑦ 白首下帷：用董仲舒事。《汉书・董仲舒传》：少治《春秋》，“下帷讲诵，弟子传以久次相受业，或莫见其面”。

北 风 行[1]

烛龙栖寒门,光耀犹旦开[2]。日月照之何不及此?惟有北风号怒天上来。燕山雪花大如席[3],片片吹落轩辕台[4]。幽州思妇十二月,停歌罢笑双蛾摧。倚门望行人,念君长城苦寒良可哀。别时提剑救边去,遗此虎文金鞞靫[5]。中有一双白羽箭[6],蜘蛛结网生尘埃。箭空在,人今战死不复回。不忍见此物,焚之已成灰。黄河捧土尚可塞[7],北风雨雪恨难裁。

① 本篇写幽州思妇之怨,反映东北战事。安禄山战奚契丹以扩充军力,为图谋不轨作准备,此诗隐然有所讽。北风行:乐府杂曲旧题。

② “烛龙”二句:《山海经・大荒北经》:“西北海之外,赤水之北,有章尾山,有神人面蛇身而赤,直目正乘,其瞑乃晦,其视乃明,不食不寝不息,风雨是谒,是烛九阴,是谓烛龙。”或说烛龙在雁门北委羽之山,人面龙身,视为昼,瞑为夜。见《淮南子・地形训》及高诱注。其瞑为夜(晦)视为昼(明)说法一致,即所谓“光耀犹旦开”。

寒门，传说中北方极寒之处。

③ 燕山：此泛指燕地之山。

④ 轩辕台：《山海经・大荒西经》："有轩辕之台，射者不敢西向射，畏轩辕之台。"按，黄帝与蚩尤战于冀州之野，所以河北亦有轩辕台遗迹。王琦注引《直隶名胜志》："轩辕台在保安州西南界之乔山上。"

⑤ 鞞靫：当作"鞴靫"，即步叉，箭袋。

⑥ 白羽箭：饰有白色羽毛的箭。又省称为"白羽"。《史记・司马相如列传》："弯繁弱，满白羽，射游枭。"

⑦ "黄河"句：语本《后汉书・朱浮传》："此犹河滨之人捧土以塞孟津，多见其不知量也。"

幽州胡马客歌[①]

幽州胡马客，绿眼虎皮冠。笑拂两只箭，万人不可干。弯弓若转月，白雁落云端。双双掉鞭行，游猎向楼兰[②]。出门不顾后，报国死何难。天骄五单于[③]，狼戾好凶残。牛马散北海[④]，割鲜若虎餐。虽居燕支山[⑤]，不道朔雪寒。妇女马上笑，颜如赪玉盘。翻飞射鸟兽，花月醉雕鞍。旄头四光芒[⑥]，争战若蜂攒。白刃洒赤血，流沙为之丹[⑦]。名将古谁是？疲兵良可叹。何时天狼灭[⑧]，父子得安闲。

① 本篇叙幽州健儿逐虏事，亦有感于东北边塞战争而发者。幽州胡马客歌：乐府横吹曲旧题。

② 楼兰：汉西域国名。在今新疆罗布泊之西，古城遗址尚存。

③ 天骄：指匈奴。五单于：汉宣帝以后，匈奴屡败，分立为五单于，即呼韩邪、屠耆、呼揭、车犁、乌藉。五单于互相争夺，后并于呼韩邪单于。见《汉书·匈奴传》。

④ 北海：匈奴湖名，即今贝加尔湖。

⑤ 燕支山：又称焉支山，在匈奴境内，产燕支草，因名。

⑥ 旄头：又作“髦头”，星名。古以为主胡，旄头动则胡兵大起。

⑦ 流沙：指沙漠。风吹沙可移，故称流沙。

⑧ 天狼：星名。喻贪残。《九歌·东君》：“举长矢兮射天狼。”洪兴祖补注引《晋书·天文志》：“狼一星在东井南，为野将，主侵掠。”

一百四十年[①]

（古风其四十六）

一百四十年，国容何赫然。隐隐五凤楼[②]，峨峨横三川[③]。王侯象星月，宾客如云烟。斗鸡金宫里，蹴踘瑶台边[④]。举动摇白日，指挥回青天。当涂何翕忽，失路长弃捐[⑤]。独有扬执戟，闭关草《太玄》[⑥]。

① 本篇亦颂亦讽，赞国容之盛，刺权贵之奢，且有失落感。一百四十年：极言唐祚之长，似不必坐实。

② 五凤楼：楼名，唐洛阳有五凤楼。此借指皇宫。

③ 三川：三条河合称。泛指京洛河流。

④ "斗鸡"二句：唐玄宗好斗鸡蹴踘，贵臣外戚皆尚之。

⑤ "当涂"二句：扬雄《解嘲》："当涂者升青云，失路者委沟渠。"当涂，指当权者。翕忽，疾貌。

⑥ "独有"二句：以扬雄自拟。扬执戟，指扬雄。雄曾任郎官，职掌执戟侍从。曹植《与杨德祖书》："昔扬子云，先朝执戟之臣耳。"太玄，扬雄仿《周易》撰《太玄经》。《汉书·扬雄传》载：哀帝时，依附董贤者或起家至二千石，"时扬雄方草《太玄》，有以自守，泊如也"。

天津三月时[①]

（古风其十八）

天津三月时，千门桃与李。朝为断肠花，暮逐东流水[②]。前水复后水，古今相续流。新人非旧人，年年桥上游。鸡鸣海色动，谒帝罗公侯[③]。月落西上阳[④]，馀辉半城楼。衣冠照云日，朝下散皇州[⑤]。鞍马如飞龙[⑥]，黄金络马头[⑦]。行人皆辟易[⑧]，志气横嵩丘[⑨]。入门上高堂，列鼎错珍羞[⑩]。香风引赵舞，清管随齐讴[⑪]。七十紫鸳鸯，双双戏庭幽[⑫]。行乐争昼夜，自言度千秋。功成身不退，自古多愆尤[⑬]。黄犬空叹息[⑭]，绿珠成衅雠[⑮]。何如鸱夷子，散发棹扁舟[⑯]。

① 本篇讽贵幸之骄纵而不知愆尤，谓贤者亦当知功成身退。天津：指天津桥，在洛阳城中，横跨于洛水之上。

② “天津”四句：以桃李流水起兴，言人事代谢。唐刘希夷（一名庭芝）《公子行》诗：“天津桥下阳春水，天津桥上繁华子。……可怜杨柳伤心树，可怜桃李断肠花。……”

③“鸡鸣”二句：写公侯早朝谒帝。洛阳在唐为东都，皇帝东幸，于此临朝。海色，拂晓的天色。

④西上阳：指东都宫城西南之上阳宫。亦指西上阳宫。《旧唐书·地理志》：“上阳之西，隔谷水，有西上阳宫，虹梁跨谷，行幸往来。皆高宗龙朔后置。”

⑤皇州：指帝都。此指东都洛阳。

⑥“鞍马”句：《晋书·食货志》：“车如流水，马若飞龙。”

⑦“黄金”句：古乐府成句，见《陌上桑》《鸡鸣曲》《相逢行》诸篇。

⑧辟易：惊退回避。

⑨嵩丘：即嵩山，中岳，在今河南登封。此形容贵幸骄气充溢如山。

⑩珍羞：珍贵的佳肴。

⑪“香风”二句：写贵幸退朝回家欣赏歌舞。古时赵人善舞，齐人善歌。

⑫“七十”二句：化用古乐府《相逢行》：“鸳鸯七十二，罗列自成行。”鸳鸯：疑指鸳鸯履。《中华古今注》：“汉有绣鸳鸯履，昭帝令冬至日上舅姑。”

⑬愆尤：过失，灾祸。

⑭“黄犬”句：用李斯事。李斯为赵高所诬，腰斩咸阳市中，临刑顾谓其中子曰：“吾欲与若复牵黄犬，出上蔡东门逐狡兔，岂可得乎！”见《史记·李斯列传》。

⑮“绿珠”句：用石崇事。石崇有妓曰绿珠，善吹笛。孙秀使人求

之,崇不许,秀怒,劝赵王司马伦诛崇。介士到门,绿珠投于楼下而死,崇母兄妻子无少长皆被害。见《晋书·石崇传》。

⑯ "何如"二句:用范蠡事。范蠡事越王勾践,深谋二十余年,竟灭吴,报会稽之耻。功成身退,浮海出齐,变易姓名,自谓鸱夷子皮。见《史记·越王勾践世家》。

远　别　离[①]

远别离，古有皇英之二女[②]；乃在洞庭之南，潇湘之浦[③]。海水直下万里深，谁人不言此离苦？日惨惨兮云冥冥，猩猩啼烟兮鬼啸雨。我纵言之将何补？皇穹窃恐不照余之忠诚[④]，雷凭凭兮欲吼怒[⑤]。尧舜当之亦禅禹[⑥]，君失臣兮龙为鱼[⑦]，权归臣兮鼠变虎[⑧]。或云尧幽囚[⑨]，舜野死[⑩]。九疑联绵皆相似[⑪]，重瞳孤坟竟何是[⑫]？帝子泣兮绿云间[⑬]，随风波兮去无还。恸哭兮远望，见苍梧之深山。苍梧山崩湘水绝，竹上之泪乃可灭[⑭]。

① 本篇以二妃苍梧之哭，写君臣离合，并感叹玄宗大权旁落，有龙化为鱼之虞。远离别：乐府杂曲歌辞。

② 皇英：指娥皇、女英。尧之二女，舜之二妃。

③ “乃在”二句：《水经注·湘水》：“湖水西流，迳二妃庙南，世谓之黄陵庙也。言大舜之陟方也，二妃从征，溺于湘江，神游洞庭之渊，出入潇湘之浦。”

④ 皇穹：犹言皇天。喻指朝廷。

⑤ 凭凭：形容雷声。

⑥ “尧舜”句：谓尧让舜，舜禅禹。

⑦ 龙为鱼：《说苑·正谏》：“昔白龙下清泠之渊，化为鱼，渔者豫且射中其目。”

⑧ 鼠变虎：东方朔《答客难》：“用之则为虎，不用则为鼠。”

⑨ 尧幽囚：《竹书》云：昔尧德衰，为舜所囚。见《史记·五帝本纪》张守节《正义》引《括地志》。王琦按：“太白虽用其事，而以‘或云’冠其上，以见其说之不可信也。”

⑩ 舜野死：《国语·鲁语》：“舜勤民事而野死。”韦昭注：“野死，谓征有苗，死于苍梧之野。”

⑪ “九疑”句：《山海经·海内经》：“南方苍梧之丘，苍梧之渊，其中有九疑山，舜之所葬，在长沙零陵界中。”郭璞注：“其山九谿皆相似，故云九疑。”九疑，亦作“九嶷”，山名，在今湖南宁远。

⑫ 重瞳：重瞳子，指舜。《史记·项羽本纪》：“吾闻之周生，曰舜目盖重瞳子。”

⑬ 帝子：指娥皇、女英。《九歌·湘夫人》：“帝子降兮北渚。”王逸注：“帝子，谓尧女也。”

⑭ 竹上之泪：旧题任昉《述异记》：“舜南巡，葬于苍梧之野。尧之二女娥皇女英追之不及，相与恸哭，泪下沾竹，竹上文为之斑斑然。”按，斑竹之斑，实为菌类所侵蚀而形成者。宋魏泰《临汉隐居诗

话》:“竹有黑点,谓之斑竹,非也。湘中斑竹方生时,每点上有苔封之甚固。土人斫竹,浸水中,用草穰洗去苔钱,则紫晕斓斑可爱,此真斑竹也。”

留别曹南群官之江南[1]

我昔钓白龙，放龙溪水傍[2]。道成本欲去，挥手凌苍苍。时来不关人，谈笑游轩皇[3]。献纳少成事，归休辞建章[4]。十年罢西笑[5]，揽镜如秋霜。闭剑琉璃匣，炼丹紫翠房。身佩豁落图，腰垂虎盘囊[6]。仙人借彩凤，志在穷遐荒。恋子四五人，徘徊未翱翔。东流送白日，骤歌兰蕙芳。仙宫两无从，人间久摧藏[7]。范蠡脱句践，屈平去怀王[8]。飘摇紫霞心，流浪忆江乡。愁为万里别，复此一衔觞。淮水帝王州，金陵绕丹阳[9]。楼台照海色，衣马摇川光。及此北望君，相思泪成行。朝云落梦渚，瑶草空高唐[10]。帝子隔洞庭，青枫满潇湘[11]。怀归路绵邈，览古情凄凉。登岳眺百川，杳然万恨长。却恋峨眉去，弄景偶骑羊[12]。

① 本篇为将之江南留别曹南群官之作，历叙奉诏入京前后情况，虽已入道籍，然并未飘然欲仙，故以“范蠡脱句践，屈平去怀王”为恨为幸，情怀凄凉，虽千载之下，犹为之慨然。曹南：即曹州，今山东曹县。

② “我昔”二句：用陵阳子明事。陵阳子明好钓鱼，于旋溪钓得白龙。子明惧，解钩，释而放之。后钓得白鱼，腹中有书教子明服食之法，三年，龙来迎去。见《列仙传》下。

③ 轩皇：轩辕皇帝，即黄帝。前言游仙事，故以黄帝指玄宗。游轩皇：指奉诏入京见玄宗事。

④ “献纳”二句：谓入朝未成事而去朝。献纳，指向朝廷建言以供采纳。晋潘岳《关中诗》：“愧无献纳，尸素以甚。”建章，汉宫名，代指唐宫。

⑤ 罢西笑：表示对朝廷无望。桓谭《新论》：“人闻长安乐，则出门西向而笑。”

⑥ “身佩”二句：写一副道教徒装束。豁落图，道经谓教徒修行，要佩神虎金虎符、豁落七元流金火铃。豁落，广大通达貌。太白《访道安陵遇盖寰为余造真箓临别留赠》：“七元洞豁落，八角辉星虹。”虎盘囊，虎头盘囊，系在腰间。

⑦ “仙宫”二句：谓求仙从政两无成。宫，宫庭，指从政。摧藏，挫折。

⑧ “范蠡”二句：喻自己之离开玄宗。范蠡脱句践，范蠡助越王勾践灭吴后，功成身退以远害。见《吴越春秋》六。屈平去怀王，屈原被谗，为怀王所疏，不被重用。见《史记·屈原贾生列传》。

⑨ “淮水”二句：言将游金陵。淮水，指秦淮河。流经金陵。谢朓《入朝曲》：“江南佳丽地，金陵帝王州。”丹阳，古指江宁。唐润州

改称丹阳。

⑩“朝云”二句：用巫山女神事。见宋玉《高唐赋》。梦渚，云梦之渚，泛指楚泽。

⑪“帝子”二句：用舜妃事。《楚辞·湘夫人》云：“帝子降兮北渚，……洞庭波兮木叶下。”又《招魂》：“湛湛江水兮上有枫，目极千里兮伤春心。”

⑫“却恋”二句：用葛由事。《列仙传》上：“葛由者，羌人也。周成王时，好刻木羊卖之。一旦骑羊而入西蜀，蜀中王侯贵人追之上绥山。山在峨眉山西南，高无极也。随之者不复还，皆得仙道。”有归蜀之念。

书情赠蔡舍人雄[①]

尝高谢太傅，携妓东山门[②]。楚舞醉碧云，吴歌断清猿。暂因苍生起，谈笑安黎元[③]。余亦爱此人，丹霄冀飞翻。遭逢圣明主，敢进兴亡言[④]。白璧竟何辜，青蝇遂成冤[⑤]。一朝去京国，十载客梁园[⑥]。猛犬吠九关[⑦]，杀人愤精魂。皇穹雪冤枉，白日开昏氛。太阶得夔龙[⑧]，桃李满中原。倒海索明月，凌山采芳荪[⑨]。愧无横草功[⑩]，虚负雨露恩。迹谢云台阁[⑪]，心随天马辕。夫子王佐才[⑫]，而今复谁论。层飙振六翮[⑬]，不日思腾骞[⑭]。我纵五湖棹，烟涛恣崩奔[⑮]。梦钓子陵湍，英风缅犹存。徒希客星隐，弱植不足援[⑯]。千里一回首，万里一长歌。黄鹤不复来，清风奈愁何！舟浮潇湘月，山倒洞庭波。投汨笑古人[⑰]，临濠得天和[⑱]。闲时田亩中，搔背牧鸡鹅。别离解相访，应在武陵多[⑲]。

① 本篇赠别蔡舍人并历叙应诏入长安及赐金还山后之经历与感慨，

复告将游吴越潇湘。蔡舍人雄：蔡雄似曾在长安任过中书舍人之职，故美之为“王佐才”。事迹未详。

② “尝高”二句：以谢安自拟。《世说新语·识鉴》：“谢公在东山畜妓，简文曰：‘安石必出，既与人同乐，亦不得不与人同忧。’”谢太傅，谢安死后赠太傅。东山，在今浙江上虞。

③ “暂因”二句：谓谢安为苍生而出。谢安高卧东山，朝命屡降而不动，诸人相与言曰：“安石不肯出，将如苍生何！”见《世说新语·排调》。

④ “遭逢”二句：谓应诏入京献策。两宋本、缪本、咸本，此下俱多“蛾眉积谗妒，鱼目嗤玙璠”。

⑤ “白璧”二句：陈子昂《宴胡楚真禁所》诗：“青蝇一相点，白璧遂成冤。”青蝇，喻进谗佞人。典出《诗·小雅·青蝇》。

⑥ 梁园：汉梁孝王所筑梁苑。故址在今开封、商丘之间。

⑦ “猛犬”句：宋玉《九辩》：“岂不郁陶而思君兮，君之门以九重。猛犬狺狺而迎吠兮，关梁闭而不通。”

⑧ 太阶：又作“泰阶”。三台星座。喻指朝廷。夔龙：相传为舜时两位贤臣。

⑨ “倒海”二句：谓穷力搜求人才。明月，指明月珠。芳荪，香草。均用以比喻人才。

⑩ 横草功：微功。《汉书·终军传》：“军无横草之功。”横草，言踏行草中，使草横卧，乃极易极微之事。

⑪ 云台阁：汉宫中高台峻阁。喻指朝廷。

⑫ 王佐才：辅佐帝王之才。《汉书·董仲舒传赞》："董仲舒有王佐之材，虽伊吕亡以加。"

⑬ 六翮：健羽。《战国策·楚策》："奋其六翮而凌清风，飘摇乎高翔。"

⑭ 腾骞：奋飞。

⑮ "我纵"二句：谓欲如范蠡泛舟五湖。五湖，今江苏太湖。

⑯ "梦钓"四句：用严光事。严光字子陵，少与光武同学，召为谏议大夫，不屈，隐于富春山，后人名其钓处为严陵濑。曾与光武共卧，以足加帝腹，太史奏客星犯御座。事见《后汉书·严光传》。弱植，谓君弱不堪佐。《左传·襄公三十年》"其君弱植"，孔颖达疏："植为树立，君志弱不树立也。"

⑰ 投汨：指屈原投汨罗江而死。汨，汨罗江，在今湖南东北部，汨水与罗水合流，称汨罗。

⑱ "临濠"句：谓欲如庄周得天和之乐。濠，濠上。庄子曾与惠施游于濠上，辩鱼之乐。见《庄子·秋水》。天和，《庄子·天道》："夫明白于天地之德者，此之谓大本大宗，与天和者也。与天和者，谓之天乐。"

⑲ 武陵：本陶潜《桃花源记》，地在今湖南常德。

横江词六首[①]

一

人道横江好，侬道横江恶。一风三日吹倒山，白浪高于瓦官阁[②]。

二

海潮南去过寻阳[③]，牛渚由来险马当[④]。横江欲渡风波恶，一水牵愁万里长。

三

横江西望阻西秦[⑤]，汉水东连扬子津[⑥]。白浪如山那可渡，狂风愁杀峭帆人。

四

海神来过恶风回，浪打天门石壁开[⑦]。浙江八月何如此，涛似连山喷雪来[8]。

五

横江馆前津吏迎[9]，向余东指海云生。郎今欲渡缘何事，如此风波不可行[10]。

六

月晕天风雾不开，海鲸东蹙百川回[11]。惊波一起三山动[12]，公无渡河归去来[13]。

① 本题六首，意如贯珠，犹如组诗，写风波险恶，以公无渡河作结，喻世路之艰难，是从古乐府《公无渡河》化出。横江：亦名横江浦，在今安徽和县东南，与采石矶隔江相对，为古代横渡长江的要津。

② 瓦官阁：又称瓦棺阁。原为瓦官寺阁，南朝梁建，高二百四十尺，在今南京西南花露冈一带。杨齐贤注引《瓦官寺碑》："江左之寺，莫先于瓦官。晋武帝时，建以瓦官故地，故名瓦官，讹而为'棺'。或云昔有僧，诵经于此，既死，葬以虞氏之棺，墓上生莲花，故曰瓦棺。中有瓦棺阁，高二十五丈。唐为升元阁。"

③ 寻阳：唐之江州，今江西九江。古代海潮可直抵寻阳。

④ 牛渚：牛渚矶。在今安徽马鞍山。陆游《入蜀记》二：“采石，一名牛渚，与和州对岸。江面比瓜州为狭，故隋韩擒虎平陈及本朝曹彬下南唐，皆自此渡。然微风辄浪作，不可行。”马当：即马当山。在今江西彭泽东北长江之滨。古时为江行险阻。

⑤ 西秦：古秦中，今陕西。此代指长安。

⑥ 汉水：源出汉中，流经陕南，至湖北汉口入长江。此兼指长江。扬子津：在今江苏扬州南，为古代渡江要津。

⑦ 天门：天门山。博望、梁山东西隔江对峙如门，故称天门。在今安徽马鞍山当涂西南。

⑧ “浙江”二句：谓浙江八月海潮不及天门山风浪之恶。浙江，今之钱塘江。农历八月十八潮最盛。

⑨ 横江馆：亦名采石驿，渡口驿馆。今马鞍山采石犹有横江馆路。津吏：古代掌管舟梁之事的官吏。

⑩ “郎今”二句：梁简文帝《乌栖曲》：“采莲渡头碍黄河，郎今欲渡畏风波。”

⑪ “海鲸”句：木华《海赋》谓横海之鲸“翕波则洪涟踧蹜，吹涝则百川倒流”。

⑫ 三山：即三山矶，在今江苏南京雨花台区。临长江：为古时津戍。

⑬ 公无渡河：化用乐府古题《公无渡河》。

酬殷明佐见赠五云裘歌[①]

我吟谢朓诗上语，朔风飒飒吹飞雨[②]。谢朓已没青山空[③]，后来继之有殷公[④]。粉图珍裘五云色，晔如晴天散彩虹。文章彪炳光陆离，应是素娥玉女之所为[⑤]。轻如松花落金粉，浓似锦苔含碧滋。远山积翠横海岛，残霞飞丹映江草。凝毫采掇花露容，几年功成夺天造。故人赠我我不违，著令山水含清晖[⑥]。顿惊谢康乐[⑦]，诗兴生我衣。襟前林壑敛暝色，袖上云霞收夕霏[⑧]。群仙长叹惊此物，千崖万岭相萦郁。身骑白鹿行飘摇，手翳紫芝笑披拂[⑨]。相如不足夸鹔鹴[⑩]，王恭鹤氅安可方[⑪]！瑶台雪花数千点，片片吹落春风香。为君持此凌苍苍，上朝三十六玉皇[⑫]。下窥夫子不可及，矫手相思空断肠[⑬]。

① 本篇当是游当涂时殷明佐以绣有粉图山水之五云裘赠之，因赋诗以答。殷明佐：缪本作“殷佐明”。然则，曾与颜真卿、李崿、袁高、陆士修、蒋志诸人作《三言拟五杂组联句》，见《全唐诗》，其名下注“正字”，或曾官秘书正字。

② “我吟”二句：谢朓《观朝雨》诗：“朔风吹飞雨，萧条江上来。”

③ 青山：在当涂东南。谢朓曾筑宅于此，后世又名谢公山。

④ 殷公：指题中殷明佐。其时殷居当涂，善诗，故以谢拟之。

⑤ “应是”二句：谓五云裘之制作巧夺天工，如神仙所为。素娥，嫦娥。玉女，仙女。

⑥ 山水含清晖：谢灵运《石壁精舍还湖中作》中成句。

⑦ 谢康乐：谢灵运曾袭封康乐公。

⑧ “襟前”二句：嵌入谢灵运《石壁精舍还湖中作》成句：“林壑敛暝色，云霞收夕霏。”

⑨ “身骑”二句：化用曹植《飞龙篇》：“乘彼白鹿，手翳芝草。”有飘然欲仙之意。

⑩ 相如：指汉司马相如。鹔鹴：指鹔鹴裘。刘歆《西京杂记》二：“司马相如初与卓文君还成都，居贫愁懑，以所著鹔鹴裘就市人阳昌贳酒与文君为欢。”

⑪ 王恭鹤氅：《世说新语·企羡》：“孟昶未达时，家在京口，尝见王恭乘高舆，被鹤氅裘，叹曰：‘此真神仙中人。’”王恭，字孝伯，晋武帝时曾任前将军及兖、青二州刺史。鹤氅，羽毛制成的裘。

⑫ “为君”二句：谓欲持裘上天朝玉皇。凌苍苍，上天。三十六玉皇，指道家所谓三十六天之帝王。玉皇，天帝。

⑬ 矫手：手高高举起。萧本作“矫首”。

当涂赵炎少府粉图山水歌[①]

峨眉高出西极天[②]，罗浮直与南溟连[③]。名工绎思挥彩笔，驱山走海置眼前。满堂空翠如可扫，赤城霞气苍梧烟[④]。洞庭潇湘意渺绵[⑤]，三江七泽情洄沿[⑥]。惊涛汹涌向何处，孤舟一去迷归年。征帆不动亦不旋，飘如随风落天边。心摇目断兴难尽，几时可到三山巅[⑦]？西峰峥嵘喷流泉，横石蹙水波潺湲[⑧]。东崖合沓蔽轻雾[⑨]，深林杂树空芊绵[⑩]。此中冥昧失昼夜，隐几寂听无鸣蝉。长松之下列羽客[⑪]，对座不语南昌仙[⑫]。南昌仙人赵夫子，妙年历落青云士。讼庭无事罗众宾，杳然如在丹青里。五色粉图安足珍，真仙可以全吾身。若待功成拂衣去，武陵桃花笑杀人[⑬]。

① 本篇赞赵少府粉图山水之“驱山走海”，画笔如此，其诗笔亦如此。其写山水，终归于全身隐退，实则其时诗人犹有立功之志。当涂赵炎少府，当是作者于当涂结交友人，过从颇密。本篇外又有《寄当涂赵少府炎》《送当涂赵少府赴长芦》诗及《春于姑熟送赵四流炎方序》一文。当涂：今为安徽马鞍山属县。

② 峨眉：峨眉山。在今四川乐山。主峰高三千多米。

③ 罗浮：罗浮山。主峰在今广东博罗西北。为粤中名山，道教列为第七洞天。南溟：南海。

④ 赤城：赤城山。在今浙江天台。山为火烧岩，色红如霞，故云“赤城霞气”。苍梧：苍梧山。又名九嶷山。在今湖南宁远。相传苍梧为云出处，故曰“苍梧烟”。

⑤ 洞庭：洞庭湖。在今湖南长江南岸。潇湘：湖南永州潇水与湘水汇合处。此泛指湖南诸水。

⑥ 三江七泽：泛指江湖。七泽：古称楚有七泽，云梦为其二。

⑦ 三山：指海中蓬莱、方丈、瀛洲三座仙山。

⑧ 蹙水：急流。潺湲：水流貌。

⑨ 合沓：山崖重叠貌。

⑩ 芊绵：茂密幽深貌。

⑪ 羽客：指道士。道士服羽衣，因称羽客。

⑫ 南昌仙：指汉代梅福。梅福字子真，为郡文学，后补南昌尉。王莽专政，福舍妻子而去，得道成仙。见《汉书·梅福传》。

⑬ “若待”二句：意谓不必功成始身退。武陵桃花，典出陶潜《桃花源记》。左思《咏史》云：“功成不受爵，长揖归田庐。”谢榛《四溟诗话》谓末二句“善于翻案”。按，其时赵少府或者竟已“以疾恶抵法”（《春于姑熟送赵四流炎方序》），有左迁之危，故劝其“全身”，不待“功成拂衣”，以慰其恶怀。

独坐敬亭山[①]

众鸟高飞尽，孤云独去闲[②]。相看两不厌，只有敬亭山。

① 诗写敬亭山独坐，与山对望，两相不厌，其厌世愤世之情，自在言外。敬亭山：在宣城西北郊。太白曾寄居于敬亭山下。

② 孤云：喻闲逸逍遥之人。

宣州谢朓楼饯别校书叔云[①]

弃我去者昨日之日不可留,乱我心者今日之日多烦忧。长风万里送秋雁,对此可以酣高楼。蓬莱文章建安骨[②],中间小谢又清发[③]。俱怀逸兴壮思飞,欲上青天览明月。抽刀断水水更流,举杯消愁愁更愁。人生在世不称意,明朝散发弄扁舟[④]。

① 题一作《陪侍御叔华登楼歌》。诗写宣州高楼酣饮,以忧发端,中怀谢朓,忽起逸兴,复归于愁,终以退隐作结。思绪起伏,变幻莫测,正表现其出处的矛盾心情。宣州:今安徽宣城。谢朓楼:又称北楼,更名叠嶂楼。即谢朓为宣城太守时之高斋。故址在今安徽宣城陵阳山。校书:校书郎。叔云:李云。太白尊称为长辈。或以为另题为是,当作李华。华字遐叔,天宝十一载官监察御史,转侍御史。

② 蓬莱文章:指东观经籍。《后汉书·窦章传》:"是时学者称东观为老氏藏室,道家蓬莱山。"此谓汉代文章。建安骨:谓建安诗歌风骨。建安,东汉末献帝年号。

③ 小谢：指谢朓。南齐著名诗人，诗风清新，李白为之倾倒。唐人称谢灵运为大谢，谢朓为小谢。

④ 弄扁舟：用范蠡泛舟五湖事。见《史记·货殖列传》。

过崔八丈水亭[①]

高阁横秀气，清幽并在君。檐飞宛溪水[②]，窗落敬亭云[③]。猿啸风中断，渔歌月里闻。闲随白鸥去，沙上自为群。

① 本篇颂崔八丈之水亭，颇富清幽闲逸之致，当是合崔八情趣。崔八丈水亭：在宣城，水亭高阁当在城东宛溪之滨，为崔八之栖隐处。太白居宣城应是水亭常客。

② 宛溪：流经宣城东。

③ 敬亭：敬亭山。又称昭亭山。在宣城西北。

赠崔司户文昆季[①]

双珠出海底，俱是连城珍。明月两特达，馀辉傍照人。英声振名都，高价动殊邻[②]。岂伊箕山故，特以风期亲[③]。惟昔不自媒，担簦西入秦[④]。攀龙九天上，忝列岁星臣[⑤]。布衣侍丹墀，密勿草丝纶[⑥]。才微惠渥重[⑦]，谗巧生缁磷[⑧]。一去已十年，今来复盈旬。清霜入晓鬓，白露生衣巾。侧见绿水亭[⑨]，开门列华茵。千金散义士，四座无凡宾。欲折月中桂[⑩]，持为寒者薪。路旁已窃笑，天路将何因？垂恩傥丘山，报德有微身。

① 本篇当是南游宣城赠崔文司户兄弟，诗中述及奉诏入京被谗还山事，并有干谒之意。崔司文户昆季：崔文或即宣城司户参军，八品。作者预崔八水亭之宴，因有是赠。又有《过崔八丈水亭》及《送崔氏昆季之金陵》(一作《秋夜崔八丈水亭送崔二》)，当是一时之作。

② “双珠”六句：赞崔文兄弟。连城，指价值连城。魏文帝《与钟大理(繇)书》：“不烦一介之使，不损连城之价。”明月，指明月珠。特

达，美貌。

③ “岂伊”二句：意谓岂是谦让退隐，但示风期亲否。指出处态度，谓二崔，亦自谓。箕山，在今河南登封，为古代许由让天下退隐之处。风期，风度，此似指机遇。作者《梁父吟》“风期暗与文王亲”，谓姜尚之遇文王，此“风期亲”意同。

④ “担簦”句：谓奉诏入京。簦，笠之有柄者。

⑤ 岁星臣：指东方朔。《太平广记》六引《洞冥记》：“帝仰天叹曰：‘东方朔生在朕傍十八年，而不知是岁星哉。’惨然不乐。”太白在翰林，常以东方朔自喻。

⑥ 密勿：勤勉努力。草丝纶：起草诏令。丝纶，指王言。《礼记·缁衣》：“王言如丝，其出如纶；王言如纶，其出如綍。”

⑦ 惠渥：恩泽。

⑧ 缁磷：《论语·阳货》：“不曰坚乎？磨而不磷；不曰白乎？涅而不缁。”意谓受污损。

⑨ 绿水亭：当是宣城崔八丈之水亭。

⑩ 月中桂：古神话谓月中有桂树。见《初学记》一引晋虞喜《安天论》。

秋登宣城谢朓北楼[①]

江城如画里，山晚望晴空。两水夹明镜[②]，双桥落彩虹[③]。人烟寒橘柚，秋色老梧桐。谁念北楼上，临风怀谢公[④]。

① 本篇为宣城登谢朓楼有怀谢朓而作，有物是人非之慨。宣城：今属安徽。谢朓：南齐著名诗人，曾任宣城太守。北楼：即谢朓之高斋，人称谢朓楼，故址在今陵阳山上。

② 两水：指城东之宛溪与句溪。

③ 双桥：指隋朝于宛溪上所建之凤凰、济川二桥。见《江南通志》。

④ 谢公：指谢朓。

寄崔侍御[①]

宛溪霜夜听猿愁[②],去国长如不系舟[③]。独怜一雁飞南海[④],却羡双溪解北流[⑤]。高人屡解陈蕃榻[⑥],过客难登谢朓楼[⑦]。此处别离同落叶,明朝分散敬亭秋[⑧]。

① 本篇寄赠崔成甫,当是送崔离宣城赴湘阴贬所,感情十分复杂,充满失落感。崔侍御:指崔成甫。崔沔之子,进士出身。天宝初由陕县尉擢摄监察御史。后以韦坚案受累贬湘阴。在长安时与太白相识。崔由湘阴至金陵、宣城。太白曾与交接同游,并赠诗多首。

② 宛溪:源出宣城东南峄山,绕宣城之东,北流与句溪合,汇于青弋江,入长江。

③ 去国:指离开长安。不系舟:喻漂泊不定。《庄子·列御寇》:“泛若不系之舟,虚而遨游者也。”

④ 一雁飞南海:喻崔成甫返湘阴。

⑤ 双溪:指宣城之东的宛溪与句溪。北流:双溪均北流。以溪之北流反衬二人未能重返长安的失意心情。

⑥ “高人”句：典出《后汉书·徐稚传》：“（太守陈）蕃在郡不接宾客，唯稚来特设一榻，去则悬之。”谓宣城宇文太守以崔成甫为上宾。

⑦ “过客”句：写自己的失落感。太白另有《宣城九日闻崔四侍御与宇文太守游敬亭余时登响山不同此赏醉后寄崔侍御二首》，其一有云：“咫尺不可亲，弃我如遗舄。”谢朓楼，即北楼，故址在今安徽宣城陵阳山。

⑧ 敬亭：敬亭山。在宣城西北郊。太白游宣城曾寄居敬亭山下。

听蜀僧濬弹琴[①]

蜀僧抱绿绮[②]，西下峨眉峰[③]。为我一挥手，如听万壑松。客心洗流水[④]，馀响入霜钟[⑤]。不觉碧山暮，秋云暗几重。

① 本篇写听琴，一气挥洒，自然入妙。琴声与景色，两相融合，隐含一种清愁。蜀僧濬：当是《赠宣州灵源寺仲濬公》之仲濬。然则诗当作于宣城。

② 绿绮：琴名。汉司马相如有绿绮琴。见晋傅玄《琴赋序》。

③ 峨眉峰：即峨眉山。在今四川乐山。

④ 流水：《吕氏春秋·本味》载：伯牙鼓琴，钟子期听之。其志在流水，钟子期曰："善哉乎鼓琴，汤汤乎若流水。"

⑤ 霜钟：《山海经·中山经》：丰山"有九钟焉，是知霜鸣"，郭璞注："霜降则钟鸣，故言知也。"

游水西简郑明府[①]

天宫水西寺，云锦照东郭。清湍鸣回溪，绿竹绕飞阁。凉风日潇洒，幽客时憩泊。五月思貂裘，谓言秋霜落。石萝引古蔓，岸笋开新箨。吟玩空复情，相思尔佳作。郑公诗人秀，逸韵宏寥廓。何当一来游，惬我雪山诺[②]。

① 本篇写水西山景色幽清，气候宜人，夏凉如秋，因约郑明府来游，以论诗文。水西：指天宫水西寺，在今安徽泾县之西五里水西山中，寺址尚存。郑明府：或说即溧阳县令郑晏。作者《溧阳濑水贞义女碑铭序》云："邑宰郑公名晏，家康成之学，世子产之才，琴清心闲，百里大化。"

② 雪山诺：典出佛教故事。释迦牟尼于雪山修行，称雪山童子，又称雪山大士，终得罗刹半偈，而超越十二劫。见《涅槃经》十四"圣行品"。雪山，指喜马拉雅山。

赠　汪　伦[1]

李白乘舟将欲行，忽闻岸上踏歌声[2]。桃花潭水深千尺[3]，不及汪伦送我情！

① 题一作《桃花潭别汪伦》。宋本题下注云："白游泾县桃花潭，村人汪伦常酝美酒以待白。伦之裔孙至今宝其诗。"本篇信手拈来，情景真切，便成千古绝调。

② 踏歌：连手踏足而歌。《旧唐书·睿宗纪》："上元日夜，上皇御安福门观灯，出内人连袂踏歌。"

③ 桃花潭：在今安徽泾县。

新林浦阻风寄友人[①]

潮水定可信，天风难与期。清晨西北转，薄暮东南吹。以此难挂席，佳期益相思。海月破圆景，菰蒋生绿池[②]。昨日北湖梅[③]，开花已满枝。今朝白门柳[④]，夹道垂青丝。岁物忽如此，我来定几时。纷纷江上雪，草草客中悲。明发新林浦，空吟谢朓诗[⑤]。

① 题一作《金陵阻风雪书怀寄杨江宁》，两题均见于《文苑英华》，字句小异而大同，故编集合为一诗。综观二题，本篇当是寄江宁宰杨利物，言于新林浦阻风雪，未能如期至金陵。新林浦：发源于牛首山，在金陵西南二十里。

② 菰蒋：俗称茭白。

③ 北湖：即玄武湖。在金陵之北。

④ 白门：指金陵城西门。西属金，金色白，故名。亦借指金陵。

⑤ 谢朓诗：谢朓有《暂使下都夜发新林至京邑赠西府同僚》，又有《之宣城郡出新林浦向板桥》。谢朓，南齐诗人，其诗清新隽永，太白为之倾倒。

哭晁卿衡[1]

日本晁卿辞帝都,征帆一片绕蓬壶[2]。明月不归沉碧海[3],白云愁色满苍梧[4]。

① 本篇乃虚闻日本晁衡归国于海上遇难所作悼诗,情深意挚,千载之下,犹足感人。晁卿衡:晁衡,又作"朝衡",即阿倍仲麻吕,唐时译作仲满。开元初随日本遣唐使来长安,请儒士授经,历仕左补阙、仪王友、秘书监等职。天宝十二载冬随遣唐使归国,至琉球遇风,漂流安南,后复至长安。时误传溺死海中。

② 蓬壶:即蓬莱。海上仙山。

③ 明月:指明月珠,释氏称明月摩尼,以为月之精。此喻晁衡。

④ 苍梧:指云出处。《艺文类聚》一引《归藏》:"有白云出自苍梧,入于大梁。"此以苍梧云喻愁。

送王屋山人魏万还王屋[①]

仙人东方生，浩荡弄云海。沛然乘天游，独往失所在[②]。魏侯继大名[③]，本家聊摄城[④]。卷舒入元化，迹与古贤并。十三弄文史，挥笔如振绮。辩折田巴生，心齐鲁连子[⑤]。西涉清洛源[⑥]，颇惊人世喧。采秀卧王屋，因窥洞天门[⑦]。朅来游嵩峰[⑧]，羽客何双双[⑨]！朝携月光子[⑩]，暮宿玉女窗[⑪]。鬼谷上窈窕[⑫]，龙潭下奔潨[⑬]。东浮汴河水[⑭]，访我三千里。逸兴满吴云，飘摇浙江汜[⑮]。挥手杭越间[⑯]，樟亭望潮还[⑰]。涛卷海门石[⑱]，云横天际山。白马走素车，雷奔骇心颜[⑲]。遥闻会稽美[⑳]，一弄耶溪水[㉑]。万壑与千岩，峥嵘镜湖里[㉒]。秀色不可名，清辉满江城。人游月边去，舟在空中行[㉓]。此中久延伫，入剡寻王许[㉔]。笑读曹娥碑，沉吟黄绢语[㉕]。天台连四明，日入向国清。五峰转月色，百里行松声[㉖]。灵溪恣沿越[㉗]，华顶殊超忽[㉘]。石梁横青天，侧足履半月[㉙]。眷然思永嘉[㉚]，不惮海路赊。挂席历海峤，回瞻赤城霞[㉛]。赤城渐微没，孤屿前峣兀[㉜]。水续万古流，亭空千霜月。缙云川谷难，石门最可观。瀑布挂北斗，莫穷此水端。喷壁洒素雪，空濛生昼寒[33]。却思恶溪去，宁惧恶溪恶[34]。咆哮七十滩，水石相喷薄[35]。路创李北海，岩开谢康乐[36]。松风和猿声，搜索连洞壑。径出梅花桥[37]，双溪纳归潮[38]。落帆金华岸，赤松若可招[39]。沈约八咏楼，城西孤岧峣[40]。岧峣四荒外，旷望群川会。云卷天地开，波连浙西大。乱流新安口[41]，北指严光濑[42]。钓台碧云中，邈与苍岭对[43]。稍稍来吴都[44]，徘徊上姑苏[45]。烟绵横九疑[46]，漭荡见五湖[47]。目极心更远，悲歌但长吁。回桡楚江滨，挥策扬子津[48]。身著日本裘，昂藏出风尘[49]。五月造我语，知非儓儗人[50]。相逢乐无限，水石日在眼。徒干五诸侯，不致百金产。吾友扬子云，弦歌播清芬。虽为江宁宰，好与山公群。乘兴但一行，且知我爱君[51]。君来几何时？仙台应有期[52]。东窗绿玉树，定长三五枝。至今天坛人[53]，当笑尔归迟。我苦惜远别，茫然使心悲。黄河若不断，白首长相思[54]。

① 题下有序云："王屋山人魏万，云自嵩宋沿吴相访，数千里不遇。乘兴游台越，经永嘉，观谢公石门。后于广陵相见。美其爱文好古，浪迹方外，因述其行而赠是诗。"序一作："见王屋山人魏万，云自嵩历兖，游梁入吴，计程三千里，相访不遇。因下江东寻诸名

山，往复百越。后于广陵一面，遂乘兴共过金陵。此公爱奇好古，独出物表，因述其行李，遂有此作。”二序大同小异，唯另本述及共过金陵事，甚切诗意。故分手乃在金陵，魏万有《金陵酬翰林谪仙子》诗，诗中有云：“惕然意不尽，更逐西南去。同舟入秦淮，建业龙盘处。”本篇历叙魏万行程及广陵相逢约游金陵之事。从侧面可证太白行踪。王屋山：一名天坛山，其山三重，形状如屋，故名。在今河南济源。为道教名山，司马承祯与玉真公主均来此修道。魏万：号王屋山人，后更名颢。崇拜李白，始见于广陵，白曰：“尔后必著大名于天下，无忘老夫与明月奴。”因尽出其文，托为编集，后编为《李翰林集》，今佚，存序。

② “仙人”四句：一作：“东方不辞家，独访紫泥海。时人少相逢，往往失所在。”东方生，指东方朔。汉武帝侍臣，以滑稽知名，方士附会为神仙。《汉武内传》：“东方朔一旦乘龙飞去，同时众人见从西北冉冉上，仰望良久，大雾覆之，不知所适。”

③ “魏侯”句：典出《左传·闵公元年》：晋侯赐毕万魏，以为大夫，卜偃曰：“毕万之后必大，万，盈数也；魏，大名也。以是始赏，天启之矣。天子曰兆民，诸侯曰万民。今名之大，以从盈数，其必有众。”此借喻魏万之继魏大夫之大名。

④ 聊摄城：聊城与摄城。今山东聊城，古称聊摄。为魏万原籍。

⑤ “辩折”二句：以鲁连子喻魏万之善辩。《太平御览》四六四引《鲁连子》：田巴为齐之善辩者，一日服千人。徐劫弟子鲁连，年十

二,请与田巴辩,曰:“楚军南阳,赵氏伐高唐,燕人十万之众在聊城而不去,国亡在旦暮耳,先生将奈何?”田巴曰:“无奈何。”鲁连曰:“夫危不能为安,亡不能为存,则无为贵学士矣。今臣将罢南阳之师,还高唐之兵,却聊城之众,为所贵谈,谈者甚若此也。如先生之言,有似枭鸣,出声而人恶之,愿先生勿复谈也。”田巴为之折服,杜口易业,终身不复谈。

⑥ 清洛:即洛水。黄河支流。

⑦ 洞天:道教称王屋山为天下第一洞天。其上有小有清虚洞天。“洞天门”指此。

⑧ 朅来:去。“来”字为语助词。嵩峰:指中岳嵩山。在今河南登封。

⑨ 羽客:指道士。

⑩ 月光子:传说中的仙童。《仙经》谓云光童子、月光童子,常往来于天台、嵩山之间。见《艺文类聚》七。

⑪ 玉女窗:相传嵩山有玉女窗,汉武帝曾于窗中见玉女。宋以后失传。

⑫ 鬼谷:相传战国时鬼谷先生曾隐居于此。在今河南登封之北。窈窕:山水深邃貌。郭璞《江赋》:“幽岫窈窕。”

⑬ 龙潭:指九龙潭。嵩山东岩九潭上下相承,称九龙潭。为武则天皇后避暑之处。潨:水会流。

⑭ 汴河水:汴水。源出荥阳,北入黄河。

⑮ 浙江：今钱塘江。汜：水边。

⑯ 杭越：指今浙江杭州、绍兴一带。

⑰ 樟亭：亦称樟楼，后称浙江亭。古为观钱塘江大潮之处。故址在今杭州钱塘江边。

⑱ 海门：古时钱塘江经龛山与赭山之间，两山夹峙，潮来如束，声势倍增，极为壮观。今江改道，海门已为陆地。属今浙江萧山。

⑲ "白马"二句：写钱塘潮之壮观。枚乘《七发》形容广陵潮曰："其少进也，浩浩溰溰，如素车白马，帷盖之张"，"凌赤岸，篲扶桑，横奔似雷行。"

⑳ 会稽：今浙江绍兴。

㉑ 耶溪：即若耶溪。在今绍兴之南。

㉒ "万壑"二句：写会稽山水之美。《世说新语·言语》："顾长康从会稽还，人问山川之美，顾云：'千岩竞秀，万壑争流，草木蒙笼其上，若云兴霞蔚。'"镜湖，又名鉴湖，在今绍兴。

㉓ "人游"二句：写泛舟镜湖感觉。南朝陈释惠标《咏水诗》："舟如空里泛，人似镜中行。"

㉔ "此中"二句：写入剡中访古。王许，指王羲之与许询，均东晋名士，曾隐于剡中沃洲山。

㉕ "笑读"二句：谓经曹娥江读曹娥碑。曹娥，后汉孝女，父死江中，女号哭入水抱出父尸，亦溺死。县令为立碑，蔡邕经此，于碑上题"黄绢幼妇，外孙齑臼"八字隐语，后杨修解为"绝妙好辞"。见《世

说新语·捷悟》。

㉖“天台”四句：写天台国清寺景色。四明，四明山，天台山支脉，在今浙江宁波西南。国清，国清寺，隋智䫖所建，在天台山南麓。五峰，指国清寺周围的五座小山峰：八桂、灵禽、祥云、灵芝、映霞。

㉗灵溪：在今浙江天台北。孙绰《游天台山赋》：“过灵溪而一濯，疏烦想于心胸。”

㉘华顶：天台山最高峰。高一万八千丈。

㉙“石梁”二句：写过石桥。石梁，即石桥，在天台山上方广寺与下方广寺之间，横架于深涧之上。为天然巨石，石面尺余，非胆大者不敢过。

㉚永嘉：永嘉郡，即今温州。

㉛赤城：山名，在天台山下，为火烧岩构成，形如雉堞，色如红霞。

㉜孤屿：在今浙江温州之北瓯江中。今名江心屿，有江心寺。谢灵运《登江中孤屿》诗：“孤屿媚中川。”

㉝“缙云”六句：写缙云石门瀑布。缙云，今属浙江。石门，石门山，今在浙江青田。两峰对峙如门，西南高谷有瀑布，泉自上潭落天壁入下潭，约八十丈。

㉞恶溪：即丽水。源出大盘山。今名好溪。

㉟“咆哮”二句：写恶溪滩濑之湍急险恶。七十滩，据《元和郡县图志》载，恶溪九十里间有五十六濑。

㊱“路创”二句：一作：“岭路始北海，岩诗题康乐。”太白自注：“李公

邕昔为括州，开此岭路。恶溪有谢康乐题诗处。”李北海，即李邕，曾任北海太守。开元二十三年为括州刺史。见《旧唐书·李邕传》。谢康乐，即谢灵运。缙云有康乐岩，为康乐游宴处。或即题诗处。

㊲ 梅花桥：梅花溪上的桥。今浙江金华有梅花溪。

㊳ 双溪：金华之南有双溪，一曰东港，一曰南港。东港源出东阳，南港源出缙云，二流会于金华城下，故称双溪。

㊴ “落帆”二句：谓至金华山寻赤松子。金华，山名，在今浙江金华之北。《元和郡县图志》二十六：“金华山在县北二十里，赤松子得道处。”赤松，即赤松子。葛洪《神仙传》载：赤松子原名黄初平，牧羊于金华山，一道士携至石室，服食松脂茯苓，得道成仙，更名赤松子。

㊵ “沈约”二句：写沈约金华遗迹八咏楼。沈约，南齐诗人，曾任东阳太守。八咏楼，本名玄畅楼。沈约任东阳太守时题八诗于玄畅楼，后人改名八咏楼。楼址金华城西。岧峣，高峻貌。

㊶ 乱流：横渡。新安口：新安江口。新安江为钱塘江支流。

㊷ 严光濑：即七里濑。东汉隐士严光隐居于此，因名严光濑，又称严陵濑。在今浙江桐庐之南。

㊸ “钓台”二句：谓严光钓台遥对苍岭。钓台，在严陵山，东西两钓台，各高数百丈，下临严光濑。苍岭，即括苍山。主峰在浙江临海西南。

㊹ 吴都：指今江苏苏州。

㊺ 姑苏：指姑苏台。故址在今苏州灵岩山。

㊻ 九疑：山名，亦名苍梧。古以苍梧为云出处。句意谓烟云横于九疑。重在烟云，非九疑。眼前所见为烟云。

㊼ 漭荡：浩渺。五湖：指太湖。

㊽ 扬子津：扬州之南长江渡口。六朝都于金陵，以横江为西津，以扬子为东津。

㊾ “身著”二句：写魏万装束。日本裘，太白自注：“裘则朝卿所赠，日本布为之。”昂藏，气宇轩昂。

㊿ 儓儗：痴呆貌。

51 “吾友”六句：约游江宁，访江宁令。扬子云，汉扬雄。此借喻江宁令杨利物。太白有《江宁宰杨利物画赞》。弦歌，孔子弟子子游为武城宰，弦歌以教民。山公，晋名士山简，曾醉酒习家池。此太白自指。

52 仙台：指天仙所居之处。

53 天坛：即天坛山。王屋山主峰。

54 “黄河”二句：王琦注：“此是倒装句法，谓白首相思，若黄河之水，终无断绝时耳。”按，不必作倒装解，知河不可断而假设其可断而不断，宛转递进，以增强“长相思”之情，十分善于心理表达。

清　溪　行[1]

清溪清我心，水色异诸水。借问新安江，见底何如此[2]？人行明镜中，鸟度屏风里[3]。向晚猩猩啼，空悲远游子。

① 本题与《入清溪山》一首合题为《宣城清溪二首》，写游清溪情景。清溪：在秋浦之北，源出考溪，经郡城入大江。

② “借问”二句：谓其清胜于新安江。新安江，一名歙江，源出今安徽歙县，与兰溪合，东入浙江，其水极清。沈约有《新安江水至清浅深见底贻京邑游好》诗。

③ “人行”二句：陈释惠标《咏水诗》：“舟如空里泛，人似镜中行。”各取眼前景而自成佳句，不须因袭。

秋　浦　歌[1]（十七首选六）

一

秋浦长似秋，萧条使人愁。客愁不可度，行上东大楼[2]。正西望长安，下见江水流。寄言向江水，汝意忆侬不？遥传一掬泪，为我达扬州[3]。

二

秋浦猿夜愁，黄山堪白头[4]。青溪非陇水，翻作断肠流[5]。欲去不得去，薄游成久游[6]。何年是归日，雨泪下孤舟。

三

两鬓入秋浦，一朝飒已衰。猿声催白发，长短尽成丝。

四

江祖一片石[7]，青天扫画屏。题诗留万古，绿字锦苔生。

五

炉火照天地,红星乱紫烟[⑧]。赧郎明月夜[⑨],歌曲动寒川。

六

白发三千丈,缘愁似箇长。不知明镜里,何处得秋霜[⑩]!

① 本题十七首,皆写流落秋浦时生活情景。此选其一、其二、其四、其九、其十四、其十五,计六首,多写愁情,唯“炉火”一首写铜坑冶炼场景,情调较高。秋浦:唐县名,属宣州,今安徽贵池。

② 大楼:大楼山,在今安徽贵池之南四十里。嘉靖《池州府志》谓其山“孤撑碧落,若空中楼阁之象”。

③ 扬州:今属江苏。奚禄诒曰:“望长安矣,而结云达扬州者,盖长安之途所经处也。”(见詹锳《李白诗文系年》)按,唐代水路有自扬州由江转淮入河者。

④ 黄山:指秋浦河边的黄山岭。在今安徽贵池之南七十里,近虾湖。

⑤ “青溪”二句：古乐府《陇头歌辞》：“陇头流水，鸣声幽咽。遥望秦川，心肝断绝。”此反用其意。青溪，此指秋浦河。陇水，陇头流水。

⑥ 薄游：暂游。

⑦ 江祖：指江祖石。在今贵池清溪秋浦河边，隔溪对万罗山。即作者《独酌清溪江石上寄权昭夷》诗所说“我携一樽酒，独上江祖石”之江祖石。

⑧ “炉火”二句：指采矿冶炼之火。王琦注：“琦考《唐书·地理志》，秋浦固产银、产铜之区，所谓‘炉火照天地，红星乱紫烟’者，正是开矿处冶铸之火乃足当之。”其否定丹火之说甚是。

⑨ 赧郎：指冶炼工人。炉火映红其脸如含羞然，故称。

⑩ 秋霜：喻白发。王琦云：“起句奇甚，得下文一解，字字皆成妙义。洵非仙才，那能作此。”

凤飞九千仞[①]

（古风其四）

凤飞九千仞，五章备彩珍[②]。衔书且虚归，空入周与秦[③]。横绝历四海，所居未得邻。吾营紫河车[④]，千载落风尘。药物秘海岳，采铅青溪滨[⑤]。时登大楼山[⑥]，举首望仙真。羽驾灭去影，飙车绝回轮[⑦]。尚恐丹液迟[⑧]，志愿不及申。徒霜镜中发，羞彼鹤上人。桃李何处开，此花非我春。惟应清都境[⑨]，长与韩众亲[⑩]。

① 本篇作于秋浦，托言游仙炼药，实乃写大楼山采矿冶炼之业。

② “凤飞”二句：以凤凰自喻，夸其文才。五章，五种色彩。

③ “衔书”二句：暗喻长安之行失意而归。语本《春秋元命包》：“火离为凤皇，衔书游文王之都，故武王受凤书之纪。”

④ 紫河车：道家谓修炼而成的紫色玉液，为长生不老之药。《钟吕传道集》：“及夫金液、玉液，还丹而后炼形，炼形而后炼气，炼气而后炼神，炼神合道，方曰道成。以出凡入仙，乃曰紫河车也。”

⑤ 采铅：道家指采药。铅，又称金公、河车等，为外丹黄白术中最常

用的药物。青溪：又作“清溪”，在今安徽贵池，北流入玉镜潭。

⑥ 大楼山：在今安徽池州之南。今尚存唐代采铜矿坑遗址。

⑦ “羽驾”二句：谓意欲飞升而乏羽驾飙车。杨齐贤注曰：“羽驾，言乘鸾驾鹤。飙车，言御风乘云。”

⑧ 丹液：又称“流珠液”，为铅丹的隐名，外丹黄白术药物。见《黄帝九鼎神丹经诀》“丹铅秘目”。

⑨ 清都：古谓天帝所居宫阙。《列子・周穆王》：“王实以为清都紫微，钧天广乐，帝之所居。”

⑩ 韩众：或作“韩终”，仙人名。屈原《远游》：“奇傅说之托星辰兮，羡韩众之得一。”宋洪兴祖补注：“《列仙传》：齐人韩终为王采药，王不肯服，终自服之，遂得仙也。”

书怀赠南陵常赞府[1]

岁星入汉年，方朔见明主[2]。调笑当时人，中天谢云雨。一去麟麒阁，遂将朝市乖[3]。故交不过门，秋草日上阶。当时何特达，独与我心谐。置酒凌歊台[4]，欢娱未曾歇。歌动白纻山[5]，舞回天门月[6]。问我心中事，为君前致辞。君看我才能，何似鲁仲尼[7]？大圣犹不遇，小儒安足悲！云南五月中，频丧渡泸师。毒草杀汉马，张兵夺秦旗。至今西二河，流血拥僵尸[8]。将无七擒略[9]，鲁女惜园葵[10]。咸阳天下枢，累岁人不足。虽有数斗玉，不如一盘粟[11]。赖得契宰衡[12]，持钧慰风俗[13]。自顾无所用，辞家方未归。霜惊壮士发，泪满逐臣衣[14]。以此不安席[15]，蹉跎身世违。终当灭卫谤，不受鲁人讥[16]。

① 本篇与南陵常赞府叙长安放还感慨，兼叹兵祸年荒。南陵：唐属江南西道宣州，今属安徽。常赞府：姓常的县丞。太白曾与游五松山，有《与南陵常赞府游五松山》诗。

② “岁星”二句：以东方朔自喻，谓奉诏入京。岁星，指东方朔。汉

武帝叹曰:“东方朔生在朕旁十八年,而不知是岁星哉!”见《太平广记》六引《洞冥记》及《东方朔列传》。

③ “调笑”四句:写在长安曾得意一时,然终去朝归山。麒麟阁,汉宫殿名,借指唐宫。

④ 凌歊台:南朝宋高祖刘裕于此筑离宫。故址在今当涂西北小黄山。

⑤ 白纻山:本名楚山,在当涂之东五里。晋桓温曾领妓于此唱《白纻歌》,因更名白纻山。

⑥ 天门:即天门山。在当涂之西。两山隔江对峙如门,故名。

⑦ 鲁仲尼:孔子字仲尼,春秋鲁人。

⑧ “云南”六句:咏征南诏失败事。《资治通鉴·唐纪》载:天宝十载,鲜于仲通征南诏,大败于泸南西洱河;天宝十三载李宓再击南诏,复败于西洱河。泸,泸水,又名泸江,指今雅砻江下游,在今云南境。西二河,即西洱河,今称洱海,在今云南大理、洱源之间。

⑨ 七擒略:指诸葛亮的谋略。三国诸葛亮为巩固蜀汉后方,平定南中,七擒七纵南夷酋长孟获。见《三国志·蜀书·诸葛亮传》注引《汉晋春秋》。

⑩ “鲁女”句:鲁穆公时,君老太子幼,漆室女悲而忧,邻女笑之,曰:“昔晋客舍吾家,系马园中,马逸驰走,践吾葵,使我终岁不食葵。今鲁君老悖,太子少愚,奸伪日起。夫鲁国有患者,君臣父子皆被其辱,祸及众庶。妇人独安所避乎?吾甚忧之。”邻女心服之。见

《列女传·仁智传》。

⑪ “咸阳”四句：天宝十二、十三载秋，长安霖雨，物价暴贵，人多乏食。见《旧唐书·玄宗纪》。

⑫ 契：虞舜之臣，助禹治水有功，任为司徒。宰衡：指宰相。其时宰相当是杨国忠。《汉书·王莽传》：伊尹为阿衡，周公为太宰。以伊尹周公称号加于王莽，称之为“宰衡”。后因称宰相为宰衡。

⑬ 持钧：秉政。钧，制陶器的转轮，喻国政。

⑭ 逐臣：自指。

⑮ 不安席：坐卧不安。

⑯ “终当”二句：谓虽如孔子栖栖遑遑，到处受讪谤，然终当弭谤转运。《庄子·渔父》：“孔子愀然而叹，再拜而起，曰：‘丘再逐于鲁，削迹于卫，伐树于宋，困于陈蔡。丘不知所失而离此四谤者，何也！’”

答杜秀才五松山见赠[①]

昔献长杨赋，天开云雨欢。当时待诏承明里，皆道扬雄才可观[②]。敕赐飞龙二天马[③]，黄金络头白玉鞍。浮云蔽日去不返，总为秋风摧紫兰[④]。角巾东出商山道，采秀行歌咏芝草。路逢园绮笑向人，两君解来一何好[⑤]。闻道金陵龙虎盘[⑥]，还同谢朓望长安[⑦]。千峰夹水向秋浦[⑧]，五松名山当夏寒。铜井炎炉歊九天，赫如铸鼎荆山前。陶公矍烁呵赤电，回禄睢盱扬紫烟[⑨]。此中岂是久留处，便欲烧丹从列仙。爱听松风且高卧，飕飕吹尽炎氛过。登崖独立望九州，《阳春》欲奏谁相和[⑩]？闻君往年游锦城[⑪]，章仇尚书倒屣迎[⑫]。飞笺络绎奏明主，天书降问回恩荣。骯髒不能就珪组[⑬]，至今空扬高蹈名。夫子工文绝世奇，五松新作天下推。吾非谢尚邀彦伯[⑭]，异代风流各一时。一时相逢乐在今，袖拂白云开素琴，弹为三峡流泉音[⑮]。从兹一别武陵去，去后桃花春水深[⑯]。

① 本篇答杜秀才所赠五松山新作，历叙去朝后经历，知其自秋浦至五松山，曾从事采矿冶炼之业。故云“此中岂是久留处，便欲烧丹从列仙”。杜秀才：杜姓之秀才，名不详，曾游成都，未登仕途，工诗文。五松山：太白《与南陵常赞府游五松山》云：“我来五松下，置酒穷跻攀。征古绝遗老，因名五松山。”可知山为太白所命名。原注：“山在南陵铜井西五里，有古精舍。”

② “昔献”四句：以扬雄献赋喻奉诏入京待诏翰林事。献长杨赋：汉成帝时，召扬雄待诏承明庐，从上至长杨宫射熊馆还，上《长杨赋》。见《汉书·扬雄传》。承明，指未央宫承明殿。

③ 飞龙：指飞龙厩。唐制，学士初入翰林，可借用飞龙厩御马。

④ “浮云”二句：谓被谗去朝。语本《文子》：“日月欲明，浮云蔽之；从兰欲秀，秋风败之。”

⑤ “角巾”四句：谓去京取道商山，过汉四皓墓。角巾，隐士头巾。商山，在今陕西商洛。咏芝草，四皓《采芝操》：“晔晔紫芝，可以疗饥。”园绮，指东园公与绮里季。与甪里先生、夏黄公偕隐商山，称商山四皓。

⑥ 金陵龙虎盘：晋张勃《吴录》：“刘备曾使诸葛亮至京，因睹秣陵山阜，叹曰：钟山龙盘，石头虎踞。此帝王之宅。”

⑦ 谢朓望长安：南齐谢朓《晚登三山还望京邑》诗：“灞涘望长安，河阳视京县。”

⑧ 秋浦：今安徽贵池。

⑨“铜井”四句：写冶铜事。铜井，南陵铜井在铜官山，今属安徽铜陵。铸鼎荆山，相传黄帝铸鼎于荆山。荆山，又名覆釜山，在今河南灵宝之南。陶公，陶安公，相传为铸冶师。见《搜神记》一。回禄，传说中的火神。睢盱，跋扈貌。

⑩“阳春”句：谓曲高和寡。典出宋玉《对楚王问》。阳春，古雅曲名。

⑪锦城：锦官城，指成都。

⑫章仇尚书：指章仇兼琼。唐鲁郡任城人。由剑南节度迁户部尚书。见《新唐书・杨国忠传》。倒屣迎：表示对客热情优礼。《三国志・魏书・王粲传》载：蔡邕“闻粲在门，倒屣迎之”。

⑬骯髒：刚直貌。珪组：官员的礼器与佩带。指官职。

⑭谢尚邀彦伯：晋谢尚镇牛渚，秋夜乘月，闻袁宏咏其《咏史》之作，邀与之谈，达旦不寐，引袁参其军事。见《晋书・袁宏传》。谢尚：字仁祖，官至镇西将军。彦伯：袁宏字。

⑮三峡流泉：琴曲，晋阮咸所作。见《乐府诗集》卷六〇引《琴集》。

⑯“从兹”二句：谓别后归隐。用陶潜《桃花源记》武陵桃花事。

宿五松山下荀媪家[①]

我宿五松下,寂寥无所欢。田家秋作苦,邻女夜舂寒。跪进彫胡饭[②],月光明素盘。令人惭漂母[③],三谢不能餐。

① 本篇写宿农家,谢老媪进饭。其时在铜陵矿坑,住宿五松山,与田家为邻为友,境遇可知。五松山:在今安徽铜陵。荀媪:荀家老妇。

② 彫胡:菰米。可食。

③ 漂母:水边洗衣物的老妇。韩信少时落拓,钓于城下,漂母见其饥,与饭食。后信为楚王,赐千金。见《史记·淮阴侯列传》。

铜官山醉后绝句[①]

我爱铜官乐，千年未拟还。要须回舞袖，拂尽五松山。

① 本篇为于铜官山矿坑醉后口占，似真于醉后忘其忧愁者，此中原非久留之处，却道"千年未拟还"。故作旷达语，莫以为真"爱铜官乐"。铜官山：又名利国山，有铜坑，在铜陵界。唐属南陵。

哭宣城善酿纪叟[①]

纪叟黄泉里，还应酿老春[②]。夜台无李白[③]，沽酒与何人？

① 题下旧注曰："一作《题戴老酒店》，云：戴老黄泉下，还应酿大春。夜台无李白，沽酒与何人？"或一诗分赠纪、戴两酒家，略加改动以切其姓。谐而能庄，读来感人。白与酒结缘，亦与酒家结缘，持仙心，亦持平常心。宣城：今属安徽。纪叟：纪姓老人。事迹不详。

② 老春：指酒。唐人多称酒为"春"。如荥阳之土窟春，富平之石冻春，剑南之烧春。见李肇《国史补》下。

③ 夜台：指坟墓。杨慎《杨升庵外集》："予家古本作'夜台无李白'，此句绝妙，不但齐一生死，又且雄视幽明矣。"

经乱后将避地剡中留赠崔宣城[1]

双鹅飞洛阳，五马渡江徼[2]。何意上东门，胡雏更长啸[3]！中原走豺虎，烈火焚宗庙。太白昼经天[4]，颓阳掩馀照。王城皆荡覆，世路成奔峭[5]。四海望长安，颦眉寡西笑[6]。苍生疑落叶，白骨空相吊。连兵似雪山，破敌谁能料？我垂北溟翼，且学南山豹[7]。崔子贤主人，欢娱每相召。胡床紫玉笛，却坐青云叫[8]。杨花满州城，置酒同临眺。忽思剡溪去[9]，水石远清妙。雪昼天地明，风开湖山貌。闷为洛生咏，醉发吴越调[10]。赤霞动金光，日足森海峤。独散万古意，闲垂一溪钓。猿近天上啼，人移月边棹。无以墨绶苦，来求丹砂要。华发长折腰，将贻陶公诮[11]。

① 本篇为安史陷两京后拟避地剡中赠宣城令之作，叙世乱之忧，叹报国无门，告有入剡之意。剡中：即剡县，今分属浙江嵊州与新昌。崔宣城：指宣城县令崔钦。白另有《江上答崔宣城》诗。

② “双鹅”二句：以西晋末年之乱喻安史之乱。双鹅，《晋书·五行志》：“孝怀帝永嘉元年二月，洛阳东北步广里地陷，有苍白二色鹅

出，苍者飞翔冲天，白者止焉。此羽虫之孽，又黑白祥也。陈留董养曰：'步广，周之狄泉，盟会地也。白者，金色，国之行也；苍为胡象，其可尽言乎？'是后，刘元海、石勒相继乱华。"五马渡江：《晋书·元帝纪》："太安之际，童谣云：'五马浮渡江，一马化为龙。'……是岁，王室沦覆，帝与西阳、汝南、南顿、彭城五王获济，而帝竟登天位焉。"

③"何意"二句：用石勒事，谓洛阳之失。《晋书·石勒传》载：石勒为上党武乡羯人，"年十四，随邑人行贩洛阳，倚啸上东门。王衍见而异之，顾谓左右曰：'向者胡雏，吾观其声视有奇志，恐将为天下之患。'"

④太白：又称启明星。旧说太白主杀伐。太白昼经天，喻指战乱。

⑤"王城"二句：谓两京陷落，世路艰险。王城，周王城，在洛阳。此泛指京城。奔峭，艰险。

⑥西笑：语本桓谭《新论》："人闻长安乐，出门向西笑。"二句意谓长安沦陷，无乐可言，故寡西笑。

⑦"我垂"二句：谓避乱退隐。垂北溟翼，垂下北海鲲鱼所化大鹏的巨翼，不再飞举。典出《庄子·逍遥游》。南山豹，《列女传·贤明传》："南山有玄豹，雾雨七日而不下食者何也？欲以泽其毛而成文章也，故藏而远害。"

⑧"胡床"二句：谓据床吹笛。胡床，绳床，坐具。青云叫，谓吹笛。

⑨剡溪：曹娥江上游，在今浙江嵊州、新昌境。

⑩“闷为”二句：言闷即吟诗，醉时狂歌。洛生咏，洛阳书生吟诗。《世说新语·轻诋》：“人问顾长康，何以不作洛生咏，答曰：‘何至作老婢声！’”刘孝标注：“洛下书生咏音重浊，故云老婢声。”吴越调，指吴越一带歌曲。

⑪墨绶：官印上所系墨色绶带。代指官。折腰：指当县令。典出陶潜故事。陶潜为彭泽令，不肯束带见督邮，叹曰：“我不能为五斗米折腰向乡里小人。”即日解印绶去职，赋《归去来》以遂其志。见《南史·陶潜传》。四句意在劝崔钦告老归隐。

赠溧阳宋少府陟[①]

李斯未相秦，且逐东门兔[②]。宋玉事襄王，能为《高唐赋》[③]。尝闻《绿水曲》，忽此相逢遇[④]。扫洒青天开，豁然披云雾[⑤]。葳蕤紫鸾鸟，巢在昆山树[⑥]。惊风西北吹，飞落南溟去。早怀经济策，特受龙颜顾。白玉栖青蝇，君臣忽行路[⑦]。人生感分义，贵欲呈丹素。何日清中原，相期廓天步[⑧]。

① 本篇为作者游溧阳之作，赞宋陟复述出长安浮沉之情状，并申清中原廓天步之志。溧阳：今属江苏。宋少府陟：即县尉宋陟。据作者于溧阳所撰《溧阳濑水贞义女碑铭并序》，宋陟为广平人，且有“卿才霸略”，辅佐县令郑晏。少府：县尉的尊称。

② “李斯”二句：秦李斯未出任丞相之前，常与其子牵黄犬，出上蔡东门逐狡兔。见《史记·李斯列传》。

③ “宋玉”二句：宋玉曾为楚顷襄王作《高唐赋》，记梦巫山神女事。

④ 绿水曲：古雅曲，与《白雪》齐名。二句谓忽于此地遇知音。

⑤ “扫洒”二句：典出《晋书·乐广传》：“此人之水镜，见之莹然，若

披云雾而观青天也。”以乐广喻宋陟。

⑥“葳蕤”二句：以神鸟之巢仙树，喻宋陟之得其所。崑山树，昆仑山之仙树。

⑦“早怀”四句：自叙待诏翰林被谗去国经历。经济策，经世济民之策。龙颜顾，指唐玄宗之召见。青蝇，喻奸佞。典出《诗·小雅·青蝇》。行路：各行其路，成为彼此无关的路人。《旧唐书·魏征传》：“竭诚则胡越为一体，傲物则骨肉为行路。”

⑧“何日”二句：意欲平定叛乱，重振国运。以此相期相勉。

扶风豪士歌[①]

洛阳三月飞胡沙,洛阳城中人怨嗟。天津流水波赤血,白骨相撑如乱麻[②]。我亦东奔向吴国[③],浮云四塞道路赊[④]。东方日出啼早鸦,城门人开扫落花。梧桐杨柳拂金井,来醉扶风豪士家。扶风豪士天下奇,意气相倾山可移[⑤]。作人不倚将军势[⑥],饮酒岂顾尚书期[⑦]。雕盘绮食会众客[⑧],吴歌赵舞香风吹[⑨]。原尝春陵六国时[⑩],开心写意君所知。堂中各有三千士,明日报恩知是谁?抚长剑,一扬眉,清水白石何离离[⑪]。脱吾帽,向君笑;饮君酒,为君吟。张良未逐赤松去,桥边黄石知我心[⑫]。

① 本篇写避乱东吴与扶风籍豪士交游事。或疑即溧阳主簿扶风窦嘉宾,见《溧阳濑水贞义女碑铭》。扶风:天宝元年改岐州为扶风,今陕西凤翔。

② “洛阳”四句:写安史叛军之陷洛阳。天津,横架于洛水的天津桥。

③ “我亦”句:一作“我亦来奔溧溪上”。

④ 浮云四塞：司马相如《长门赋》："浮云郁而四塞。"赊：远。

⑤ 意气相倾：鲍照《代雉朝飞》："握君手，执杯酒，意气相倾死何有！"

⑥ 不倚将军势：辛延年《羽林郎》："依倚将军势，调笑酒家胡。"此反用其意。

⑦ "饮酒"句：典出《汉书·陈遵传》："遵耆酒，每大饮，宾客满堂，辄关门，取客车辖投井中，虽有急，终不得去。尝有部刺史奏事，过遵，值其方饮，刺史大穷，候遵沾醉时，突入见遵母，叩头自白当对尚书有期会状，母乃令从后阁出去。"

⑧ 雕盘绮食：形容盛筵。

⑨ 吴歌赵舞：古代吴娃善歌，赵女善舞。

⑩ 原尝春陵：指战国时代之四公子，即赵之平原君、齐之孟尝君、楚之春申君、魏之信陵君。四公子广招天下士，门下各有食客数千人，而食客皆乐为之用。

⑪ "清水"句：王琦注以为意同古乐府《艳歌行》："语卿且勿眄，水清石自见。"

⑫ "张良"二句：用张良于下邳圯桥遇黄石公事。《史记·留侯世家》："今以三寸舌为帝者师，封万户，位列侯，此布衣之极，于良足矣。愿弃人间事，欲从赤松子游耳。"赤松子，传说中的仙人，或说神农时为雨师，出入西王母昆仑石室，随风雨上下。黄石，指黄石公。秦时隐士。张良刺秦始皇未遂，逃至下邳圯桥，黄石公授以太公兵法。味诗意，其时犹不欲隐退，有张良用兵立功之意。

北　上　行[①]

北上何所苦，北上缘太行[②]。磴道盘且峻[③]，巉岩凌穹苍。马足蹶侧石，车轮摧高岗[④]。沙尘接幽州，烽火连朔方[⑤]。杀气毒剑戟，严风裂衣裳[⑥]。奔鲸夹黄河，凿齿屯洛阳[⑦]。前行无归日，返顾思旧乡。惨慽冰雪里，悲号绝中肠。尺布不掩体，皮肤剧枯桑。汲水涧谷阻，采薪陇坂长。猛虎又掉尾，磨牙皓秋霜。草木不可餐，饥饮零露浆。叹此北上苦，停骖为之伤。何日王道平[⑧]，开颜睹天光？

① 本篇写安史之乱，有伤时忧国之意。北上行：乐府相和歌旧题，或说出魏武帝曹操《苦寒行》之“北上太行山”。见《乐府解题》。

② 太行：太行山。横亘于山西高原与河北平原之间。

③ 磴道：登山石径。

④ “车轮”句：曹操《苦寒行》：“羊肠坂诘屈，车轮为之摧。”

⑤ “沙尘”二句：谓安史之乱起，战尘烽火东北接幽州，西北连朔方。幽州，今属北京市。朔方，方镇，治所在今宁夏灵武西南。

⑥ 严风：冬天的寒风。

⑦“奔鲸”二句：谓叛军控制河南北，攻陷洛阳。凿齿，兽名，其状如凿。尧时，羿射凿齿于畴华之野，为民除害。见《淮南子·本经训》。

⑧王道平：《书·洪范》：“王道平平。”此谓平息叛乱，天下太平。

西上莲花山[①]

（古风其十九）

西上莲花山，迢迢见明星[②]。素手把芙蓉，虚步蹑太清。霓裳曳广带，飘拂升天行。邀我登云台[③]，高揖卫叔卿[④]。恍恍与之去，驾鸿凌紫冥。俯视洛阳川，茫茫走胡兵[⑤]。流血涂野草，豺狼尽冠缨[⑥]。

① 本篇托游仙之词以达避乱之意，然心系中原，不忍见安史叛军之荼毒生灵。莲花山：指西岳华山。《太平御览》三九引《华山记》："山顶有池，生千叶莲花，服之羽化，因曰华山。"按，华山西峰石表有纹如莲瓣，因称莲花峰。山名疑亦由此而来。

② 明星：神仙名。《太平广记》五九引《集仙录》："明星玉女者，居华山，服玉浆，白日升天。"

③ 云台：指高空台阁。谓仙境。又，华山北峰称云台峰。

④ 卫叔卿：《神仙传》载：卫叔卿，中山人，服云母得仙。以为汉武帝好道，因乘云车，驾白鹿，羽衣星冠，谒帝于殿上，失望而归。武帝悔恨，遣使往华山求之，见其与数人博戏于石上，有仙童侍候。

⑤ “俯视”二句：写安史叛军攻陷洛阳。时在天宝十四载十二月。

⑥ 冠缨：戴冠簪缨，古代官吏的冠饰，亦可作为官的代称。按，天宝十五载正月安禄山僭位称帝，大封伪官。

赠王判官时余归隐居庐山屏风叠①

昔别黄鹤楼,蹉跎淮海秋②。俱飘零落叶,各散洞庭流。中年不相见,蹭蹬游吴越。何处我思君?天台绿萝月③。会稽风月好④,却绕剡溪回⑤。云山海上出,人物镜中来⑥。一度浙江北,十年醉楚台⑦。荆门倒屈宋⑧,梁苑倾邹枚⑨。苦笑我夸诞,知音安在哉!大盗割鸿沟⑩,如风扫秋叶。吾非济代人⑪,且隐屏风叠。中夜天中望,忆君思见君。明朝拂衣去,永与海鸥群⑫。

① 本篇历叙与王判官聚散行迹,并因世乱报国无门而归隐庐山。王判官:其人不详。屏风叠:在庐山五老峰下,九叠如屏,有三叠泉。太白与夫人宗氏偕隐于此。

② "昔别"二句:谓于江夏别后即东游扬州。黄鹤楼,在江夏(今湖北武昌)黄鹄矶。淮海,指扬州。时为淮南道所在地。

③ 天台:天台山。今浙江天台。

④ 会稽:今浙江绍兴。

⑤ 剡溪:浙江曹娥江上游。

⑥ 镜中：指鉴湖。王子敬《杂帖》："镜湖澄澈，清流写注，山川之美，使人应接不暇。"见《戏鸿堂帖》。

⑦ "一度"二句：叙由越游楚经历。浙江，即钱塘江。楚台，泛指楚地。

⑧ 荆门：指荆州。屈宋：屈原与宋玉。屈宋均与荆州有密切关系。

⑨ 梁苑：又名梁园。汉梁孝王刘武所筑。邹枚：邹阳与枚乘，西汉辞赋家，皆曾入梁苑梁孝王门下。

⑩ "大盗"句：谓安史之乱。《史记·项羽本纪》："项王乃与汉约，中分天下，割鸿沟以西者为汉，鸿沟而东者为楚。"指安史与唐抗衡。鸿沟，古运河，故道在今河南境。

⑪ 济代：即济世。"世"字，避太宗李世民讳作"代"。

⑫ "明朝"二句：表示归隐之意。拂衣，振衣，表示某种感情，后称隐居为拂衣。谢灵运《述祖德诗》："高揖七州外，拂衣五湖里。"海鸥，鸥鸟忘机，典出《列子·黄帝篇》。与鸥为群，喻归隐。

豫　章　行[①]

胡风吹代马[②],北拥鲁阳关[③]。吴兵照海雪,西讨何时还。半渡上辽津[④],黄云惨无颜。老母与子别,呼天野草间。白马绕旌旗,悲鸣相追攀。白杨秋月苦,早落豫章山[⑤]。本为休明人,斩虏素不闲。岂惜战斗死,为君扫凶顽。精感石没羽[⑥],岂云惮险艰。楼船若鲸飞,波荡落星湾[⑦]。此曲不可奏,三军发成斑。

① 本篇写吴地征兵讨叛母子离别之苦,与古辞同意。或以为写永王事,稍嫌牵强。豫章行:乐府相和歌旧题。豫章,故址在今江西南昌。

② 代马:代国所产之马。代,在今河北蔚县与山西东北一带。

③ 鲁阳关:亦称鲁关,故址在今河南鲁山西南。曾为安史叛军占领。

④ 上辽津:在豫章郡建昌县,即今江西永修。

⑤ “白杨”二句:古乐府《豫章行》:“白杨初生时,乃在豫章山。”

⑥ 石羽没:典出《史记·李将军列传》:“广出猎,见草中石,以为虎

而射之,中石没镞,视之,石也。”按,误虎中石,一事多传,李广“射石饮羽”又见《西京杂记》。

⑦ 落星湾:在鄱阳湖西北。

下寻阳城泛彭蠡寄黄判官[①]

浪动灌婴井，寻阳江上风[②]。开帆入天境，直向彭湖东[③]。落影转疏雨，晴云散远空。名山发佳兴[④]，清赏亦何穷。石镜挂遥月，香炉灭彩虹[⑤]。相思俱对此，举目与君同。

① 本篇叙泛舟鄱阳湖情景以寄黄判官。彭蠡：彭蠡湖，即鄱阳湖。黄判官：黄姓地方官僚佐。余未详。

② “浪动”二句：写浪井。灌婴井，又称浪井，在今九江。井为灌婴所凿，后经孙权修复。《元和郡县图志》云：“井极深，大江中风浪，井水辄动。”

③ “开帆”二句：陆游《入蜀记》四：“泛彭蠡口，四望无际，乃知太白‘开帆入天镜’之句为妙。”天镜，形容湖面光平如镜。彭湖，彭蠡湖的省称。

④ “落影”三句：一作“返影照疏雨，轻烟淡远空。中流得佳兴”。

⑤ “石镜”二句：一本作：“瀑布洒青壁，遥山挂彩虹。”石镜，彭蠡湖滨，庐山悬崖间的一块圆形巨石。即《庐山谣寄卢侍御虚舟》所云“闲窥石镜清我心”之石镜。香炉，指庐山香炉峰。

庐山谣寄卢侍御虚舟[1]

我本楚狂人，凤歌笑孔丘[2]。手持绿玉杖，朝别黄鹤楼[3]。五岳寻仙不辞远[4]，一生好入名山游。庐山秀出南斗旁，屏风九叠云锦张[5]，影落明湖青黛光[6]。金阙前开二峰长[7]，银河倒挂三石梁[8]。香炉瀑布遥相望[9]，回崖沓嶂凌苍苍。翠影红霞映朝日，鸟飞不到吴天长。登高壮观天地间，大江茫茫去不还。黄云万里动风色，白波九道流雪山[10]。好为庐山谣，兴因庐山发。闲窥石镜清我心，谢公行处苍苔没[11]。早服还丹无世情，琴心三叠道初成[12]。遥见仙人彩云里，手把芙蓉朝玉京[13]。先期汗漫九垓上，愿接卢敖游太清[14]。

① 本篇咏庐山之美寄登仙之意，并邀卢虚舟偕游。庐山：在寻阳，今江西九江南。卢侍御虚舟：卢虚舟，字幼真，范阳人，乾元中任殿中侍御史。曾与李白同游寻阳通塘。白有《和卢侍御通塘曲》。

② "我本"二句：《庄子·人间世》："孔子适楚，楚狂接舆游其门曰：'凤兮凤兮，何如德之衰也！来世不可待，往世不可追也。'"接舆

事又见《论语·微子》。楚狂,指接舆,《高士传》以为接舆为陆通之字,楚人。

③ 黄鹤楼:在江夏黄鹄矶。故址在今湖北武昌蛇山。

④ 五岳:指东岳泰山、西岳华山、中岳嵩山、南岳衡山、北岳恒山。此泛指名山。

⑤ 屏风九叠:指庐山屏风叠。在五老峰下。

⑥ 明湖:指鄱阳湖。在庐山之南。

⑦ 金阙:指石门。晋慧远《庐山记》:"西南有石门,其形似双阙,壁立千馀仞,而瀑布流焉。"

⑧ 三石梁:指庐山三叠泉承接瀑布水的三道石梁。位于屏风叠之左。

⑨ "香炉"句:谓香炉峰与黄崖瀑布遥相对望。从山南看,香炉峰无瀑布,只有黄崖瀑布与马尾瀑布。

⑩ 白波九道:指长江九派。《尚书·禹贡》"九江孔殷",孔传:"江于此州界分为九道。"雪山:形容江中白浪。

⑪ "闲窥"二句:写谢灵运游踪石镜。石镜,指庐山山间巨石。近鄱阳湖。《艺文类聚》七十引《浔阳记》:"石镜在山东,有一团石悬崖,明净照人。"谢公,指南朝宋诗人谢灵运。谢灵运《入彭蠡湖口》诗云:"攀崖照石镜。"

⑫ 琴心三叠:道教术语,指心神和悦。《黄庭内景经·上清章》:"琴心三叠舞胎仙。"注:"琴,和也;三叠,三丹田,谓与诸宫重叠也。"

⑬ 玉京：即天阙。道家称三十二帝之都，在无为之天。

⑭ “先期”二句：典出《淮南子·道应训》：卢敖游于北海，见一深目鸢肩丰上杀下的奇士，与约为友，共游太阴，奇士曰：“吾与汗漫期于九垓之外，吾不可以久驻。”汗漫，不着边际。或指为仙人。九垓，九天。卢敖，燕人，秦始皇召为博士，使求神仙，亡而不返。此借指卢虚舟。

望庐山五老峰[①]

庐山东南五老峰，青天削出金芙蓉[②]。九江秀色可揽结，吾将此地巢云松[③]。

① 本篇写五老峰之峻秀，有栖隐其间之意。或送其内与李腾空偕隐屏风叠时所作。五老峰：在庐山东南，南康城北。石山骨立，突兀凌霄，如五老骈肩，故称。李白曾隐于峰下九叠屏。

② 芙蓉：莲花。太白常以芙蓉形容山形。

③ 巢云松：谓隐居于白云青松间。宋祝穆《方舆胜览》十七“江东路南康军”引《图经》曰：“白性喜名山，飘然有物外志，以庐阜水石佳处，遂往游焉。卜筑五老峰下，有书堂旧基。后北归，犹不忍去，指庐山曰：‘与君再会，不敢寒盟，丹崖绿壑，神其鉴之。’”

望庐山瀑布二首[1]

一

西登香炉峰，南见瀑布水。挂流三百丈，喷壑数十里。欻如飞电来，隐若白虹起。初惊河汉落[2]，半洒云天里。仰观势转雄，壮哉造化功。海风吹不断，江月照还空[3]。空中乱潨射[4]，左右洗青壁。飞珠散轻霞，流沫沸穹石[5]。而我乐名山，对之心益闲。无论漱琼液，且得洗尘颜。且谐宿所好，永愿辞人间[6]。

二

日照香炉生紫烟，遥看瀑布挂前川[7]。飞流直下三千尺，疑是银河落九天[8]。

① 前篇题一作《瀑布水》，后篇题一作《望庐山香炉峰瀑布》。二诗写庐山瀑布一实一虚，一豪雄一清空，各有特色，亦诗体使然也，不

可以优劣论。庐山瀑布：当指山南香炉峰前之黄崖瀑布或马尾瀑布。

② 河汉：即银河。

③ “海风”二句：在唐即为传诵名句。任华《杂言寄李白》：“登庐山，观瀑布。海风吹不断，江月照还空。余爱此两句。”

④ 潈射：众流会合喷射而下。

⑤ 穹石：高大的山石。

⑥ “且谐”二句：一作“爱此肠欲断，不能归人间”，又作“集谱宿所好，永不归人间”。

⑦ “日照”二句：一作“庐山上与星斗连，日照香炉生紫烟”。

⑧ “飞流”二句：银河之喻为苏轼所激赏，其诗云：“帝遣银河一派垂，古来惟有谪仙词。”

别内赴征三首[1]

一

王命三征去未还[2]，明朝离别出吴关[3]。白玉楼高看不见[4]，相思须上望夫山[5]。

二

出门妻子强牵衣，问我西行几日归[6]。归时傥佩黄金印，莫见苏秦不下机[7]。

三

翡翠为楼金作梯，谁人独宿倚门啼？夜坐寒灯连晓月，行行泪尽楚关西[8]。

① 本题三首乃应永王李璘之辟将离屏风叠留别夫人宗氏之作。宗氏对太白应永王之征，心有所不安，故赋三章略加劝慰。

② 王命三征：指永王辟书三至。白《与贾少公书》云："王命崇重，大总元戎，辟书三至，人轻礼重。严期迫切，难以固辞。扶力以行，前观进退。"

③ 吴关：泛指吴地。

④ 白玉楼：道教以为天帝所居之处。此喻指永王戎幕。宗氏修道，故以玉楼为喻。

⑤ 望夫山：《水经注·江水》载：传说昔有人服役未还，其妻登山而望，每次登山，必用藤箱盛土以高其山，故名曰望夫山。山在今江西德安西北。

⑥ 西行：永王驻地在荆襄，故赴征向西行。

⑦ "归时"二句：用苏秦事。苏秦西行说秦王，书十上而说不行，归家妻不下织机，嫂不为炊饭。后游说燕赵韩魏齐楚六国，合纵抗秦，佩六国相印。见《史记》本传。

⑧ 楚关：泛指楚地。永王时自襄阳屯师江陵。在楚地之西。

永王东巡歌[1](十一首选六)

一

三川北虏乱如麻[2],四海南奔似永嘉[3]。但用东山谢安石,为君谈笑静胡沙[4]。

二

二帝巡游俱未回[5],五陵松柏使人哀[6]。诸侯不救河南地[7],更喜贤王远道来[8]。

三

丹阳北固是吴关[9],画出楼台云水间。千岩烽火连沧海,两岸旌旗绕碧山。

四

长风挂席势难回,海动山倾古月摧[10]。君看帝子浮江日[11]，何似龙骧出峡来[12]。

五

帝宠贤王入楚关[13]，扫清江汉始应还。初从云梦开朱邸[14]，更取金陵作小山[15]。

六

试借君王玉马鞭，指挥戎虏坐琼筵。南风一扫胡尘静，西入长安到日边[16]。

① 本题十一首，皆赞永王李璘奉命东巡事，并寄其愿效命以扫胡尘之意，要非助逆，旨在平乱。此选其二、其五、其六、其八、其十、其十一，计六首，约略可窥其志。永王：李璘，玄宗第十六子，开元十三年封永王。安史乱起，玄宗入蜀途中诏以璘为山南东道、岭南黔中江南西道节度使。永王奉诏赴镇，领襄阳等九郡、南海等二十二郡，分江南为东西两道，西领豫章诸郡，东领余杭。至德元载十二月，永王引兵东巡，沿江而下，军容甚盛，未露割据之谋。江南东路采访使李希言诘其东下，璘怒，袭希言于吴郡，又袭李成式于广陵。兵至当涂受阻，终至兵败。自丹阳奔晋陵以趋鄱阳，死于道中。事见两《唐书》本传。

② 三川：指伊、洛、河三川，在今河南洛阳。秦时曾置三川郡。北虏：指安史叛军。句意谓洛阳为叛军所占，并据以称帝，时局大乱。

③ 永嘉：晋怀帝年号。永嘉五年，汉帝刘聪遣始安王刘曜等攻洛阳，俘怀帝，宫室尽焚，中原衣冠之族相率南奔，避乱江左。句意谓安史之乱，玄宗南巡，有似晋代永嘉之乱。

④ 谢安石：谢安字安石。为尚书仆射，加后将军。以征讨大都督大破苻坚于淝水。此以谢安自喻。二句意谓若受重用，必能献策平叛。

⑤ 二帝巡游：时玄宗南巡入蜀，肃宗灵武即位，均未返帝都长安。

⑥ 五陵：指高祖献陵、太宗昭陵、高宗乾陵、中宗定陵、睿宗桥陵。

⑦ 河南：即洛阳。时为安史叛军所盘据。

⑧ 贤王：指永王李璘。

⑨ 丹阳北固：即润州北固山，在今江苏镇江。山临长江，地势险要，为金陵东边门户，故称“吴关”。

⑩ 古月：合为“胡”字，指安史叛军。

⑪ 帝子：指永王李璘。

⑫ 龙骧：指晋龙骧将军王濬。晋武帝时，王濬率巴蜀之兵浮江而下，直取金陵，东吴告亡。

⑬ “帝宠”句：指玄宗下诏永王控制长江中下游古楚吴之地。

⑭ 云梦：古代楚之七泽含云梦。或说为云泽与梦泽。地跨长江南

北,江北为云,江南为梦。《太平寰宇记》谓云梦泽在安州,地接荆襄。此当指襄阳。朱邸:诸侯王之宅朱户,称朱邸。句意谓永王初领襄阳诸郡,建朱邸于云梦。

⑮ 金陵:今江苏南京。小山:指淮南小山。王逸《楚辞序》:"《招隐士》者,淮南小山之所作也。"此借作地名,喻诸侯王之官邸。

⑯ "南风"二句:谓永王南军北清中原,一扫胡尘,然后西入帝都长安。日边,犹日下,指帝都。

在水军宴赠幕府诸侍御[①]

月化五白龙，翻飞凌九天[②]。胡沙惊北海，电扫洛阳川[③]。虏箭雨宫阙，皇舆成播迁[④]。英王受庙略，秉钺清南边[⑤]。云旗卷海雪，金戟罗江烟。聚散百万人，弛张在一贤。霜台降群彦[⑥]，水国奉戎旃[⑦]，绣服开宴语[⑧]，天人借楼船[⑨]。如登黄金台[⑩]，遥谒紫霞仙。卷身编蓬下，冥机四十年。宁知草间人，腰下有龙泉[⑪]。浮云在一决，誓欲清幽燕[⑫]。愿与四座公，静谈金匮篇[⑬]。齐心戴朝恩，不惜微躯捐。所冀旄头灭[⑭]，功成追鲁连[⑮]。

① 本篇题下原注："永王军中。"乃预永王水军之宴即席所赋以赠幕府群公，叙安史之乱永王受命镇东南，并表示平叛乱清幽燕之决心。其入永王幕之心迹最为明白，有平乱之心，无篡逆之意；是欣然入幕，非要胁而从。幕府：将帅在外的营幕。军中以幕为府，故称幕府。

② "月化"二句：谓叛臣安禄山僭位称帝。《十六国春秋・后燕录》："太史丞梁延年梦月化为五白龙，梦中占之曰：月，臣也；龙，君也。月化为龙，当有臣为君。"

③ “胡沙”二句：谓安史发难范阳，攻陷洛阳。事在天宝十四载岁末。

④ “虏箭”二句：写叛军攻长安，玄宗奔蜀。皇舆，皇帝的车驾。

⑤ “英王”二句：指玄宗下诏永王控制江南。英王，谓永王李璘。庙略，谓朝廷谋略。秉钺，指握军权。

⑥ 霜台：御史职掌弹劾，为风霜之任，故称御史台为霜台。群彦：指诸侍御。

⑦ 戎旃：指军旗。

⑧ 绣服：代指侍御史。《汉书·百官公卿表》：“侍御史有绣衣直指，出讨奸猾，治大狱。”

⑨ 天人：魏邯郸淳赞曹植之材，谓之“天人”。见《三国志·魏书·邯郸淳传》裴松之注引《魏略》。此指永王李璘。

⑩ 黄金台：战国燕昭王所筑招贤之台。

⑪ 龙泉：即龙渊。唐人避高祖李渊讳，称龙泉。越人欧冶子所制宝剑。见《越绝书·外纪·记宝剑》。

⑫ “浮云”二句：谓将以宝剑削平幽燕。浮云在一决，语本《庄子·说剑》：“上决浮云，下绝地纪。此剑一用，匡诸侯，天下服矣。”

⑬ 金匮篇：《隋书·经籍志》兵家类有《太公金匮》二卷。此指兵书。又称金匮符。常衮《臧希让使朔方制》：“夙传金匮之符，久总牙璋之律。”

⑭ 旄头：即昴宿，白虎七星之中星，主兵乱。旄头灭：指平定战乱。

⑮ 鲁连：指鲁仲连。却秦兵，下聊城，后隐于海上。见《史记》本传。

上留田行[①]

行至上留田，孤坟何峥嵘[②]。积此万古恨，春草不复生。悲风四边来，肠断白杨声[③]。借问谁家地，埋没蒿里茔[④]。古老向予言，言是上留田，蓬科马鬣今已平[⑤]。昔之弟死兄不葬，他人于此举铭旌[⑥]。一鸟死，百鸟鸣；一兽走，百兽惊。桓山之禽别离苦，欲去回翔不能征[⑦]。田氏仓卒骨肉分，青天白日摧紫荆[⑧]。交让之木本同形，东枝憔悴西枝荣[⑨]。无心之物尚如此，参商胡乃寻天兵[⑩]？孤竹延陵，让国扬名[⑪]。高风缅邈，颓波激清。尺布之谣，塞耳不能听[⑫]。

① 本篇于时事有所讽，萧士赟以为讽肃宗之谋杀永王李璘，似得其旨。白之从璘，实非出于迫胁，盖欲藉以成就功名也。上留田行：乐府相和歌旧题。晋崔豹《古今注·音乐》："上留田，地名也。某地人有父母死，不字其孤弟者，邻人为其弟作悲歌，以讽其兄，故曰《上留田》。"

② 峥嵘：形容孤坟之高峻特出。

③ 白杨声：墓木风声。古人多于墓旁树白杨松柏。《古诗十九首》："出郭门直视，但见丘与坟。古坟犁为田，松柏摧为薪。白杨多悲风，萧萧愁杀人。"

④ 蒿里：本为泰山之南小山，多葬死人，因而成为死人里。陶潜《祭从弟敬远文》："长归蒿里，邈无还期。"

⑤ 蓬科马鬣：指坟上的封土。蓬科：亦作"蓬颗"，长有蓬草的土块。《汉书·贾山传》："使其后世曾不得蓬颗蔽冢而托葬矣。"马鬣：即马鬣封，坟上状如马鬣的封土。《礼记·檀弓上》："从若斧者焉，马鬣封之谓也。"

⑥ 铭旌：又称明旌，灵柩前的旗幡。用绛帛粉书死者官衔姓名。平民之丧不用铭旌。

⑦ "桓山"二句：《孔子家语·颜回篇》：颜回曰："回闻桓山之鸟生四子焉，羽翼既成，将分于四海，其母悲鸣而送之，哀声有似于此，谓其往而不返也。"桓山，《说苑·辨物》作"完山"。后以此喻兄弟离散分别之悲。

⑧ "田氏"二句：典出《续齐谐记》："京兆田真兄弟三人共议分财，生赀皆平均，惟堂前一株紫荆树，共议欲破三片，明日就截之。其树即枯死，状如火然。具往见之，大惊，谓诸弟曰：'树木同株，闻将分斫，所以憔悴，是人不如木也。'因悲不自胜，不复解树，树应声荣茂。兄弟相感，更合财宝，遂为孝门。"

⑨ "交让"二句：《述异记》上：黄金山有楠树，一年东边荣，西边枯，

后年西边荣，东边枯，年年如此。张华云："交让树也。"交让之木，即楠木。

⑩"参商"句：《左传·昭公元年》："昔高辛氏有二子，伯曰阏伯，季曰实沉，居于旷林，不相能也。日寻干戈，以相征讨。后帝不臧，迁阏伯于商丘，主辰，商人是因，故辰为商星；迁实沉于大夏，主参，唐人是因，以服事夏、商。"杜预注："寻，用也。"用参商日寻干戈之典而曰"寻天兵"，喻肃宗诛永王之意甚明。

⑪"孤竹"二句：用孤竹君二子与吴公子季札让国事。孤竹，古国名。孤竹之君二子伯夷、叔齐，父欲立叔齐，叔齐让伯夷，伯夷以父命不敢违，二人让国，皆逃去。见《史记·伯夷列传》。延陵，即吴公子季札。吴王寿梦有四子，季子最小，而寿梦以其贤欲立之，季札让国，乃立其长兄诸樊，后诸樊让位于季札，季札弃其室而耕，终封于延陵，称延陵季子。见《史记·吴太伯世家》。

⑫"尺布"二句：借汉喻唐。《史记·淮南衡山列传》载：汉文帝六年，其弟淮南王刘长谋反，事觉，赦其死罪，处蜀郡严道邛邮。刘长不食而死。孝文帝十二年，民有作歌曰："一尺布，尚可缝；一斗粟，尚可舂。兄弟二人，不能相容。""塞耳"句：语出《古诗》："游子暮归思，塞耳不能听。"(《艺文类聚》二九作李陵《赠苏武诗》)

南奔书怀[①]

遥夜何漫漫，空歌白石烂。宁戚未匡齐[②]，陈平终佐汉[③]。欃枪扫河洛[④]，直割鸿沟半[⑤]。历数方未迁，云雷屡多难[⑥]。天人秉旄钺，虎竹光藩翰[⑦]。侍笔黄金台，传觞青玉案[⑧]。不因秋风起，自有思归叹[⑨]。主将动谗疑，王师忽离叛[⑩]。自来白沙上[⑪]，鼓噪丹阳岸。宾御如浮云，从风各消散[⑫]。舟中指可掬[⑬]，城上骸争爨[⑭]。草草出近关，行行昧前算。南奔剧星火，北寇无涯畔。顾乏七宝鞭，留连道傍玩[⑮]。太白夜食昴，长虹日中贯[⑯]。秦赵兴天兵，茫茫九州乱[⑰]。感遇明主恩，颇高祖逖言。过江誓流水，志在清中原[⑱]。拔剑击前柱，悲歌难重论[⑲]。

① 题一作《自丹阳南奔道中作》。丹阳即京口，固知太白之从璘，曾随军至丹阳，其《永王东巡歌》"丹阳北固是吴关"，乃亲临其地，其败亦自此南奔。诗写从璘至奔亡过程，最为真切，其所表露思想，亦最为真实。

② "遥夜"三句：典用宁戚事。宁戚，春秋卫人，至齐，喂牛于车下，

扣牛角而歌:“南山粲,白石烂,生不遭尧与舜禅,短布单衣适至骭,从昏饭牛薄夜半,长夜曼曼何时旦!”桓公以为非常之人,召见,拜为上卿。事见《吕氏春秋·举难》《晏子春秋》内篇“问”等。遥夜,长夜。未匡齐,谓宁戚未匡齐时唱《康衢歌》。

③ 陈平:秦末阳武人,先事魏王,魏王不能用其说,因去事项王,项王不能信人,因去事汉王。以汉王能用人,故终佐汉。见《史记》本传。

④ 欃枪:彗星。古以为妖星。此喻安史。河洛:指洛阳。扫河洛,言安史陷洛阳。

⑤ 割鸿沟:项羽与汉王刘邦约中分天下,割鸿沟而西归汉,鸿沟而东归楚。见《史记·项羽本纪》。此喻安史夺大唐江山。鸿沟,古渠名。故道循河南贾鲁河东,由荥阳北引黄河水曲折东至淮阳入颍水。东汉后淤塞。

⑥ “历数”二句:言唐王朝运数未改,而多屯难。历数,指天道。云雷,《易·屯》取象云雷。

⑦ “天人”二句:谓永王以维翰分虎竹领兵镇东南。天人,指永王李璘。秉旄钺,领兵。旄钺,旗帜与兵器。藩翰,指诸王。

⑧ “侍笔”二句:言在永王军中司文墨与饮酒。黄金台,燕昭王筑黄金台,延揽天下贤士。此借喻永王之礼遇。青玉案,古时贵重的食器。案,承杯筯之盘。

⑨ “不因”二句:用张翰事。张翰为齐王冏东曹掾,因秋风起,思吴

中莼羹、鲈脍，遂命驾东归。见《晋书·张翰传》。

⑩“主将”二句：言永王军中主将互相猜疑，致使军队离散叛变。按，其时季广琛奔广陵，浑惟明奔江陵，冯季康奔白沙。

⑪白沙：白沙洲。在真州城外。今属江苏仪征。

⑫“宾御”二句：谓永王之宾从各望风而逃。

⑬“舟中”句：语本《左传·宣公十二年》：“桓子不知所为，鼓于军中曰：‘先济者有赏！’中军下军争舟，舟中之指可掬也。”可掬，指争舟断指，指可捧起。

⑭骸争爨：语本《左传·哀公八年》：“楚人围宋，易子而食，析骸而爨。”句意谓城上无薪火。

⑮“顾乏”二句：《晋书·明帝纪》：王敦将举兵向内，帝密知之，乘马微行，“见逆旅卖食妪，以七宝鞭与之，曰：‘后有骑来，可以此示也。’俄而追者至，问妪。妪曰：‘去已远矣。’因以鞭示之。五骑传玩，稽留遂久”。诗意谓无七宝鞭以稽留追兵。

⑯“太白”二句：语本《汉书·邹阳传》：“荆轲慕燕丹之义，白虹贯日，太子畏之。卫先生为秦画长平之事，太白食昴，白虹为之贯日也。”均精诚感于上天，天象有所反映。

⑰“秦赵”二句：谓唐与叛军兴兵决战，全国大乱。秦赵，指古秦至赵一带。即两军之主要战场。

⑱“感遇”四句：因感激于玄宗之恩，故有祖逖誓清中原之志。祖逖，字士稚，范阳遒县人，为东晋名将。曾以奋威将军率部渡江北

伐,中流击楫而誓曰:“不能清中原而复济者,有如大江!”见《晋书·祖逖传》。

⑲“拔剑”二句:拔剑击柱,慷慨悲歌,感叹壮志未酬而亡命江湖。拔剑,鲍照《拟行路难》:“对案不能食,拔剑击柱长叹息。”

狱中上崔相涣[①]

胡马渡洛水，血流征战场[②]。千门闭秋景，万姓危朝霜。贤相燮元气[③]，再欣海县康。台庭有夔龙，列宿粲成行[④]。羽翼三元圣，发辉两太阳[⑤]。应念覆盆下[⑥]，雪泣拜天光[⑦]。

① 本篇写以从璘事系狱寻阳，狱中上诗崔相，颂其贤德，并求为雪冤。另有《系寻阳上崔相涣三首》《上崔相百忧章》(原注“时在寻阳狱”)，皆力辩其冤，并求助于崔涣。崔相涣：宰相崔涣。玄宗奔蜀途中，房琯荐崔涣，为黄门侍郎同中书门下平章事。肃宗灵武即位，与房琯同赴行在。旋诏涣充江淮宣谕选补使，以选人才。太白上诗申冤即在此期。

② “胡马”二句：谓安史叛军攻陷洛阳。

③ 燮元气：调和天地之气，喻治乱。《尚书·周官》：“立太师、太傅、太保，兹惟三公，论道经邦，燮理阴阳。”元气，指天地阴阳之气。

④ “台庭”二句：谓崔涣等名臣延揽人才。夔龙，舜时二名臣，喻指崔涣等。列宿，天上星宿，喻人才。

⑤ “羽翼”二句：谓众臣辅佐唐皇室。三元圣，王琦注：“谓玄宗、肃宗、广平王也。”按：广平王即肃宗子李俶，更名豫，后为代宗。两太阳，王琦注：“亦谓玄宗、肃宗也。”

⑥ 覆盆：覆置之盆，喻黑暗笼罩，沉冤莫白。《抱朴子·辨问》：“日月有所不照，圣人有所不知，……是责三光不照覆盆之内也。”

⑦ 雪泣：雪涕，指流泪。

万愤词投魏郎中[①]

海水渤潏,人罹鲸鲵[②],蓊胡沙而四塞,始滔天于燕齐[③]。何六龙之浩荡,迁白日于秦西[④]。九土星分,嗷嗷凄凄[⑤]。南冠君子[⑥],呼天而啼。恋高堂而掩泣[⑦],泪血地而成泥。狱户春而不草,独幽怨而沉迷。兄九江兮弟三峡,悲羽化之难齐[⑧]。穆陵关北愁爱子[⑨],豫章天南隔老妻[⑩]。一门骨肉散百草,遇难不复相提携。树榛拔桂,囚鸾宠鸡。舜昔授禹,伯成耕犁。德自此衰,吾将安栖[⑪]。好我者恤我,不好我者何忍临危而相挤。子胥鸱夷[⑫],彭越醢醢[⑬]。自古豪烈,胡为此繄[⑭]?苍苍之天,高乎视低。如其听卑,脱我牢狴[⑮]。傥辨美玉,君收白圭[⑯]。

① 本篇乃于寻阳狱中求救于魏郎中之作,语极悲愤,“南冠君子,呼天而啼”,情状可知。愤激之中,于肃宗似有微言。魏郎中:未详。或谓即右司郎中魏少游,房琯曾自选为判官。见《旧唐书·房琯传》。

② “海水”二句:形容时世大乱而民遭恶运。渤潏,沸涌貌。鲸鲵,

鲸鱼。雌曰鲵。喻安史。

③“蓊胡沙”二句：指安史发难于燕塞。蓊胡沙，形容安史结集胡兵。蓊，聚貌。四塞，山河四塞，指边境。燕齐，此偏指燕，谓安禄山起兵于范阳。齐，因两地接壤，连类而及。

④“何六龙”二句：谓玄宗之奔蜀。六龙，神话言日车由六龙驾御。秦西，秦川之西，指蜀。蜀在秦之西南。

⑤“九土”二句：言国家分裂，百姓凄怨。九土，即九州。左思《蜀都赋》：“九土星分，万国错跱。”嗷嗷，怨声。

⑥南冠君子：囚徒。此自指。典出钟仪。晋侯观于军府，见钟仪南冠而絷作楚囚，使弹琴，操南音。见《左传·成公九年》。

⑦高堂：高大殿堂。《楚辞·招魂》：“高堂邃宇，槛层轩些。”因身处牢狴，故心恋高堂，与下文“狱户春而不草”正相呼应。或由此引申为“朝廷”，或以其恋高堂之爱而释为父母，似皆求之过深。

⑧“兄九江”二句：感兄弟离散，难以照应。兄九江，自指陷寻阳狱中。九江，即寻阳。弟三峡，其弟居三峡某地。羽化，化生羽翼，升仙。

⑨穆陵关：故址在今山东临朐东南大岘山上。一在今湖北麻城之北，与白沙关、阴山关相近。按，白子伯禽在东鲁（兖州），而临朐之关与麻城之关，与诗中所说方位均不合，或另有所指。

⑩豫章：洪州。治所在今江西南昌。时白妻宗夫人居豫章。故《南流夜郎寄内》：“南来不得豫章书。”

⑪“舜昔”四句：典出《庄子·天地》：尧治天下，伯成子高立为诸侯；尧授舜，舜授禹，伯成子高辞为诸侯而耕。禹往见之，则耕在野。禹立而问之，子高曰：“今子赏罚而民且不仁，德自此衰，刑自此立，后世之乱自此始矣。”

⑫子胥鸱夷：伍员字子胥，春秋时吴大夫，助阖闾杀王僚，夺王位。劝吴王拒越求和，夫差不听，赐自杀。或说死后装鸱夷内沉入江中。见《史记·伍子胥列传》。鸱夷，皮制的袋子。

⑬彭越醢醯：汉初大将彭越，以战功封梁王，刘邦疑其反，杀之。《史记·黥布列传》：“汉诛梁王彭越，醢之，盛其醢遍赐诸侯。”醢醯，剁成肉酱。

⑭繄：语助词。

⑮牢狴：牢狱。

⑯“傥辨”二句：求魏郎中释放收用。白圭，白玉。《诗·大雅·抑》：“白圭之玷，尚可磨也；斯言之玷，不可为也。”

公无渡河[1]

黄河西来决昆仑[2]，咆哮万里触龙门[3]。波滔天，尧咨嗟[4]。大禹理百川，儿啼不窥家[5]。杀湍堙洪水，九州始蚕麻。其害乃去，茫然风沙。披发之叟狂而痴，清晨径流欲奚为？旁人不惜妻止之，公无渡河苦渡之[6]。虎可搏，河难冯[7]，公果溺死流海湄。有长鲸白齿若雪山，公乎公乎挂罥于其间。箜篌所悲竟不还[8]。

① 本篇借乐府旧题以咏时事，陈沆《诗比兴笺》以为指永王起兵事，得其意而失之凿，要之盖自讽从璘事。郭沫若以为作于长流夜郎途中(《李白与杜甫》)。公无渡河：又名《箜篌引》，乐府相和歌辞。

② 昆仑：山名，横跨今青海、四川、新疆、西藏，西接帕米尔高原。旧称黄河之源出昆仑之墟。见《水经注》及《山海经》注。

③ 龙门：指龙门山。在今陕西韩城与山西河津间。《书·禹贡》："导河积石，至于龙门。"

④ 尧咨嗟：《书·尧典》："帝曰：咨，四岳，汤汤洪水方割，荡荡怀山

襄陵，浩浩滔天。”

⑤“大禹”二句：相传大禹继其父鲧之业，治理洪水，疏导河流，“劳身焦思，居外十三年，过家门不敢入”。见《史记·夏本纪》。

⑥“披发”四句：崔豹《古今注》曰：“《箜篌引》者，朝鲜津卒霍里子高妻丽玉作也。子高晨起刺船，有一白首狂夫，被发提壶，乱流而渡，其妻随而止之，不及，遂坠河而死。于是援箜篌而歌曰：‘公无渡河，公竟渡河；坠河而死，将奈公何！’声甚凄怆，曲终亦投河而死。”

⑦“虎可搏”二句：《诗·小雅·小旻》：“不敢暴虎，不敢冯河。”《毛传》：“徒涉曰冯河。”

⑧箜篌：亦作“坎侯”，古代一种弦乐器。

赠闾丘处士[①]

贤人有素业，乃在沙塘陂[②]。竹影扫秋月，荷衣落古池。闲读山海经[③]，散帙卧遥帷[④]。且耽田家乐，遂旷林中期。野酌劝芳酒，园蔬烹露葵[⑤]。如能树桃李[⑥]，为我结茅茨[⑦]。

① 本篇为避难宿松时赠闾丘处士之作，写田居逸趣。闾丘处士：隐居于宿松的逸人。白另有《赠闾丘宿松》一诗，诗赠县令。处士与县令似非一人。

② “贤人”二句：王琦注云：“《江南通志》：沙塘陂，在宿松城外。唐闾丘处士筑别业于此，李太白有诗赠之云云。”素业，清素之业。

③ 山海经：为古代小说异闻之书。作者未详。书中记述山川、物产、风俗之类，保存古代神话及史地资料甚多。

④ 散帙：打开书套，翻阅书卷。

⑤ 露葵：即冬菜。俗呼滑菜。宋玉《讽赋》：“炊雕胡之饭，烹露葵之羹。”

⑥ 树桃李：《韩诗外传》七：“夫春树桃李，夏得阴其下，秋得食其实。”后用以喻荐士。此喻交情。

⑦ 茅茨：指茅屋。

箜　篌　谣[①]

攀天莫登龙，走山莫骑虎。贵贱结交心不移，惟有严陵及光武[②]。周公称大圣，管蔡宁相容[③]，汉谣一斗粟，不与淮南舂[④]。兄弟尚路人，吾心安所从。他人方寸间[⑤]，山海几千重。轻言托朋友，对面九疑峰[⑥]。多花必早落，桃李不如松。管鲍久已死[⑦]，何人继其踪。

① 本篇所咏当是为永王案受朋友猜忌事。箜篌谣：乐府杂歌旧题，内容言结交之义，旧说以为与《箜篌引》异。

② “贵贱”二句：用严子陵与汉光武交情事。见《后汉书·严光传》。

③ “周公”二句：周公旦辅佐成王，摄政当国，其弟管叔、蔡叔疑之，与武庚作乱叛周。周公奉命诛武庚与管叔，放蔡叔。见《史记·周本纪》。

④ “汉谣”二句：淮南王刘长被废，民谣歌曰：“一斗粟，尚可舂。兄弟二人，不能相容。”此用其事。见《史记·淮南衡山列传》。

⑤ 方寸：指心。《列子·仲尼》：“吾见子之心矣，方寸之地虚矣。”

⑥ 九疑峰：即九疑山，亦名苍梧山，在今湖南宁远。句意谓友道之

疏如隔山岳且多猜疑。“疑”字双关。

⑦ 管鲍：指管仲与鲍叔。二人均战国齐人，交情甚笃。鲍叔死，管仲哭之甚哀，如丧考妣，曰：“生我者父母，知我者鲍子也。士为知己者死，而况为之哀乎！”见《说苑·复恩》。

赠张相镐[1](二首选一)

本家陇西人,先为汉边将[2]。功略盖天地,名飞青云上。苦战竟不侯[3],当年颇惆怅。世传崆峒勇[4],气激金风壮。英烈遗厥孙,百代神犹王。十五观奇书,作赋凌相如[5]。龙颜惠殊宠,麟阁凭天居[6]。晚途未云已,蹭蹬遭谗毁。想象晋末时,崩腾胡尘起[7]。衣冠陷锋镝,戎虏盈朝市。石勒窥神州[8],刘聪劫天子[9]。抚剑夜吟啸,雄心日千里。誓欲斩鲸鲵,澄清洛阳水[10]。六合洒霖雨,万物无凋枯。我挥一杯水[11],自笑何区区。因人耻成事[12],贵欲决良图。灭虏不言功,飘然陟方壶[13]。惟有安期舄,留之沧海隅[14]。

① 本题原注:“时逃难病在宿松山作。”共二首,此选录其二。此篇题一作《书怀重寄张相公》,为从璘失败后未入寻阳狱时所作,有自荐之意。张镐:博州人,玄宗奔蜀,徒步扈从。肃宗即位,遣赴行在,拜谏议大夫,寻迁中书侍郎、同中书门下平章事,为河南节度使,持节都统淮南等道诸军事。见《旧唐书》本传。

② “本家”二句：自谓汉陇西飞将军李广之后。陇西，指陇西成纪，今甘肃成县。李阳冰《草堂集序》：“李白字太白，陇西成纪人，凉武昭王暠九世孙。”汉边将，指李广。太白尊之为先祖。

③ 竟不侯：谓李广屡立战功，然白首未曾封侯，即所谓“李广难封”。事见《史记·李将军列传》。

④ 崆峒：山名，在今甘肃平凉之西。又作“空桐”，《尔雅·释地》：“大蒙之人信，空桐之人武。”故谓“崆峒勇”。

⑤ 相如：指汉辞赋家司马相如。

⑥ “龙颜”二句：写待诏翰林事。龙颜，指唐玄宗惠顾。麟阁，汉麒麟阁。此指翰林院。

⑦ “想象”二句：谓安史之乱如晋末五胡之乱。晋永嘉五年刘曜等寇洛川，帝蒙尘于平阳。见《晋书·孝怀帝纪》。

⑧ 石勒：羯人，十六国时后赵开国君主。

⑨ 刘聪：为十六国汉主刘渊之子，继位后改汉为前赵。曾虏晋怀帝，故云“劫天子”。见《晋书·孝怀帝纪》。

⑩ “誓欲”二句：有平乱收东京之志。鲸鲵，喻安史。

⑪ 一杯水：自谦力微。《孟子·告子上》：“今之为仁者，犹以一杯水救一车薪之火也。”

⑫ “因人”句：《史记·平原君列传》载毛遂语：“公等碌碌，所谓因人成事者也。”

⑬ 方壶：又称方丈，传说中海上仙山。

⑭“惟有”二句：欲拟安期生留舄仙去。《艺文类聚》七八引《列仙传》云：“安期生，琅耶阜乡人，卖药海边，时人皆言千岁公。秦始皇请见，与语三日三夜，赐金璧数万，出于阜乡亭，皆置去，留书，以赤玉舄一量为报。曰：‘复千岁，来求我于蓬莱山下。’”

中丞宋公以吴兵三千赴河南军次寻阳脱余之囚参谋幕府因赠之[①]

独坐清天下[②]，专征出海隅[③]。九江皆渡虎[④]，三郡尽还珠[⑤]。组练明秋浦[⑥]，楼船入郢都[⑦]。风高初选将，月满欲平胡[⑧]。杀气横千里，军声动九区[⑨]。白猿惭剑术[⑩]，黄石借兵符[⑪]。戎虏行当翦，鲸鲵立可诛。自怜非剧孟，何以佐良图[⑫]？

① 本篇为出寻阳狱入宋若思幕时所作，赞宋之专征平胡，并表示愿佐良图。中丞宋公：即宋若思。据考证，“若思”或误作“若恩”，为宋之悌之次子，官御史中丞，又为江南西道采访使兼宣城太守。脱余之囚：指从寻阳狱中释放出来。按，白之出狱崔涣与宋若思均有力焉。白撰《为宋中丞自荐表》：“前后经宣慰大使崔涣及臣推覆清雪，寻经奏闻。”参谋幕府：于宋若思幕下参谋军政起草文书。有《陪宋中丞武昌夜饮怀古》诗、《为宋中丞请都金陵表》、《为宋中丞自荐表》等文可证。

② 独坐：专席。意指骄贵无偶。《后汉书·宣秉传》：“光武特诏御

史中丞与司隶校尉,尚书令会同并专席而坐,故京师号曰‘三独坐’。”

③ 专征:古诸侯或将帅经特许可自行出兵征伐。陶潜《命子》诗:“天子畴我,专征南国。”此指宋若思率吴兵赴河南。

④ “九江”句:《后汉书·宋均传》载:宋均为九江太守。郡多虎暴,设槛阱捕杀反多伤害,均命属县曰:虎豹在山,鼋鼍在水,各有所托。今为民害,咎在残吏,劳勤张捕,非忧恤之本,可去槛阱,除削课制。此后,相传虎相与东游渡江。

⑤ 三郡:指宋若思兼任太守的宣城郡。还珠:用合浦珠还故事。典出《后汉书·孟尝传》。称颂宋若思政绩。

⑥ 组练:组甲被练。军队装束。后亦用以形容军容之盛。秋浦:今安徽贵池。

⑦ 楼船:多层的大船,此指战船。郢都:楚国都城。此指江陵。

⑧ 平胡:指平安史之乱。

⑨ 九区:犹九州,指全国。

⑩ 白猿:即白猿公。越王请处女传剑术,处女北上见王,道逢老翁,自称袁公,请观其术。处女应之,公挽竹为剑,女接末,公操其本刺处女。三入,女因击袁公,公飞上树,化为白猿。见《艺文类聚》九五引《吴越春秋》。

⑪ 黄石:指黄石公。张良经下邳圯桥,黄石公授以太公兵法。事见《史记·留侯世家》。兵符:指太公兵法。

⑫“自怜”二句：自谦无剧孟之才以佐宋若思平叛。剧孟，汉初游侠。吴楚七国之叛，周亚夫得剧孟，助以平叛。见《史记·游侠列传》。

江上望皖公山[①]

奇峰出奇云，秀木含秀气。清宴皖公山，巉绝称人意[②]。独游沧江上，终日淡无味。但爱兹岭高，何由讨灵异[③]。默默遥相许，欲往心莫遂。待吾还丹成，投迹归此地[④]。

① 本篇于长江之上望皖公山有感而作。皖公山：又名皖山，与潜山、天柱山相连，三峰鼎峙。或作为一山，而以三名混称。在今安徽潜山。

② 巉绝：巉峭，险峻貌。陆游《入蜀记》：于皖口北望，正见皖山。知太白《江上望皖公山》诗"巉绝称人意"，"巉绝"二字为"不刊之妙"。

③ 灵异：指神仙之类。

④ 投迹：止足，停步。

窜夜郎于乌江留别宗十六璟[①]

君家全盛日，台鼎何陆离[②]。斩鳌翼娲皇，炼石补天维。一回日月顾，三入凤凰池[③]。失势青门傍，种瓜复几时[④]！犹会众宾客，三千光路岐。皇恩雪愤懑，松柏含荣滋[⑤]。我非东床人，令姊忝齐眉[⑥]。浪迹未出世，空名动京师[⑦]。适遭云罗解，翻谪夜郎悲[⑧]。拙妻莫邪剑，及此二龙随[⑨]。惭君湍波苦，千里远从之[⑩]。白帝晓猿断，黄牛过客迟[⑫]。遥瞻明月峡[⑬]，西去益相思。

① 本篇为流夜郎途中留别内弟宗璟之作，历叙宗之家世与己之身世，及旅途愁苦之情。夜郎：今贵州正安。乌江：王琦注引《浔阳记》定乌江在浔阳，即指浔阳江。然据“惭君湍波苦，千里远从之”诗句，此乌江似当远离浔阳之江。非首途道别，乃中途分别。宗璟：宗楚客之后，排行十六，蒲州人，太白妻弟。

② 台鼎：旧称三公为台鼎，如星之三台，如鼎之三足。《后汉书·陈球传》：“公出自宗室，位登台鼎。”陆离：美好貌。

③ “斩鳌”四句：写宗楚客曾辅佐武后，三登相位。娲皇，女娲。《淮

南子·览冥训》:“女娲炼五色石以补苍天,断鳌足以立四极。”此喻武后。谓楚客辅武后,如斩鳌足炼彩石以助娲皇补天纲续地维。凤凰池,省称凤池,指中书省。宗楚客三人中书省为宰相。武后朝称夏官侍郎同凤阁鸾台平章事。

④“失势”二句:写宗氏失势。在野如邵平种瓜青门。广陵邵平为东陵侯,秦破为布衣,种瓜青门外。青门为长安东头霸城门。见《三辅黄图》一。按,宗楚客先附武后,后附韦后,事败,被杀。家道败落,形同布衣。

⑤“皇恩”二句:言宗氏在政争中败落曾受皇恩,得以昭雪。

⑥“我非”二句:谦言为宗氏东床之婿。东床,王羲之坦腹东床,为郗太傅快婿。典出《世说新语·雅量》。齐眉,梁鸿之妻具食举案齐眉。典出《后汉书·梁鸿传》。

⑦“浪迹”二句:叙天宝初奉诏入翰林,名动京师事。

⑧“适遭”二句:谓从璘入狱,脱狱未久,复遭流放。

⑨“拙妻”二句:谓其妻宗氏亦送一程。莫邪剑,典出《吴越春秋》:干将、莫耶夫妻铸剑,始金铁不销,后同入冶炉,铸出二剑,阳曰干将,阴曰莫耶。二龙,喻双剑。

⑩“惭君”二句:谓宗璟不畏江行之苦从其姊送白一程。

⑪白帝:白帝城。在今重庆奉节。

⑫黄牛:黄牛峡。又名黄牛山,下有黄牛滩。在今湖北宜昌西。

⑬明月峡:在今四川广元。

与史郎中钦听黄鹤楼上吹笛[①]

一为迁客去长沙[②]，西望长安不见家。黄鹤楼中吹玉笛，江城五月落梅花[③]。

① 本篇当是长流夜郎至江夏时所作。无限羁情，发于笛声。史郎中钦：事迹不详。与《江夏使君叔席上赠史郎中》诗中之史郎中，或即一人。黄鹤楼：故址在今湖北武昌蛇山。

② 迁客去长沙：用汉贾谊事。贾谊曾被贬为长沙王太傅。见《史记·屈原贾生列传》。迁客，被贬谪之人。自指，或指史钦。

③ 落梅花：古笛曲有《梅花落》。

赠从弟南平太守之遥[①]（二首选一）

少年不得意，落魄无安居。愿随任公子，欲钓吞舟鱼[②]。常时饮酒逐风景，壮心遂与功名疏。兰生谷底人不锄，云在高山空卷舒。汉家天子驰驷马，赤车蜀道迎相如[③]。天门九重谒圣人，龙颜一解四海春。彤庭左右呼万岁[④]，拜贺明主收沉沦。翰林秉笔回英盼[⑤]，麟阁峥嵘谁可见[⑥]？承恩初入银台门[⑦]，著书独在金銮殿[⑧]。龙驹雕镫白玉鞍，象床绮席黄金盘。当时笑我微贱者，却来请谒为交欢。一朝谢病游江海，畴昔相知几人在？前门长揖后门关，今日结交明日改。爱君山岳心不移，随君云雾迷所为。梦得池塘生春草，使我长价登楼诗[⑨]。别后遥传临海作，可见羊何共和之[⑩]。

① 本题二首，此录其一。缪本题下注云："时因饮酒过度贬武陵，后诗故赠。"其二有"谪官桃源去，寻花几处行"，即指贬武陵事。本篇主要自叙经历，重在奉诏入京一段生活，及离京后朋友交情之疏，独有感于兄弟之情笃。南平太守之遥：李之遥，白之故交，由

南平守以饮酒故贬谪武陵，白因有此赠。南平，即渝州，先名巴郡，天宝初更名南平。今重庆。

② “愿随”二句：典出《庄子·外物》：任公子为大钩，蹲于会稽，投竿东海，期年而后钓得大鱼。吞舟鱼，形容大鱼。《庄子·庚桑楚》：“吞舟之鱼，砀而失水，则蚁能苦之。”

③ “汉家”二句：以司马相如自拟，谓玄宗召至京师。驷马，司马相如初去长安，过成都升仙桥，题柱曰：“不乘高车驷马，不过此桥。”见晋常璩《华阳国志》。此化用题柱事。

④ 彤庭：指朝廷。

⑤ 翰林：即翰林院。大明宫与兴庆宫均设翰林院。

⑥ 麟阁：麒麟阁。汉宣帝图绘功臣之所。

⑦ 银台门：在大明宫内，翰林院之侧。

⑧ 金銮殿：在大明宫内，其侧为金銮坡。按，李阳冰《草堂集序》谓太白入京，“置于金銮殿，出入翰林中，问以国政，潜草诏诰，人无知者”。

⑨ “梦得”二句：《南史·谢灵运传》载：谢灵运梦其从弟惠连，得“池塘生春草”句，自谓“此语有神助”，写入《登池上楼》诗。此化用其事，以喻之遥助太白诗思。

⑩ “别后”二句：语本谢灵运《登临海峤初发强中作与从弟惠连可见羊何共和之》诗。临海，今浙江天台。羊何，指泰山羊璿之、东海何长瑜，与灵运、惠连有笔墨之交。

泛沔州城南郎官湖[①]

张公多逸兴，共泛沔城隅[②]。当时秋月好，不减武昌都[③]。四坐醉清光，为欢古来无。郎官爱此水，因号郎官湖。风流若未减，名与此山俱[④]。

① 题下有《序》云："乾元岁秋八月，白迁于夜郎，遇故人尚书郎张谓出使夏口，沔州牧杜公、汉阳宰王公觞于江城之南湖，乐天下之再平也。方夜水月如练，清光可掇。张公殊有胜概，四望超然，乃顾白曰：'此湖古来贤豪游者非一，而枉践佳景，寂寥无闻。夫子可为我标之嘉名，以传不朽。'白因举酒酹水，号之曰郎官湖，亦由郑圃之有仆射陂也。席上文士辅翼、岑静以为知言，乃命赋诗纪事，刻石湖侧，将与大别山共相磨灭焉。"诗虽写苦中作乐，而豪兴却不减当年，此太白之所以为太白也。沔州：或谓汉阳郡，治所在今湖北汉阳。郎官湖：故址在今汉阳，原湖已涸。

② "张公"二句：谓张谓宴白于沔州城南。张公，张谓，天宝二年进士，奉使长沙，大历间为礼部侍郎。

③ 武昌都：指江夏。今湖北武昌。

④ 此山：指大别山。在郎官湖之上。位于今湖北汉阳龟山之侧。

流夜郎赠辛判官[①]

昔在长安醉花柳，五侯七贵同杯酒。气岸遥凌豪士前，风流肯落他人后[②]。夫子红颜我少年，章台走马著金鞭。文章献纳麒麟殿，歌舞淹留玳瑁筵[③]。与君自谓长如此，宁知草动风尘起。函谷忽惊胡马来，秦宫桃李向胡开[④]。我愁远谪夜郎去，何日金鸡放赦回[⑤]。

① 本篇当是将赴夜郎赠别辛判官之作，历叙长安旧游及乱后远谪事。夜郎：郡治在今贵州正安西北。辛判官：未详。判官，唐节度、观察、防御诸使，均置判官，以佐政事。

② "昔在"四句：写在翰林时之风流得意。五侯七贵，泛指朝中权贵。

③ "夫子"四句：谓与辛判官在长安同游同事的情景。章台，长安章台街。《汉书·张敞传》："时罢朝会，过走马章台街。"麒麟殿，汉未央宫中殿名。此指唐宫殿。玳瑁筵，以玳瑁装饰坐具的宴席，即盛筵。刘桢《瓜赋序》："布象牙之席，薰玳瑁之筵。"

④ "与君"四句：写安史之乱。函谷，即函谷关。此喻潼关。潼关失

守，长安即陷落。秦宫桃李，指唐宫花木。旧注求具体寄托，失之凿。胡，一作“明”，费解，两宋、缪本作“胡”，是。言唐宫花木皆为叛军而开。

⑤ 金鸡：标志大赦。《新唐书·百官志》：“赦日，树金鸡于仗南。”此俗始于后魏。见《封氏闻见记》四。

南流夜郎寄内[1]

夜郎天外怨离居，明月楼中音信疏。北雁春归看欲尽，南来不得豫章书[2]。

① 本篇为流夜郎寄内之作，写离居之怨。

② 南来：流夜郎自江溯乌江而南，故曰"南来"。豫章：白妻宗夫人于庐山五老峰下修道，其地汉属扬州豫章郡，故称"豫章"。非指唐朝豫章郡治，即今江西南昌。

流夜郎闻酺不预[①]

北阙圣人歌太康[②]，南冠君子窜遐荒[③]。汉酺闻奏钧天乐[④]，愿得风吹到夜郎。

①《旧唐书·肃宗纪》载：至德二载十二月，下制大赦，赐酺五日。太白流夜郎，未预赐酺，因作此诗。诗虽怨，而不怒。酺：相聚欢饮。以古有禁聚饮之律，故有赐酺之事。唐无聚饮之禁，仍用赐酺之称。不预：不曾参与。

② 北阙：指京都皇宫。太康：安乐。魏明帝曹叡《野田黄雀行》佚句："百姓讴吟咏太康。"

③ 南冠君子：囚徒。此自指。典出《左传·成公九年》晋侯见钟仪南冠作楚囚事。遐荒：荒远之地。指夜郎。

④ 汉酺：借汉喻唐。指肃宗赐酺五日。钧天乐：指仙乐。喻唐赐酺时乐伎所奏音乐。

宿巫山下①

昨夜巫山下，猿声梦里长②。桃花飞渌水，三月下瞿塘③。雨色风吹去，南行拂楚王④。高丘怀宋玉⑤，访古一沾裳。

① 本篇写流夜郎遇赦出峡宿巫山下次日访古情怀。此前曾作《自巴东舟行经瞿塘峡登巫山最高峰晚还题壁》诗，知其晚还即宿巫山下。巫山：在三峡之中，为楚蜀交界，有十二峰，以神女峰最著名。

② 猿声：三峡多猿。《水经注·江水》："每至晴初霜旦，林寒涧肃，常有高猿长啸，属引凄异，空谷传响，哀转久绝。"

③ 瞿塘：即瞿塘峡，又称夔峡，在白帝山下夔门之东。

④ "雨色"二句：用宋玉《高唐赋》所写楚襄王梦巫山神女"旦为朝云，暮为行雨"事。

⑤ 高丘：指巫山。宋玉：楚人，曾为楚襄王大夫。相传为屈原弟子。

我行巫山渚[①]

（古风其五十八）

我行巫山渚，寻古登阳台[②]。天空彩云灭，地远清风来。神女去已久，襄王安在哉！荒淫竟沦没，樵牧徒悲哀。

① 本篇为行经巫山吊古伤怀之作。渚：水边。

② 阳台：在今巫山阳台山上，为巫山神女遗迹。楚襄王梦巫山神女荐枕席，神女去时辞曰："妾在巫山之阳，高丘之阻，旦为朝云，暮为行雨，朝朝暮暮，阳台之下。"见宋玉《高唐赋》。

荆门浮舟望蜀江[1]

春水月峡来[2],浮舟望安极。正是桃花流,依然锦江色[3]。江色绿且明[4],茫茫与天平。逶迤巴山尽[5],遥曳楚云行。雪照聚沙雁,花飞出谷莺。芳洲却已转,碧树森森迎。流目浦烟夕,扬帆海月生。江陵识遥火,应到渚宫城[6]。

① 本篇当是夜郎赦还出川过荆门时所作,其情调颇为深沉,已无初出夔门之轻快。荆门:山名,与虎牙相对,在宜都西北。蜀江:长江未出峡称蜀江。出峡后称楚江。

② 月峡:即明月峡。峡首南岸壁高四十丈,有圆孔,形若满月,故名。在今四川广元。

③ 锦江:又称濯锦江。岷江支流。流经四川成都。

④ "江色"句:陆游《入蜀记》曰:"与儿辈登堤观蜀江,乃知太白《荆门望蜀江》诗'江色绿且明',为善状物也。"

⑤ 巴山:又名大巴山。为川陕交界。此泛指巴蜀之山。

⑥ 渚宫:楚宫。在今湖北荆州。

经乱离后天恩流夜郎忆旧游书怀赠江夏韦太守良宰[①]

天上白玉京，十二楼五城。仙人抚我顶，结发受长生[②]。误逐世间乐，颇穷理乱情。九十六圣君[③]，浮云挂空名。天地赌一掷，未能忘战争。试涉霸王略，将期轩冕荣[④]。时命乃大谬，弃之海上行[⑤]。学剑翻自哂，为文竟何成？剑非万人敌，文窃四海声[⑥]。儿戏不足道，五噫出西京。临当欲去时，慷慨泪沾缨[⑦]。叹君倜傥才，标举冠群英。开筵引祖帐，慰此远徂征。鞍马若浮云，送余骠骑亭。歌钟不尽意，白日落昆明[⑧]。十月到幽州[⑨]，戈铤若罗星[⑩]。君王弃北海，扫地借长鲸。呼吸走百川，燕然可摧倾[⑪]。心知不得语，却欲栖蓬瀛[⑫]。弯弧惧天狼，挟矢不敢张[⑬]。揽涕黄金台，呼天哭昭王[⑭]。无人贵骏骨，绿耳空腾骧[⑮]。乐毅傥再生，于今亦奔亡[⑯]。蹉跎不得意，驱马过贵乡[⑰]。逢君听弦歌[⑱]，肃穆坐华堂。百里独太古[⑲]，陶然卧羲皇[⑳]。征乐昌乐馆，开筵列壶觞。贤豪间青娥，对烛俨成行。醉舞纷绮席，清歌绕飞梁[21]。欢娱未终朝，秩满归咸阳[22]。祖道拥万人，供帐遥相望[23]。一别隔千里，荣枯异炎凉。炎凉几度改，九土中横溃[24]。汉甲连胡兵[25]，沙尘暗云海。草木摇杀气，星辰无光彩。白骨成丘山，苍生竟何罪？函关壮帝居，国命悬哥舒。长戟三十万，开门纳凶渠[26]。公卿奴犬羊，忠谠醢与菹[27]。二圣出游豫，两京遂丘墟[28]。帝子许专征，秉旄控强楚[29]。节制非桓文，军师拥熊虎[30]。人心失去就，贼势腾风雨。惟君固房陵，诚节冠终古[31]。仆卧香炉顶，餐霞嗽瑶泉。门开九江转，枕下五湖连[32]。半夜水军来，寻阳满旌旃。空名适自误，迫胁上楼船[33]。徒赐五百金，弃之若浮烟。辞官不受赏，翻谪夜郎天[34]。夜郎万里道，西上令人老。扫荡六合清，仍为负霜草。日月无偏照，何由诉苍昊。良牧称神明[35]，深仁恤交道。一忝青云客，三登黄鹤楼[36]。顾惭祢处士，虚对鹦鹉洲[37]。樊山霸气尽，寥落天地秋[38]。江带峨眉雪，川横三峡流。万舸此中来，连帆过扬州[39]。送此万里目，旷然散我愁。纱窗倚天开，水树绿如发。窥日畏衔山，促酒喜得月。吴娃与越艳，窈窕夸铅红[40]。呼来上云梯，含笑出帘栊。对客小垂手[41]，罗衣舞春风。宾跪请休息，主人情未极。览君荆山作，江鲍堪动色。

清水出芙蓉，天然去雕饰[42]。逸兴横素襟，无时不招寻[43]。朱门拥虎士，列戟何森森。剪凿竹石开，萦流涨清深[44]。登楼坐水阁，吐论多英音。片辞贵白璧，一诺轻黄金[45]。谓我不愧君，青鸟明丹心[46]。五色云间鹊，飞鸣天上来。传闻赦书至，却放夜郎回[47]。暖气变寒谷，炎烟生死灰[48]。君登凤池去，勿弃贾生才[49]。桀犬尚吠尧[50]，匈奴笑千秋[51]。中夜四五叹，常为大国忧。旌旆夹两山，黄河当中流。连鸡不得进[52]，饮马空夷犹。安得羿善射[53]，一箭落旄头[54]！

① 本篇叙其与韦良宰交游始末并述平生踪迹及时局变迁，互为经纬，交织成文，诚如《唐宋诗醇》所评："汪洋灏瀚，如百川之灌河，如长江之赴海，卓乎大篇，可与《北征》并峙。"江夏：今湖北武昌。韦太守良宰：鄂州刺史韦良宰，为太白故交，据考证，为彭城韦氏，即韦行佺之子。白有《天长节使鄂州刺史韦公德政碑并序》一文，所写当是一人。

② "天上"四句：自谓本乃仙界之长生者。白玉京，为天帝所居之处。十二楼五城，为仙人所居之处。见《汉书·郊祀志》。

③ 九十六圣君：杨齐贤注："自秦始皇至唐玄宗，中国传绪之君，凡九十有六。"

④ "试涉"二句：谓以纵横术取仕。霸王略，霸道王道之谋略。白少

好纵横术。轩冕，古代大夫以上可乘轩冠冕，此代指官宦。

⑤ 海上行：语本《论语·公冶长》：“道不行，乘桴浮于海。”

⑥ “学剑”四句：谓学剑无成，为文窃名。《史记·项羽本纪》：“项籍少时，学书不成，去，学剑又不成。项梁怒之，籍曰：‘书，足以记名姓而已。剑，一人敌，不足学；学万人敌。’于是项梁又教籍兵法。”

⑦ “儿戏”四句：写长安失意还山。儿戏，处理事情轻率玩忽。指轻信谗言。五噫，后汉梁鸿东出关，过洛阳，作《五噫》之歌。见《后汉书·梁鸿传》。自喻感慨离京。

⑧ “开筵”六句：写韦良宰为之饯行于骠骑亭。祖帐，古人饯别所设帐幕。骠骑亭，当在长安昆明池附近。昆明，昆明池，汉武帝所凿，用以训练水师。故址在今西安西南。

⑨ 幽州：即范阳郡，后改幽州。为安禄山巢穴。按，太白天宝十一载十月到达幽州。

⑩ “戈鋋”句：写安禄山军备之盛。鋋，短矛。

⑪ “君王”四句：谓唐玄宗将北方诸郡交给安禄山，使之形成排山倒海之势。北海，指北方疆土。时安禄山为平卢节度使、代范阳节度使，经略十一军，统领十一州。天宝十载又兼河东节度使。长鲸，喻指安禄山。燕然，燕然山，今名杭爱山，在蒙古国中部。此借指燕山。

⑫ 蓬瀛：蓬莱与瀛洲。传说中的两座仙山。

⑬“弯弧”二句：语本《楚辞·九歌·东君》：“挟长矢兮射天狼。”天狼：星名，以喻贪残，此指安禄山。

⑭“揽涕”二句：叹无如燕昭王之爱才者。黄金台，燕昭王为延揽天下贤士所筑之台，故址在今河北易县东南。《史记·燕世家》但云筑宫，孔融《论盛孝章书》始称筑台，其名“黄金”，出鲍照《放歌行》。

⑮“无人”二句：亦用昭王故事。郭隗谓燕昭王，古之君市千里马，三月得死马，以五百金市其骨，不期年而千里马至者三。王欲致士，自隗始，则贤于隗者必来。见《战国策·燕策》。绿耳，又作“騄弭”，骏马名，周穆王八骏之一。

⑯“乐毅”二句：燕昭王用燕将乐毅为亚卿，曾率军破齐，下七十余城。昭王死，惠王疑之，乐毅奔亡赵国。见《史记·乐毅列传》。

⑰贵乡：县名，属魏州，故址在今河北大名县境。其时韦良宰为贵乡县令。

⑱弦歌：子游为武城宰，弦歌而治。见《论语·阳货》。

⑲百里：古时一县辖地约百里，因以百里为县之代称。殷浩将授李充剡县令，问：“君能屈志百里不?”见《世说新语·言语》。

⑳羲皇：指伏羲氏。相传为古代部落酋长。教民捕鱼畜牧，以充庖厨。民风淳朴。

㉑“征乐”六句：写过贵乡受韦良宰热情款待。昌乐馆，旧注以为指魏州昌乐县。味诗意，当是指贵乡县之馆舍，为太白预宴之处。

绕飞梁：典出韩娥之齐过雍门歌以乞食，余音绕梁，三日不绝。见《列子·汤问》。

㉒“秩满”句：谓韦良宰贵乡令秩满回长安。咸阳，代指长安。

㉓“祖道”二句：谓上万人为韦良宰送行。祖道，饯行。供帐，即祖帐，饯行设筵的帐幕。

㉔九土：即九州。横溃：形容社会动乱。指安史之乱。

㉕胡兵：指安史叛军。

㉖“函关”四句：言哥舒翰失守潼关，安史进逼长安。函关，函谷关。此指潼关。哥舒，哥舒翰。唐突骑施哥舒部之裔，初为王忠嗣衙将，以功封西平郡王，因疾归京师。安史之乱，起为先锋兵马元帅，守潼关，出战不利，投降被杀。凶渠，凶徒的元首，元凶。指安禄山。

㉗“公卿”二句：谓唐公卿臣僚之遭迫害。奴犬羊，奴于犬羊，即贼众使之如奴。魏鼓吹十二曲《克官渡》：“贼众如犬羊。”“奴”，一作“如”。以犬羊喻公卿，似欠安。忠谠，忠诚正直之士。醢与葅，即葅醢，剁为肉酱。

㉘“二圣”二句：写二帝出巡，两京陷落。二圣，指玄宗与肃宗。游豫，游乐。《孟子·梁惠王下》：“吾王不游，吾何以休？吾王不豫，吾何以助？”讳言出奔，故称“游豫”。

㉙“帝子”二句：谓永王受命控制江南。帝子，指永王李璘。专征，特许率军出征。秉旄，犹持节，总军戎之事。控强楚，永王为江南

诸道节度，出镇荆州，故云。

㉚ “节制”二句：谓永王不善治军。桓文，指春秋齐桓公与晋文公。《荀子·议兵》：“秦之锐士，不可以当桓文之节制。”熊虎，喻猛将强兵。

㉛ “惟君”二句：赞韦良宰忠于唐室，固守房陵。房陵，即房州，治所在今湖北房县。其时韦良宰为房陵太守，不随永王。太白《天长节使鄂州刺史韦公德政碑》云：“曩者永王以天人授钺，东巡无名，利剑承喉以胁从，壮心坚守而不动。房陵之俗，安于泰山。”

㉜ “仆卧”四句：自谓时栖隐庐山。香炉，庐山香炉峰。九江，古长江至寻阳分为九派，此泛指长江。五湖，此实指庐山南之鄱阳湖。

㉝ “半夜”四句：写从璘事。迫胁，受永王逼迫与威胁。按，白之从璘，出于自愿，意欲平乱立功而后退隐。所谓“迫胁”，盖讳言从逆。

㉞ 谪夜郎：指被判长流夜郎。

㉟ 良牧：指太守韦良宰。牧，州牧，即太守、刺史。

㊱ “一忝”二句：谓在江夏韦良宰处为客。青云客，于青云之士家作客。在韦家作客的客气话。黄鹤楼，在江夏黄鹄矶，今湖北武昌。

㊲ “顾惭”二句：言对祢衡之遗迹而愧无其才。自谦语。祢处士，即祢衡，东汉末名士。曾作《鹦鹉赋》。鹦鹉洲，在今湖北汉阳。原在长江中，对黄鹄矶。以祢衡之赋得名。

㊳ “樊山”二句：一本作“彤襜冠白笔，爽气凌清秋”。谓鄂州自孙吴

霸气消尽，此地便萧条了。樊山，又名袁山，今称雷山。在今湖北鄂城西北。东吴孙皓自建业迁都武昌，故此地曾有霸气。

㊴“江带”四句：写长江沟通蜀吴，鄂州中转，为要冲之地。峨眉雪，上游峨眉山之雪水。

㊶“吴娃”两句：写涂脂抹粉的吴越美女。吴娃、越艳，均指吴越歌妓舞女。铅红，指白粉与胭脂。

㊷小垂手：一种舞蹈名称。《乐府杂录·舞工》：“舞者，乐之容也，有《大垂手》《小垂手》。”

㊸“览君”四句：评韦良宰诗作如江鲍之清新自然。荆山作，指韦所作荆山诗。按，今不传。荆山，在今湖北武当山东南。江鲍，指南朝诗人鲍照与江淹。

㊹招寻：招邀。指招太白作客。

㊹“朱门”四句：写韦良宰府第园林。

㊺“片辞”二句：谓韦良宰讲义气，重然诺。《史记·季布栾布列传》载楚人谚曰：“得黄金百斤，不如得季布一诺。”

㊻“青鸟”句：语本阮籍《咏怀诗》：“谁言不可见，青鸟明我心。”

㊼“五色”四句：写流夜郎遇赦。唐张鷟《朝野佥载》卷四：“贞观末，南康黎景逸居于空青山，常有鹊巢其侧，每饭食以喂之。后邻近失布者诬景逸盗之，系南康狱，月馀劾不承。欲讯之，其鹊止于狱楼，向景逸欢喜，似传语之状。其日传有赦，官司诘其来，云路逢玄衣素衿人所说。三日而赦至，景逸还山，乃知玄衣素衿者，鹊之

所传也。”

㊽ “暖气”二句：以寒谷回暖死灰复燃喻否极泰来。燕地寒谷经邹衍吹暖而出黍。见刘向《别录》。死灰复燃，语见《史记·韩长孺列传》。

㊾ “君登”二句：求韦良宰入朝时举荐其才。凤凰池，指中书省。贾生，指汉贾谊，被贬为长沙王太傅。

㊿ “桀犬”句：喻安史余党尚作乱反唐王朝。语本《汉书·邹阳列传》：“桀之犬可使吠尧。”

51 千秋：指汉武帝时丞相车千秋。车千秋无才能学术，以一言悟主，取宰相封侯，为匈奴所笑，谓“汉置丞相非用贤也，妄一男子上书即得之矣”。见《汉书·车千秋传》。

52 连鸡：缚在一起的鸡。喻互相牵制，行动不一致。《战国策·秦策》：“诸侯不可一，犹连鸡之不能俱止于栖亦明矣。”

53 羿：后羿，古之善射者。

54 旄头：即昴星，胡星，喻安史叛军。

自汉阳病酒归寄王明府[①]

去岁左迁夜郎道，琉璃砚水长枯槁。今年敕放巫山阳[②]，蛟龙笔翰生辉光。圣主还听《子虚赋》，相如却欲论文章[③]。愿扫鹦鹉洲，与君醉百场。啸起白云飞七泽[④]，歌吟渌水动三湘[⑤]。莫惜连船沽美酒，千金一掷买春芳。

① 本篇写汉阳与王明府饮醉归江夏赋诗以谢，颇有重振雄风之意。汉阳：今属湖北武汉。王明府：王姓汉阳县令。太白遇赦至江夏，与王明府交往颇密切。有《赠王汉阳》《寄王汉阳》《望汉阳柳色寄王宰》《早春寄王汉阳》《醉题王汉阳厅》等诗。

② 巫山阳：巫山之南。指流放地。

③ "圣主"二句：自比相如，冀逢圣主。圣主，谓汉武帝。汉武帝读司马相如《子虚赋》，曰："朕独不得与此人同时哉！"因召相如。见《史记·司马相如列传》。此借指唐肃宗。

④ 七泽：泛指楚泽。传楚有七泽，包括云梦。见司马相如《子虚赋》。

⑤ 三湘：泛指今洞庭湖南北湘江流域一带。

流夜郎半道承恩放还兼欣克复之美书怀示息秀才[①]

黄口为人罗，白龙乃鱼服。得罪岂怨天，以愚陷网目[②]。鲸鲵未翦灭，豺狼屡翻覆[③]。悲作楚地囚[④]，何由秦庭哭[⑤]！遭逢二明主，前后两迁逐[⑥]。去国愁夜郎，投身窜荒谷。半道雪屯蒙[⑦]，旷如鸟出笼。遥欣克复美[⑧]，光武安可同[⑨]。天子巡剑阁，储皇守扶风[⑩]。扬袂正北辰[⑪]，开襟揽群雄。胡兵出月窟，雷破关之东。左扫因右拂，旋收洛阳宫[⑫]。回舆入咸京[⑬]，席卷六合通。叱咤开帝业，手成天地功。大驾还长安，两日忽再中[⑭]。一朝让宝位，剑玺传无穷。愧无秋毫力，谁念矍铄翁[⑮]？弋者何所慕，高飞仰冥鸿[⑯]。弃剑学丹砂，临炉双玉童[⑰]。寄言息夫子，岁晚陟方蓬。

① 本篇与息秀才叙遇赦之情并赞收复两京之功。息秀才：名字事迹不详。

② “黄口”四句：叙获罪长流事。黄口，雏雀。《孔子家语》载：孔子

见罗者所得皆黄口小雀,罗者曰:“大雀善惊而难得,黄口贪食而易得。”白龙鱼服:白龙化鱼,喻贵人遇险。刘向《说苑·正谏》:“昔白龙下清泠之渊,化为鱼,渔者豫且射中其目。”

③“鲸鲵”二句:谓安史之乱未平。鲸鲵,喻安禄山。豺狼,指史思明降而复叛。

④楚地囚:楚囚,被俘的楚国人。语本《左传·成公九年》。此泛指囚犯。

⑤秦庭哭:申包胥之秦求救楚,哭于秦庭,七日七夜,口不绝声。事见《左传·定公四年》。

⑥“遭逢”二句:谓玄宗朝被谗去京,肃宗朝获罪长流。

⑦雪屯蒙:指遇赦。屯蒙,《易》之两卦,指艰难蹇滞。

⑧克复:以武力收复失地。此指郭子仪收复长安洛阳西东两京事。

⑨光武:指汉光武帝刘秀,号称中兴之主。借喻肃宗。

⑩“天子”二句:谓安史乱起,玄宗奔蜀,太子守扶风。剑阁,剑阁山,此指蜀。储皇,太子,指李豫。扶风,即凤翔,肃宗驻兵凤翔,至收复长安,始进京。

⑪北辰:北极星,指朝廷。《论语·为政》:“譬如北辰,居其所而众星共(拱)之。”

⑫“胡兵”四句:言借助回纥之兵,横扫函谷关以东,收复洛阳。胡兵,指回纥。

⑬咸京:咸阳,代指长安。

⑭ 两日：指玄宗与肃宗。

⑮ 矍铄翁：精神健旺的老人。《后汉书·马援传》："援据鞍顾眄，以示可用。帝笑曰：'矍铄哉，是翁也！'"

⑯ "弋者"二句：谓将隐退。扬雄《法言·问明》："鸿飞冥冥，弋人何篡焉！"

⑰ "弃剑"二句：有入道之意。

⑱ 方蓬：方丈与蓬莱。传说中海中仙山。

与夏十二登岳阳楼[①]

楼观岳阳尽,川迴洞庭开[②]。雁引愁心去,山衔好月来。云间连下榻[③],天上接行杯。醉后凉风起,吹人舞袖回。

① 本篇为太白之登岳阳楼诗,与孟浩然、杜甫之作相较,似不及孟杜岳阳楼诗知名,然自有其韵味,虽无雄豪之概,却有清远之致。夏十二:夏姓,排行十二,事迹不详。岳阳楼:岳州西城门楼,下瞰洞庭。在今湖南岳阳之西。

② 洞庭:即洞庭湖。

③ 下榻:用陈蕃为徐稚下榻事。见《后汉书·徐稚传》。借指留宿处。

门有车马客行[①]

门有车马客，金鞍耀朱轮。谓从丹霄落[②]，乃是故乡亲。呼儿扫中堂，坐客论悲辛。对酒两不饮，停觞泪盈巾。叹我万里游，飘飖三十春。空谈帝王略，紫绶不挂身[③]。雄剑藏玉匣[④]，阴符生素尘[⑤]。廓落无所合[⑥]，流离湘水滨。借问宗党间，多为泉下人。生苦百战役，死托万鬼邻[⑦]。北风扬胡沙，埋翳周与秦。大运且如此，苍穹宁匪仁？恻怆竟何道，存亡任大钧[⑧]。

① 本篇借乐府旧题自叙身世经历，不胜飘泊之感。门有车马客行：乐府相和歌旧题。

② 丹霄：天空。《北堂书钞》一五一引贾谊诗："青青寒云，上拂丹霄。"

③ 紫绶：紫色丝带，用作印组或服饰，唐代二三品官服紫绶。

④ 雄剑：即干将。雌剑为莫耶。见《吴越春秋》。

⑤ 阴符：指《阴符经》。此与雄剑连举，当指兵家书，而非黄帝道书。

⑥ 廓落：《文选》宋玉《九辩》"廓落兮羁旅而无友生"，吕延济注："廓

落，空寂也。”

⑦“死托”句：晋陆机《挽歌诗》：“昔居四民宅，今托万鬼邻。”

⑧大钧：古代制陶器的转轮。后用以喻制造自然界万物的工具，并代指大自然。《史记索引》引虞喜《志林》云：“大钧造化之神，钧陶万物，品授群形者也。”

巴陵赠贾舍人[①]

贾生西望忆京华，湘浦南迁莫怨嗟[②]。圣主恩深汉文帝，怜君不遣到长沙[③]。

① 本篇为慰贾至贬岳州之作。巴陵：即岳州，今湖南岳阳。贾舍人：名至，曾任中书舍人，出为汝州刺史，安史之乱，弃州出奔，贬岳州司马。

② 湘浦：指湖南。二句以汉贾谊之贬长沙喻贾至之贬岳州。

③ “圣主”二句：谓肃宗之恩深于汉文帝，故未遣至长沙。意比贾谊所贬为近。极深婉之致。

陪族叔刑部侍郎晔及中书贾舍人至游洞庭五首[①]

一

洞庭西望楚江分[②]，水尽南天不见云。日落长沙秋色远，不知何处吊湘君[③]。

二

南湖秋水夜无烟[④]，耐可乘流直上天。且就洞庭赊月色，将船买酒白云边。

三

洛阳才子谪湘川[⑤]，元礼同舟月下仙[⑥]。记得长安还欲笑，不知何处是西天[⑦]。

四

洞庭湖西秋月辉，潇湘江北早鸿飞。醉客满船歌白苎[8],不知霜露入秋衣。

五

帝子潇湘去不还[9],空馀秋草洞庭间。淡扫明湖开玉镜,丹青画出是君山[10]。

① 本题五首,写与李晔、贾至泛舟洞庭,三人俱为迁客,别有情怀,诗带清愁,却有潇洒之态。刑部侍郎晔:李晔,为文部侍郎李暐之弟,任刑部侍郎,以忤宦官李辅国,贬岭南县尉。贾舍人至:贾至,曾任中书舍人,后任汝州刺史,以汝州失守,贬岳州司马。

② 楚江:长江入楚称楚江。

③ 湘君:湘水之神。或说舜二妃死于江湘,俗谓湘君。见《列女传》。

④ 南湖:指岳州洞庭湖。

⑤ 洛阳才子:指贾谊。借以喻贾至。至亦洛阳人,故云。

⑥ "元礼"句:用李膺事。《后汉书·郭太传》载:郭林宗还乡,送者甚众,林宗唯与李膺同舟,众望之如神仙。此以李膺喻李晔。

⑦ "记得"二句:暗用桓谭《新论》:"人闻长安乐,则出门而西向笑。"

⑧ 白苎:乐府清商调曲名,为吴人所歌。

⑨ 帝子:指尧女娥皇、女英。《九歌·湘夫人》:"帝子降兮北渚。"

⑩ 君山:又名湘山,在洞庭湖中。

陪侍郎叔游洞庭醉后三首[①]

一

今日竹林宴[②]，我家贤侍郎。三杯容小阮[③]，醉后发清狂。

二

船上齐桡乐，湖心泛月归。白鸥闲不去，争拂酒筵飞。

三

划却君山好[④]，平铺湘水流。巴陵无限酒[⑤]，醉杀洞庭秋。

① 本题三首皆写泛舟洞庭逸兴，诗语似醉似狂，却愈奇愈豪，自是太白本色。侍郎叔：指刑部侍郎李晔。时由刑部贬职岭南。

② 竹林宴：晋阮籍、阮咸叔侄预竹林之饮。事见《晋书·阮籍传》。

喻与叔同醉于洞庭。

③ 小阮：即阮咸。作者自喻。

④ 君山：又名湘山，洞庭湖中一小山。

⑤ 巴陵：指岳州，今湖南岳阳。

司马将军歌[①]

狂风吹古月，窃弄章华台[②]。北落明星动光彩，南征猛将如云雷[③]。手中电曳倚天剑，直斩长鲸海水开[④]。我见楼船壮心目，颇似龙骧下三蜀[⑤]。扬兵习战张虎旗[⑥]，江中白浪如银屋。身居玉帐临河魁[⑦]，紫髯若戟冠崔嵬。细柳开营揖天子，始知灞上为婴孩[⑧]。羌笛横吹阿亸回[⑨]，向月楼中吹落梅[⑩]。将军自起舞长剑，壮士呼声动九垓[⑪]。功成献凯见明主，丹青画像麒麟台[⑫]。

① 本篇借司马将军以赞平荆州之乱唐将帅。以旧题写时事。司马将军歌：原注云："代陇上健儿陈安。"按，陈安为晋王司马宝将，与前赵刘曜之将平先战，死于陕中。陇上人思之，为作壮士之歌："陇上壮士有陈安，……"此以陈安喻荆襄招讨使、山南东道处置兵马都使、太子少保崔光远等。

② "狂风"二句：谓贼乱荆楚。古月，合为"胡"字，此喻叛将康楚元、张嘉延。康、张据荆襄作乱，自称南楚霸王。《晋书·苻坚载记》："古月之末乱中州。"是其所本。章华台，春秋时楚灵王所建。此

代指荆州。

③ “北落”二句：谓朝廷派将南征。北落明星，星座名，主兵。王琦注引《甘氏星经》：“北落师门一星，在羽林军西，主候兵。星明大而角，军兵安；小暗，天下兵。”此言星明，故南征之军安。猛将如云雷，极言将领之多。

④ “手中”二句：颂平叛之威势。作者《临江王节士歌》谓“安得倚天剑，跨海斩长鲸”，则有求自试之意。倚天剑，宋玉《大言赋》：“长剑耿耿倚天外。”直斩长鲸，梁元帝《玄览赋》：“斩横海之长鲸。”

⑤ “我见”二句：谓亲见南征水军之壮，如晋王濬楼船之直下金陵。龙骧下三蜀，《晋书·王濬传》：晋武帝封王濬为龙骧将军，造大船连舫，自三蜀益州出发，直逼金陵，吴主孙皓至营门投降。

⑥ 虎旗：画有虎纹的战旗。

⑦ 玉帐：主帅所居的军帐。河魁：指西方偏北的“戌”。宋张淏《云谷杂记》：“戌为河魁，谓主将之帐宜在戌也。”

⑧ “细柳”二句：用周亚夫事。《史记·绛侯周勃世家》载：汉文帝六年，匈奴犯边，以刘礼将军军灞上，以周亚夫将军军细柳，严阵以待。上自劳军，至细柳营，亚夫持兵揖曰：“介胄之士不拜，请以军礼见。”天子见军纪整肃，谓群臣曰：“此真将军矣。曩者灞上及棘门军，若儿戏耳，其将固可袭而虏也；至于亚夫，可得而犯耶！”

⑨ 阿亸回：即《阿滥堆》，《唐诗纪事》五二：“骊宫小禽名阿滥堆，明皇御玉笛，采其声翻为曲，且为名，远近以笛争效之。”（张）祜有

《华清宫》诗曰:“红树萧萧阁半开,玉皇犹幸此宫来。至今风俗骊山下,村笛犹吹阿滥堆。”

⑩ 落梅:指笛曲《落梅花》。

⑪ 九垓:九天,九重天,指高空。

⑫ 麒麟台:即麒麟阁。在未央宫内。汉宣帝甘露三年,画功臣霍光、张安世、杜延年、苏武等十一人图像于阁上。见《汉书·苏建传》。

与诸公送陈郎将归衡阳[①]

衡山苍苍入紫冥[②]，下看南极老人星[③]。回飙吹散五峰雪[④]，往往飞花落洞庭[⑤]。气清岳秀有如此，郎将一家拖金紫[⑥]。门前食客乱浮云，世人皆比孟尝君[⑦]。江上送行无白璧[⑧]，临歧惆怅若为分[⑨]。

① 题下有《序》云："仲尼旅人，文王明夷，苟非其时，圣贤低眉。况仆之不肖者，而迁逐枯槁，固诚其宜！朝心不开，暮发尽白，而登高送远，使人增愁。陈郎将义风凛然，英思逸发。来下曹城之榻，去邀才子之诗。动情兴于中流，泛素波而径去。诸公仰望不及，连章祖之。序惭起予，辄冠名贤之首。作者嗤我，乃为抚掌之资乎！"咸本题无"与诸公"三字，注云："一作春于南浦与诸公。"《文苑英华》录其序，题作《春于南浦与诸公送陈郎将归衡岳序》。固知送别之地为武昌城南之南浦。诗颂陈郎将之豪放好客。陈郎将：名字事迹不详，据诗意知其家居衡阳，且为仕宦之家。郎将，五品军官。

② 衡山：南岳。在今湖南衡阳。

③ 南极老人：南极星，又称老人星。《史记·天官书》："狼比地有大星，曰南极老人。"

④ 五峰：指衡山七十二峰之五大峰：祝融峰、紫盖峰、云密峰、石廪峰、天柱峰。以祝融峰为最高。

⑤ 洞庭：指洞庭湖。在衡山之北。

⑥ 金紫：谓金鱼袋与紫绶。指高级官员。

⑦ "门前"二句：谓陈郎将家豪放好客。孟尝君，战国齐公子田文。门下有食客数千。

⑧ "江上"句：典出《左传·僖公二十四年》："春王正月，秦伯纳之（指晋公子重耳），不书，不告入也。及河，子犯以璧授公子曰：'臣负羁绁，从君巡于天下，臣之罪甚多矣。臣犹知之，而况君乎？请由此亡。'公子曰：'所不与舅氏同心者，有如白水！'投其璧于河。"以舅氏临河授璧，公子投璧于河，为临别信誓。

⑨ 若为分：难分难舍。若为，怎能。

江夏赠韦南陵冰[①]

胡骄马惊沙尘起，胡雏饮马天津水[②]。君为张掖近酒泉[③]，我窜三巴九千里[④]。天地再新法令宽，夜郎迁客带霜寒[⑤]。西忆故人不可见，东风吹梦到长安。宁期此地忽相遇，惊喜茫如堕烟雾。玉箫金管喧四筵，苦心不得申长句[⑥]。昨日绣衣倾绿樽[⑦]，病如桃李竟何言[⑧]。昔骑天子大宛马[⑨]，今乘款段诸侯门[⑩]。赖遇南平豁方寸，复兼夫子持清论。有似山开万里云，四望青天解人闷[⑪]。人闷还心闷，苦辛长苦辛。愁来饮酒二千石，寒灰重暖生阳春。山公醉后能骑马[⑫]，别是风流贤主人。头陀云月多僧气[⑬]，山水何曾称人意。不然鸣笳按鼓戏沧流，呼取江南女儿歌棹讴。我且为君搥碎黄鹤楼，君亦为我倒却鹦鹉洲[⑭]。赤壁争雄如梦里[⑮]，且须歌舞宽离忧。

① 本篇写赦后于江夏遇故交韦冰，叙离合情怀。江夏：今湖北武昌。韦南陵冰：南陵县令韦冰，京兆人，韦渠牟之父，官终著作郎兼苏州司马，卒于大历末。为太白故交，白曾教授其子渠牟古乐

府。南陵,今属安徽。

② “胡骄”二句:谓安史攻陷洛阳。胡骄,本谓匈奴,即所谓“胡者,天之骄子”(《汉书·匈奴传》)。此指安史。天津水,天津桥下之水。桥在洛阳西南洛水上。代指洛阳。

③ 张掖:唐为甘州,今属甘肃。酒泉:肃州,今属甘肃。句意谓其时韦冰官于张掖。

④ 三巴:指巴郡、巴西、巴东。今四川东部一带。按,三巴为白流夜郎所经之地。

⑤ 带霜寒:以“负霜草”喻迁客,故赦犹带霜寒意。

⑥ 长句:唐人称七律七古七言歌行为长句。

⑦ 绣衣:指御史台官员。亦称绣衣直指。见《汉书·百官公卿表上》。

⑧ “病如”句:化用“桃李不言,下自成蹊”语。见《史记·李将军列传论》。

⑨ 大宛马:汉西域大宛所产名马。此指所借御厩中马。

⑩ 款段:行走迟缓之劣马。马少游欲居乡里,“乘下泽车,御款段马”。见《后汉书·马援传》。

⑪ “赖遇”四句:感激南平太守李之遥与南陵令韦冰的勉励与持论,使之豁然开朗消除愁闷。南平,指南平太守李之遥。太白称之族弟,有《赠从弟南平太守之遥二首》。夫子,对韦冰的尊称。

⑫ 山公:指晋山简。曾出任征南将军,镇守襄阳。好酒。童谣云:

“山公出何许？往至高阳池。日夕倒载归，酩酊无所知。”见《晋书·山涛传》。此指韦冰。

⑬ 头陀：寺名。故址在今湖北武昌蛇山。

⑭ “我且”二句：故作狂言，以破愁闷。诗出，即有人讥其狂。故复作《醉后答丁十八以诗讥予捶碎黄鹤楼》一诗，诗云：“黄鹤楼高已捶碎，黄鹤仙人无所依。……一州笑我为狂客，少年往往来相讥。”其后禅僧作偈云：“一拳捶碎黄鹤楼，一脚踢翻鹦鹉洲。有意气时消意气，不风流处也风流。”颇得其旨。

⑮ 赤壁争雄：谓孙刘联军败曹操于赤壁。喻安史之乱后军伐争雄事。赤壁，传闻遗址多处，较可信者为今湖北蒲圻赤壁。

江　上　吟[①]

木兰之枻沙棠舟[②]，玉箫金管坐两头。美酒樽中置千斛，载妓随波任去留[③]。仙人有待乘黄鹤[④]，海客无心随白鸥[⑤]。屈平词赋悬日月[⑥]，楚王台榭空山丘[⑦]。兴酣落笔摇五岳[⑧]，诗成笑傲凌沧洲[⑨]。功名富贵若长在，汉水亦应西北流[⑩]。

① 本篇题一作《江上游》，当是游江夏所作，时已淡泊于功名而留心于词赋，亦达者之辞，有豪情逸致。

② “木兰”句：极言舟之华贵。木兰、沙棠，皆制舟之佳材。

③ 随波任去留：郭璞《山海经赞》：“聊以逍遥，任波去留。”

④ “仙人”句：切黄鹤楼。相传费祎登仙，尝驾鹤返憩于此，遂以名楼。见唐阎伯理《黄鹤楼记》。

⑤ “海客”句：典出《列子・黄帝篇》：“海上之人有好鸥者，每旦之海上，从鸥鸟游，鸥鸟之至者百住而不止。其父曰：‘吾闻鸥鸟皆从汝游，汝取来，吾玩之。’明日之海上，鸥鸟舞而不下。”

⑥ “屈平”句：《史记・屈原贾生列传》谓屈原之《离骚》，“其文约，其

辞微,其志洁,其行廉,其称文小而其指极大,举类迩而见义远”,“推此志也,虽与日月争光可也”。

⑦ 楚王:指楚怀王与楚襄王。句意谓楚王逐屈原,而身后一切皆泯灭。

⑧ 五岳:指东岳泰山、西岳华山、南岳衡山、北岳恒山、中岳嵩山。

⑨ 沧洲:古时隐者居处。

⑩ 汉水:长江支流。向东南流入长江。

峨眉山月歌送蜀僧晏入中京[①]

我在巴东三峡时[②]，西看明月忆峨眉。月出峨眉照沧海，与人万里长相随。黄鹤楼前月华白，此中忽见峨眉客[③]。峨眉山月还送君，风吹西到长安陌。长安大道横九天，峨眉山月照秦川[④]。黄金师子乘高座，白玉麈尾谈重玄[⑤]。我似浮云滞吴越[⑥]，君逢圣主游丹阙[⑦]。一振高名满帝都，归时还弄峨眉月。

① 本篇为送行诗，在江夏送蜀僧晏西入长安。蜀僧晏：作者在江夏黄鹤楼结识之峨眉山僧。中京：指长安。至德二载十二月改蜀郡为南京，凤翔为西京，长安为中京。上元二年中京复曰西京。

② 巴东：泛指古巴国之东，含今重庆云阳、奉节以东。三峡在其中，故称“巴东三峡”。《巴东三峡歌》云：“巴东三峡巫峡长，猿鸣三声泪沾裳。”

③ “黄鹤”二句：言于黄鹤楼见峨眉僧晏。黄鹤楼，故址在今湖北武昌蛇山。

④ 秦川：秦之故地，约包括今陕甘两省。

⑤ 师子乘高座：《大智度论》七："佛为人中师子，佛所坐处，或床或地，皆名师子座。如今者，国王坐处亦名师子座。"师，通"狮"。麈尾：俗称拂尘。晋人谈玄多执玉柄麈尾。《世说新语·容止》："王夷甫容貌整肃，妙于谈玄，恒捉白玉柄麈尾，与手都无分别。"二句悬想蜀僧晏在长安上座说法。

⑥ 吴越：今江浙一带。"我似"二句：化用曹丕《杂诗二首》其二："西北有浮云，亭亭如车盖。惜哉时不遇，适与飘风会。吹我东南行，行行至吴会。"

⑦ 丹阙：指长安宫阙。

天　马　歌[1]

天马来出月支窟[2]，背为虎文龙翼骨[3]。嘶青云，振绿发[4]，兰筋权奇走灭没[5]。腾昆仑，历西极[6]，四足无一蹶。鸡鸣刷燕晡秣越[7]，神行电迈蹑恍惚。天马呼，飞龙趋，目明长庚臆双凫[8]，尾如流星首渴乌[9]，口喷红光汗沟朱[10]。曾陪时龙跃天衢[11]，羁金络月照皇都[12]。逸气棱棱凌九区[13]，白璧如山谁敢沽。回头笑紫燕[14]，但觉尔辈愚。天马奔，恋君轩[15]，駷跃惊矫浮云翻[16]。万里足踯躅，遥瞻阊阖门[17]。不逢寒风子[18]，谁采逸景孙[19]。白云在青天，丘陵远崔嵬[20]。盐车上峻坂[21]，倒行逆施畏日晚[22]。伯乐翦拂中道遗[23]，少尽其力老弃之。愿逢田子方，恻然为我悲[24]。虽有玉山禾[25]，不能疗苦饥。严霜五月凋桂枝，伏枥衔冤摧两眉。请君赎献穆天子，犹堪弄影舞瑶池[26]。

① 本篇以天马自喻，叹超伦逸群而不见用于世，颇多身世之感。天马歌：乐府旧题。《汉书・武帝纪》：元鼎四年秋，马生渥洼水中，作《宝鼎天马之歌》，太初四年春，贰师将军李广利获大宛汗血马，

作《西极天马之歌》。

② 月支：又作“月氏”，西域古国名。其族先居今甘肃敦煌与青海祁连之间。后西迁至今伊犁河上游者，称大月氏；入祁连山者，称小月氏。月支以产名马著称。

③ 背为虎文：马背毛色如虎文。汉郊祀歌《天马歌》：“虎脊两，化若鬼。”龙翼骨：谓天马之骨如龙之翼，故驰如飞。汉郊祀歌《天马歌》：“天马徕，龙之媒。”

④ 绿发：马额上黑毛。二句状天马嘶鸣奔驰之态。

⑤ 兰筋：马目上筋名，后借指千里马。《文选》陈琳《为曹洪与魏文帝书》：“及整兰筋，挥劲翮，陵厉清浮，顾盼千里，……”李善注引《相马经》：“一筋从玄中出，谓之兰筋。玄中者，目上陷如井字。兰筋竖者千里。”权奇：高超，非常。《汉书》郊祀歌《天马歌》：“志俶傥，精权奇。”王先谦补注：“权奇者，奇谲非常之意。”走灭没：极言马奔之疾，如绝尘弭辙。

⑥ 西极：西方极远之地。汉郊祀歌《天马歌》：“天马徕，从西极。”

⑦ “鸡鸣”句：语本颜延年《赭白马赋》：“旦刷幽燕，昼秣荆越。”刷，刮。秣，饭马。

⑧ 长庚：太白星。双凫：语本《齐民要术》六：“马胸欲直而出，凫间欲开，望视之如双凫。”凫，野鸭。

⑨ “尾如”句：谓马奔其尾如彗星，其首如渴乌。渴乌，古代吸水用的互相衔接的竹筒，牵引上吸如水车，即所谓“翻车渴乌”（《后汉

书·张让传》)。上引时竹筒昂起,故用以形容马首。

⑩ 口喷红光:古代相马之法谓“口中色欲得红白如火光为善材”(《齐民要术》六)。汗沟:指马腿部与胸腹相连的凹处。疾驰时汗注于此,故名汗沟。汗沟朱,谓汗沟所注皆血色之汗,即所谓汗血马。

⑪ 时龙:喻天子,指唐玄宗。跃天衢:语出孔融《荐祢衡表》:“龙跃天衢,振翼云汉。”天衢,天路,通显之路,后多指京师。

⑫ 羁金络月:指金质月形的马络头。

⑬ 稜稜:威严貌。九区:九州。泛指全国。

⑭ 紫燕:骏马名。相传汉文帝有九骏,号九逸,其一名紫燕骝。见《西京杂记》二。

⑮ 恋君轩:鲍照《代东武吟》:“弃席思君幄,疲马恋君轩。”君轩,君王所乘的车。

⑯ 骕:摇动马衔使马奔跑。《公羊传·定公八年》“临南骕马”,注:“捶马衔走。”

⑰ 阊阖门:天门。汉郊祀歌《天马歌》:“天马徕,龙之媒。游阊阖,观玉台。”

⑱ 寒风子:即寒风氏,古相马人。《吕氏春秋·观表》:“古之善相马者:寒风氏相口齿,……凡此十人者,皆天下之良工也。”

⑲ 逸景:骏马名,驰骋迅疾如追风蹑景。曹植《与吴质书》:“面有逸景之速,别有参商之阔。”

⑳“白云”二句：语本《穆天子传》引西王母《白云谣》：“白云在天，山陵自出。”

㉑“盐车”句：《战国策·楚策》：汗明说春申君曰：“君亦闻骥乎？夫骥之齿至矣，服盐车而上太行，蹄申膝折，尾湛胕溃，漉汁洒地，白汗交流，外阪迁延，负辕而不能上。伯乐遭之，下车攀而哭之，解纻衣以幂之。骥于是俯而喷，仰而鸣，声达于天，若出金石者，何也？彼见伯乐之知己也。”

㉒“倒行”句：语出《史记·伍子胥列传》：“吾日暮途远，吾故倒行而逆施之。”

㉓伯乐：姓孙，名阳，古之善相马者。翦拂：洗涤拂拭。《文选》刘孝标《广绝交论》：“至于顾盼增其倍价，翦拂使其长鸣。”注：“湔拔，翦拂，音义同也。”

㉔“少尽”三句：《韩诗外传》八：“田子方出，见老马于道，以问于御者曰：‘此何马也？’曰：‘故公家畜也，罢而不为用，故出之也。’田子方曰：‘少尽其力而老去其身，仁者不为也。’束帛而赎之。”田子方，战国魏人，名无择，与段干木齐名，曾为魏文侯之师。

㉕玉山禾：即琼山禾。《文选》张协《七命》：“大梁之黍，琼山之禾。”注：“琼山禾，即昆仑山之太禾。”

㉖“请君”二句：有求引之意。穆天子，即周穆王，此借喻唐天子。瑶池，神仙所居之处。穆王曾“宾于西王母，觞于瑶池之上”。见《列子·周穆王》。

江上赠窦长史[①]

汉求季布鲁朱家[②]，楚逐伍胥去章华[③]。万里南迁夜郎国[④]，三年归及长风沙[⑤]。闻道青云贵公子，锦帆游戏西江水[⑥]。人疑天上坐楼船[⑦]，水净霞明两重绮。相约相期何太深，棹歌摇艇月中寻。不同珠履三千客[⑧]，别欲论交一片心。

① 本篇为遇赦归至长风沙见窦长史时赠诗，谢其相约相期。江上：长江之上。窦长史：未详。长史，州郡属官，位在别驾之下。

② "汉求"句：用季布故事。季布任侠，为项羽将。羽败，汉以千金购布。鲁朱家收布，之洛阳见汝阴侯滕公。滕公知朱家为大侠，乃为说项，上因赦季布。事见《史记·季布栾布列传》。

③ "楚逐"句：楚平王诛杀伍子胥之父兄，子胥弯弓欲射使者，使者走，遂出奔吴。事见《史记·伍子胥列传》。章华，楚台名，故址在今湖北。

④ 南迁夜郎国：指长流夜郎事。夜郎，在今贵州正安。

⑤ 长风沙：在今安徽怀宁东五十里。

⑥ 西江：西来之大江，指长江。

⑦ “人疑”句：沈佺期《钓竿篇》：“朝日敛红烟，垂竿向绿川。人疑天上坐，鱼似镜中悬。”

⑧ 珠履三千客：典出《史记·春申君列传》：“春申君客三千馀人，其上客皆蹑珠履。”

献从叔当涂宰阳冰[①]

金镜霾六国，亡新乱天经[②]。焉知高光起，自有羽翼生[③]。萧曹安屼屼，耿贾摧欃枪[④]。吾家有季父[⑤]，杰出圣代英。虽无三台位，不借四豪名[⑥]。激昂风云气，终协龙虎精[⑦]。弱冠燕赵来，贤彦多逢迎。鲁连善谈笑[⑧]，季布折公卿[⑨]。遥知礼数绝，常恐不合并[⑩]。惕想结宵梦，素心久已冥。顾惭青云器，谬奉玉樽倾。山阳五百年，绿竹忽再荣[⑪]。高歌振林木[⑫]，大笑喧雷霆。落笔洒篆文，崩云使人惊[⑬]。吐辞又炳焕，五色罗华星。秀句满江国，高才掞天庭[⑭]。宰邑艰难时，浮云空古城。居人若薙草，扫地无纤茎。惠泽及飞走[⑮]，农夫尽归耕。广汉水万里，长流玉琴声[⑯]。《雅》《颂》播吴越，还如太阶平[⑰]。小子别金陵，来时白下亭[⑱]。群凤怜客鸟，差池相哀鸣。各拔五色毛，意重太山轻。赠微所费广，斗水浇长鲸。弹剑歌《苦寒》，严风起前楹[⑲]。月衔天门晓，霜落牛渚清[⑳]。长叹即归路，临川空屏营[㉑]。

① 本篇为晚年从李光弼征东南半道病还，将离金陵往依当涂宰李阳冰时所作，赞美阳冰之德政，并申求助之意。当涂宰阳冰：李阳冰，字少温，宝应元年为当涂令。后官至匠作少监。擅长篆书，笔致清峻。

② “金镜”二句：谓秦灭六国，新莽篡汉。金镜，喻明道。《文选》刘孝标《广绝交论》“圣人握金镜”，注引《洛书》曰：“秦失金镜。”此借以代秦。新，指新莽。王莽篡汉，即天子位，号曰“新”。

③ “焉知”二句：谓前后汉之兴，皆有辅佐之臣。高光，指前汉之高祖刘邦与后汉之光武帝刘秀。羽翼，佐臣。

④ “萧曹”二句：承前二句，言萧曹羽翼汉高祖，耿贾羽翼光武帝。萧曹，指萧何与曹参。岘屼，不安貌。指社会动荡。耿贾，指耿弇与贾复，二人辅光武平新莽。欃枪，彗星，古以彗星为灾星。此喻王莽。

⑤ 季父：叔父。指族叔李阳冰。

⑥ 三台位：指三公（太师、太傅、太保）之位。四豪：指孟尝、平原、信陵、春申四公子。二句谓李阳冰位不高而声名大。

⑦ “激昂”二句：语本《易·乾》：“云从龙，风从虎。”

⑧ “鲁连”句：鲁仲连游赵，会秦围赵急，谈笑却秦军，救赵之危。见《战国策·赵策》。左思《咏史》诗：“吾慕鲁仲连，谈笑却秦军。”

⑨ 季布：楚人，为项羽将。刘邦灭楚，以千金求之。终为汉臣。樊哙请以十万众横行匈奴中，诸将阿吕后意，皆曰可，独季布曰：“樊

哙可斩也！夫高帝将兵四十馀万众，围于平城，今哙奈何以十万众横行匈奴中？面欺！且秦以事于胡，陈胜等起。今疮痍未瘳，哙又面谀，欲动摇天下。”吕后罢朝，不复议击匈奴事。见《史记·季布栾布列传》。

⑩“遥知”二句：谓知其重交道，然犹恐不一致。礼数绝，指重交情而不讲礼数。合并，合而为一，犹言一致。《庄子·则阳》：“丘山积卑而为高，江河合水而为大，大人合并而为公。”

⑪“山阳”二句：谓竹林七贤中阮籍、阮咸叔侄并现于今。意阳冰与己如阮氏叔侄。山阳，今河南修武西北。三国魏嵇康寓居山阳，与阮籍、阮咸、山涛、向秀、王戎、刘伶相与友善，游于竹林，号竹林七贤。见《三国志·魏书·王粲传》附嵇康传注引《魏氏春秋》。五百年，自嵇康死后至太白作此诗，约五百年。

⑫“高歌”句：典出秦青。薛谭学讴于秦青，未成欲归，秦青饯之郊衢，“抚节悲歌，声振林木，响遏行云”。见《列子·汤问》。

⑬“落笔”二句：赞李阳冰之篆书。崩云，形容笔势。鲍照《飞白书势铭》：“轻如游雾，重似崩云。”

⑭“吐辞”四句：赞李阳冰之词章与文才。掞天庭，盖天庭。左思《蜀都赋》：“摛藻掞天庭。”

⑮“惠泽”句：《后汉书·董仲舒传》：“恩信宽泽，仁及飞走。”飞走，指飞禽走兽。

⑯“广汉”二句：赞李阳冰之德政。广汉，谓汉水。此指长江。语本

《诗·周南·汉广》:“汉之广矣,不可咏思。”诗序云:“汉广,德广所及也。”玉琴声,意取宓子贱鸣琴而治。见《吕氏春秋·察贤》。

⑰ 太阶平:谓政通人和。左思《魏都赋》:“故今斯民睹泰阶之平,可比屋而为一。”太阶,亦作“泰阶”,即三台,星名,共六星。

⑱ 白下亭:金陵驿亭。太白《留别金陵诸公》诗:“五月金陵西,祖余白下亭。”可知当时亭在金陵西门(即白门)外。

⑲ “弹剑”二句:用冯谖故事。孟尝君食客冯谖弹铗而歌:“长铗归来乎,食无鱼!”见《史记·孟尝君列传》。意即《行路难》其二“弹剑作歌多苦声”。

⑳ “月衔”二句:悬拟秋夜归当涂水程。天门,天门山,在当涂西南。牛渚,牛渚矶,即采石矶,在今安徽马鞍山。

㉑ 屏营:彷徨不安貌。

九日龙山饮[①]

九日龙山饮，黄花笑逐臣[②]。醉看风落帽[③]，舞爱月留人。

① 本篇系晚年作于当涂龙山，其醉舞之态颇似孟嘉之风流潇洒，实则黯然神伤。次日所作《九月十日即事》："昨日登高罢，今朝更举觞。菊花何太苦，遭此两重阳！"则直吐苦情矣。龙山：在当涂之南十里。太白初殡于此。

② 黄花：菊花。古俗重阳节饮菊花酒以避邪。逐臣：作者自指。以其曾流夜郎。

③ 风落帽：用晋孟嘉九日登高落帽事。孟嘉为征西将军桓温参军，九月九日预温龙山之集，风吹帽落，嘉不之觉，孙盛为文嘲之，嘉答之，文甚美，四座嗟叹。见《晋书·桓温传》。

临　终　歌[①]

大鹏飞兮振八裔[②]，中天摧兮力不济。馀风激兮万世，游扶桑兮挂石袂[③]。后人得之传此，仲尼亡兮谁为出涕[④]？

① 本篇当为临终时所作，叹壮志未酬，如大鹏之摧于中天。临终歌：集作“临路歌”。李华《故翰林学士李君墓志》云：“赋《临终歌》而卒。”似即此篇，然则，“路”当是“终”字之误，故改。

② 大鹏：太白一生好以大鹏自喻，青年时有《大鹏遇希有鸟赋》，中年时有“大鹏一日同风起”句（《上李邕》），终以大鹏中摧寄慨。八裔：八方。

③ 扶桑：神话谓日出处，在旸谷之上。见《山海经・海外东经》。石袂：当作“左袂”，《楚辞》严忌《哀时命》：“左袪持于榑桑。”王逸注：“袪，袖也。”

④ 仲尼：孔子字仲尼。句意谓仲尼已亡，无人为大鹏之中摧出涕，如见获麟而流涕。足见其寄慨之深。